国家出版基金项目

华北抗日根据地及解放区文艺大系

陈 晋 郑恩兵 主编

《晋察冀日报》
文艺文献全编

散文报告文学
第十三卷

关小彬 编

河北出版传媒集团
河北教育出版社

图书在版编目（CIP）数据

《晋察冀日报》文艺文献全编．散文报告文学．第十三卷 / 关小彬编．－－ 石家庄：河北教育出版社，2023.12
（华北抗日根据地及解放区文艺大系 / 陈晋，郑恩兵主编）
ISBN 978-7-5545-7645-8

Ⅰ．①晋… Ⅱ．①关… Ⅲ．①文艺－作品综合集－世界－现代②散文集－中国－现代③报告文学－作品集－中国－现代 Ⅳ．① I11 ② I266 ③ I25

中国国家版本馆 CIP 数据核字（2023）第 064033 号

书　　名	《晋察冀日报》文艺文献全编·散文报告文学·第十三卷
	JINCHAJI RIBAO WENYI WENXIAN QUANBIAN SANWEN BAOGAO WENXUE DI-SHISAN JUAN
编　　者	关小彬
责任编辑	吴丽霞
装帧设计	郝　旭
出　　版	河北出版传媒集团
	河北教育出版社　http://www.hbep.com
	（石家庄市联盟路705号，050061）
印　　制	石家庄众旺彩印有限公司
开　　本	787毫米×1092毫米　　1/16
印　　张	19
字　　数	228千字
版　　次	2023年12月第1版
印　　次	2023年12月第1次印刷
书　　号	ISBN 978-7-5545-7645-8
定　　价	110.00元

版权所有，侵权必究

丛书编委会

顾 问
陈平原　刘跃进　王长华　李 扬

编委会主任
吕新斌

编委会副主任
彭建强　孟庆凯　刘 月

主 编
陈 晋　郑恩兵

副主编
董素山　向 回　汪雅瑛

编 委（按姓氏笔画排序）
马春香　王少军　田浩军　包来军　吉 喆　刘书芳　刘贵廷
关小彬　杨 程　杨春生　宋少净　张 辉　张川平　赵 华
高露洋　郭义强　阎晓宏　梁晓晓

编纂说明

在中国共产党百年发展历程中，文艺始终是党领导人民开展进步事业的有机组成部分，是党在各个历史时期的中心工作的实时反映和重要推动力量。"华北抗日根据地及解放区文艺大系"，是一部全面展示抗日战争和解放战争时期华北地区党的历史创造、奋斗风采和形象建构的大型革命历史文艺文献丛书，对于深入研究华北地区革命文艺史、红色新闻史，弘扬伟大建党精神、梳理中国共产党人精神谱系，是必不可少的第一手资料，是我们在新时代坚定树立文化自信的重要思想资源。

一、编纂缘起

抗日战争及解放战争时期，华北地处各方政治与文化力量激烈博弈的前沿，这种特殊政治、军事、文化、地理环境中产生的革命文艺，具有鲜明的地域性特征，是五四新文化运动以来的革命文艺发展史上的突出标识。

但一直以来，由于史料文献整理不足，对华北抗日根据地及解放区文艺的研究，始终未能深入，其独特的地域性实践价值和蕴含的文化创新意义被严重遮蔽。这些史料文献主要以党报党刊的形式呈现，梳理汇编这些党报党刊中的革命文艺史料，借之以探索华北革命文艺的发展路径、发展方向、创造机制和创新经验，是深入贯彻习近平总书记关于"把红色资源利用好、把红色传统发扬好、把红色基因传承好"，"用好红色资源、赓续红色血脉"等系列重要讲话精神的有力举措，也是新时代文艺研究者不可推卸的责任。

2017年6月左右，我们去中国社科院文学所拜访时任所长刘跃进先生，协商合作研究事宜，寻求中国社科院文学所的帮助。请教过程中，刘先生建议我们结合地方特色，做好地方红色文艺文献的搜集整理与编纂出版工作。经过一段时间筹备，2017年底，我们以"河北红色经典系列丛书"为名，正式申报"2018年度河北省省级宣传文化发展专项资金"项目并成功立项，旨在通过选定刊行河北红色经典作品、梳理汇编河北红色经典研究资料、系统阐述河北红色经典发展历史等基础性工作，打造一个集大成式的河北红色经典文献资料库。

项目最初设计共二十四卷，包括六大板块：《河北红色经典史》一卷、《河北红色文艺作品选》六卷、《河北红色经典作家作品索引》三卷、《河北红色经典研究资料汇编》四卷、《〈晋察冀日报〉副刊文学作品全编》六卷、《晋冀鲁豫抗日根据地文艺作品及〈新华日报〉太行版文艺作品汇编》四卷。但在项目实施过程中，我们充分吸收专家意见，认为网络时代和大数据背景下的科研活动有了很大变化，《河北红色经典作家作品索引》与《河北红色经典研究资料汇编》的编纂工作，在当前学术生态中价值不大，并予以取消。同时，在项目实施过程中我们发现，《晋察冀日报》《人民日报》等党报除刊发大量文艺作品外，还有大量记录边区文艺工作者行迹，反映边区戏剧、音乐、文学、美术、舞蹈、曲艺活动与报刊书籍出版发行等各方面情况的文艺史料,以及体现我党文艺方向、方针变化的政策文件与重要领导讲话,是华北地域党和人民对敌作战的重要宣传武器,更是飘扬在华北地区军民心中一面旗帜。这些史料是华北地域革命文艺发生、发展与壮大的真实记录,对我们正确认识革命文艺的特点与历史地位有重要的决定性作用。

为此,我们精心整理了《〈晋察冀日报〉文艺文献全编》《晋冀鲁豫〈人民日报〉文艺文献全编》《〈晋察冀画报〉文艺文献全编》《晋察冀日报社人物志》(共五十一卷),同时收入全国抗战时期和解放战争时期与河北地域相关且被广大群众所喜爱并广泛传唱的红色文艺作品,结集为《河北红色文艺作品选》(共六卷),至此形成丛书目前的五大板块,而且将名称由"河北红色经典系列丛书"改为"华北抗日根据地及解放区文艺大系",方便以后在此基础上做进一步拓展。

二、地域范围及文艺特质

华北抗日根据地包括当时山东、河北、山西、察哈尔、绥远、热河全部及豫北、苏北、皖北部分地区,分晋绥、晋察冀、晋冀豫、冀鲁豫、山东五大块。1941年,冀鲁豫合并到晋冀豫,称晋冀鲁豫。其中晋察冀抗日根据地作为开辟最早、地域最大、人口最众的模范抗日根据地,是华北抗日根据地的坚强堡垒,牵制和抗击了三分之一以上的华北日军和二分之一的伪军。

在河北及其邻省周边地区开辟与创建华北抗日根据地,是红军长征到达陕北之后党中央迅速做出的重大战略决策。这些根据地地处对日武装斗争最前线,不仅打开了抗战的新局面,成为华北敌后抗战的主战场，而且进行了新民主主义社会的实践探索，对解放战争的历史进程产生了巨大影响，成为我党开辟东北解放区的前进基地和逐鹿中原的战略后方。随着抗日根据地的开辟，延安文艺工作团、西北战地服务团、东北促进纵队干部队、八路军总政治部前线记者团等大批文艺工作者，随同党政干部一道陆续抵达华北，东北、平津的青年学生也纷纷冒着生命危险来到边区。他们一手拿枪，一手拿笔，深入农村与抗战前线，切身体会工农兵的生活，深刻了解工农兵的需求，从而根本上克服了艺术至上主义思想倾向。所以，华北抗日根据地及解放区文艺，既响应了伟大的民族抗战对文学艺术提出的时代要求，亦充分兼顾到广大人民群众的接受习惯和欣赏水平，真实地反映了华北人民火热的战斗与生产生活。很多作者本身就是农民、战士或基层工作者，他们把自己的经历和熟悉的人和事，通过小说、戏剧、诗歌、报告文学、歌曲、绘画、舞蹈等文艺样式记录下来，语言通俗平实，富有生活气息。由于产生于特定时代、特定区域而又适应特定需要，故而无论是题材、语言还是风格，在体现革命大众文艺共性的同时，又具有强烈的华北地域特性。

华北抗日根据地及解放区文艺的繁荣发展，是专业文艺工作者与工农兵群众共同创造的结果。人民群众不仅是革命文艺运动的主导主体、推进主体、受益主体，还是一切成败得失的评判主体。华北抗日根据地及解放区文艺，归根结底，是"以人民为中心"的文艺。

三、学术价值

今天的河北在抗日战争、解放战争时期是晋察冀、晋冀鲁豫两大根据地的中心区域，有着悠久的革命历史传统和丰厚的红色文化底蕴。据不完全统计，抗日战争和解放战争期间，仅晋察冀边区专区以上就办有报刊四百余种,编印图书五百余万册。如果将这种统计扩大到环绕河北的整个华北抗日根据地及解放区,时间扩展至从中国共产党成立到中华人民共和国成立,数据更为可观。这些红色图书、报刊的出版发行,团结了一大批来自全国各地的著名革命文艺家和专业文艺工作者,其中有大量文艺相关信息,是研究近现代中国革命文艺的重要史料。但因受当时物质条件及复杂局势影响,它们传播范围有限,保存困难,如今已普遍出现老化或损毁现象,面临着消失、断层的危险。

长期以来,由于对抢救、整理和利用红色文艺文献的意义认识不足,现行的科研评价、出版机制亦难以有效刺激科研工作者积极从事老旧报刊等红色文艺文献的系统整理,大量有待整理的红色文艺文献尚未进入学界的视野。特别是华北抗日根据地及解放区的文艺文献,有很多甚至还是学术盲区。如《冀中导报》《救国报》《边政导报》《冀南日报》《团结报》《前进报》《新察哈尔报》《冀热察导报》等各类党报,以及《冀热辽画报》《冀中画报》《北方文化》《五十年代》《新长城》《新群众》《诗建设》《诗战线》等期刊,虽有部分学者对其办报(刊)历程、思想以及传播等方面予以研究,但均无系统的文艺文献整理本。"华北抗日根据地及解放区文艺大系"整理的《晋察冀日报》、晋冀鲁豫《人民日报》、《晋察冀画报》,是当时华北抗日根据地及解放区党报党刊的典型代表,是党的理论和实践同文艺结合的主要媒介和载体,是华北革命文艺重要的传播平台。这些报刊,既客观记录了华北革命文艺的传播与发展,也完整展现了华北革命文艺的特殊使命与风格特征,具有极其重要的史料价值。在此基础上,我们还会将视角延伸到《晋绥日报》《新华日报·太行版》《新华日报·太岳版》等党报,不断地充实这套大型文献史料丛书,以此来系统建构华北抗日根据地及解放区的"文艺史料学"。

四、丛书特色

这套丛书的编纂，主要以抗日战争及解放战争期间华北境内各根据地、解放区出版、发行、制作之图书、期刊、报纸等红色文献中的文艺资料为内容。编纂特色主要包括：

（一）抢救珍贵历史文献，弘扬伟大建党精神。

华北抗日根据地及解放区的红色文献发行于条件艰苦的战争年代，数量少，印制质量粗糙，历经岁月的洗礼，留存下来的品相完好者已经很少，有些到今天已成孤本。这些文献作为特定历史时期和区域的产物，见证了中国共产党领导华北人民争取民族独立和人民解放的伟大历程，反映了华北近代社会的巨大变化，蕴含着珍贵的史料价值和鉴往知来的现实意义，是中国共产党领导的文艺事业、新闻出版事业与意识形态建设发展的历史见证。它们诠释了党的初心和使命，蕴含着坚定的理想信念与崇高的革命精神，到今天仍然具有强大的感染力与说服力，是陶冶情操、磨炼意志，走好新时代长征路的有效精神资源。抢救性搜集、整理与研究这些珍贵历史文献，有利于增强党政干部政治信仰，弘扬伟大建党精神和践行社会主义核心价值观。

（二）文艺与党史密切融合，拓展革命文艺与党史研究的新视野。

革命文艺作品的创作、发表和传播，和党的历史任务和奋斗实践是分不开的。在艰苦卓绝的革命岁月，奋斗前行的中国共产党始终强调，既要拿"枪杆子"，也要拿"笔杆子"。革命的文艺工作者，一手拿枪，一手拿笔，深入农村与抗战前线，以人民大众易于接受和欣赏的形式，宣传党的政策，推行党的方针，为中国共产党顺利完成不同历史阶段的中心任务和伟大使命发挥了独特而重要的作用。本套丛书收入的文献史料，主要是抗日战争与解放战争时期党报党刊中的文艺作品与文艺史料，它们鲜明生动地体现了党的历史，党领导人民争取民族独立、人民解放的奋斗历程和精神面貌，从而为学界从文艺角度研究党史和从党史角度研究文艺提供了有力支撑。

（三）作品汇编与史料梳理并行，还原革命文艺的历史场域。

"华北抗日根据地及解放区文艺大系"的编纂，全面辑录华北抗日根据地及解放区党报党刊上刊登的诗歌、小说、戏剧、报告文学、散文、歌曲、版画等文艺作品，并系统梳理当时文艺发生、发展、传播以及社会各界文艺活动的各类消息和报导，同时选编了大量的河北红色文艺作品作为补充。这种文艺史料与文艺作品的配合整理，还原了革命文艺的历史场域，有利于构建对革命文艺的科学认识。

五、丛书内容

（一）《〈晋察冀日报〉文艺文献全编》共三十八卷：

诗歌三卷

戏剧一卷

小说二卷

文艺评论三卷

文艺史料九卷

外国文艺二卷

散文报告文学十七卷

歌曲版画一卷

（二）《晋冀鲁豫〈人民日报〉文艺文献全编》共十一卷：

诗歌一卷

戏剧、小说、文艺评论一卷

散文报告文学五卷

文艺史料四卷

(三)《〈晋察冀画报〉文艺文献全编》一卷

(四)《晋察冀日报社人物志》一卷

(五)《河北红色文艺作品选》共六卷:

诗歌一卷

戏剧一卷

散文一卷

小说三卷

六、编纂体例

(一)整套丛书题材丰富、门类众多,在体裁上不做强行统一。

(二)丛书中所录作品均为当年报刊发表的原文。为确保丛书的文献性、学术性、专业性和资料性,丛书编辑加工的总原则为保持文献原貌,内容上不做改动。

(三)文字的使用

1. 丛书中文字的使用以2013年教育部、国家语言文字工作委员会公布的《通用规范汉字表》为准。

2. 丛书中的古体字、通假字、俗体字,以及所涉及姓名字号、职官地理等专用字,均予保留。

3. 丛书原文字迹模糊残损,但仍可辨认或可依上下文校正,以字外加方框"□"表示;原文缺字或无法辨识,且无法校补,每字以一个方框"□"表示;如无法统计所缺字数,则以"☒"表示。

4. 丛书中数字的使用,保持原貌。

（四）标点符号及其他符号的使用

1. 丛书在不改变原文意义的情况下，将旧式标点改作现行标点符号。

2. 丛书原文中出现代表文字的符号，如"×""△""〇""▲"等，保持原貌。

3. 丛书原文中的着重号、专名号等不再保留。

（五）其他

1. 丛书原文中的注释，保持原貌；编者亦出部分注释，供读者参考。

2. 因为原始文献本身产生于战争年代，保存不易，漫漶不清处较多，丛书疏误之处在所难免，希望专家读者批评指正。

七、鸣谢

本套丛书得以顺利面世，要特别感谢中共河北省委宣传部、河北省社会科学院、河北教育出版社的资金支持，以及北京大学陈平原教授、中国社科院文学所刘跃进研究员、南开大学文学院李扬教授、河北师范大学文学院王长华教授等，为丛书编纂提供了多方面的学术支撑；晋察冀日报社老报人及报史研究会诸位老师，中国社科院文学所现代室、中国丁玲研究会、中国现代文学馆各位专家，也在丛书编纂过程中提出了许多建设性意见；院内外的数十位年轻科研工作者，在原文录入和校对方面付出了艰辛劳动，确保了项目的顺利进行。在此一并致谢。

把艺术交给大众（代序）
——祝贺"华北抗日根据地及解放区文艺大系"结集问世

中国社会科学院　刘跃进

由河北省社会科学院文学研究所编纂、河北教育出版社出版的"华北抗日根据地及解放区文艺大系"结集问世，值得庆贺。

文艺是时代前进的号角。1937年7月7日，卢沟桥事变爆发，全面抗战由此而起。广大的爱国知识分子和青年学生，表现出同仇敌忾的民族气节，走出书斋，走出校园，用知识、用智慧、用不屈的精神力量唤醒民众，用实际行动担负起抗日救亡的历史重任。在此后的岁月里，延安文艺和华北抗日根据地及解放区文艺，是中国共产党领导下的两大主体，双峰并峙，展示着那个时代的风貌，引领了那个时代的风气。

随着抗日根据地的开辟，延安文艺工作团、西北战地服务团、东北促进纵队干部队、八路军总政治部前线记者团等大批文艺工作者，随同党政干部一道陆续抵达华北，东北、平津的青年学生也纷纷冒着生命危险来到边区。他们一方面积极创作大量街头剧、活报剧、街头诗、墙头小说、木刻版画、歌曲、舞蹈等革命文艺，开展抗日救亡宣传运动；一方面也通过开办文艺干训班，开展各行业、各阶层甚至全民的文艺创作与评选活动，吸引工农兵群众加入文艺队伍，掀起了"晋察冀一周""冀中一日"等具有深化性质的群众写作运动，以及"创造模范村剧团""穷人乐"等群众戏剧运动，为晋察冀文艺史添上了浓墨重彩的一笔。

说到这里，我想起2009年参加《北平学生移动剧团团体日记》捐赠仪式的一段往事。从1937年到1938年，在中国抗战史上唯一以大学生组成的"北平学生移动剧团"在长达一年半的时间里，历尽艰难，转辗于国民党第五战区的各个战场，演出话剧，创办报纸，宣传抗日，鼓舞斗志，谱写出响彻云霄的时代赞歌。移动剧团的成员每人一周轮流记述，用日记形式记录了那段不平凡的岁月，《北平学生移动剧团团体日记》就是这部历史的记录。它不是写给个人看的私密记录，也不是为将来面世扬名。作者完全出于一种历史责任，真实客观地记录了那段鲜为人知的历史，体现出强烈的史家意识。日记封面上有这样一段题记，"北平学生移动剧团·愿我永恒·中华民国二十七年二月二十三日始·璧华"。孤立地看这部日记，也许没有什么轰轰烈烈的战斗业绩，也没有什么感人肺腑的情感纠结。客观、平实是它的本色，正是这种本色，为那个历史年代留下一段真实。"北平学生移动剧团"的抗日活动，是文艺工作者投身抗日洪流中的一个历史缩影。

随着抗战的胜利，察哈尔省会张家口解放，晋察冀文协、晋察冀剧协、晋察冀音协、晋察冀美协、晋察冀通讯社、晋察冀边区剧社、晋察冀日报社、晋察冀画报社等文化团体随中共晋察冀中央局和军区领导先后开赴华北根据地，一大批文艺工作者也随之来到华北，开展丰富多彩的文艺活动。他们坚持毛泽东《在延安文艺座谈会上的讲话》中指出的方向，一手拿枪，一手拿笔，深入农村与抗战前线，既为切身体会工农兵的生活，也为深刻了解工农兵的需求，从而在根本上克服了自身相当普遍和严重的艺术至上主义思想倾向，为工农兵而创作，为工农兵所利用，以人民大众易于接受和欣赏的形式，普遍写人民大众的生产战斗故事。譬如左翼作家邵子南，于1938年10月随西战团到晋察冀，主持战地社日常工作，主编《诗建设》；1943年整风运动后，他到阜平任小学教员，在反"扫荡"中与群众、民兵一起转移、战斗，还直接在五丈湾跟随李勇的游击组对日寇展开地雷战；1944年5月随团回延安，在鲁艺任教，后调陕甘宁文协搞专业创作，开始大量创作反映晋察冀边区生活的小说。他以亲身体验为基础创作的短篇小说《李勇大摆地雷阵》（后改为《地雷阵》），运用阜平农民群众的语言，以口语化方式讲述了爆炸英雄李勇的抗日故事，明显吸取了民间说唱文学的优点，特别是在白话叙述中还插入不少快板式的韵白，更适合群众的喜好，因而在当时广为流传，家喻户晓，起到了很大的宣传鼓动作用。其他作品，如《荷花淀》《太阳照在桑干河上》《漳河水》《赶车传》《王九诉苦》《孟祥英翻身》《新儿女英雄传》《白求恩大夫》《我的两家房东》《穷人乐》《李殿冰》《戎冠秀》《没有共产党就没有中国》《团结就是力量》《没有土地的人们》《白毛女》等，都是成功的文艺典范，在现代中国文学史上占据比较重要的位置。

在华北抗日根据地及解放区的文艺创作成果中，还有数以万计的文艺作品和极具研究价值的文艺史料刊发在根据地及解放区所办的报刊上。很多作者，本身就是农民、战士或基层工作者。他们把自己的经历和熟悉的人和事，通过小说、戏剧、诗歌、报告文学、歌曲、绘画、舞蹈等文艺样式记录下来，语言通俗，富有生活气息。人民既是历史的创造者，也是历史的见证者；既是历史的"剧中人"，也是历史的"剧作者"。让故事中的人物自己编词、自己表演的创作方式，很好地反映出人民的心声，并让人民群众从生动活泼的艺术作品中得到教育，这确实是一个成功的尝试。

配合党的中心工作，"把艺术交给大众"，通过文艺唤醒大众，这已成为华北文艺工作者的自觉意识。他们积极响应伟大的民族抗战对文学艺术提出的时代要求，充分兼顾到广大人民群众的接受习惯和欣赏水平，创作了大量的作品，真实地反映了燕赵儿女火热的战斗与生产生活，起到了良好的宣传教育与鼓动激励效果。刘萧无编排新闻报道剧《李殿冰》，编剧与演员一起住到李殿冰家里，以便于熟悉主人公的生活，搜集真实生动的群众语言，还模仿他们的动作，理解他们的心理，甚至还让主人公李殿冰等直接参与剧本的修改和编排。描写群众的生活，邀请群众参与创作，这是当时文艺工作者走群众路线的生动体现。该剧演出后获得当地老百姓的极大赞赏，鲁中实验剧团还专门学习该剧的创作方法，创编了三幕五场话剧《过关》。艾思奇《前方文艺运动的新范例》更是誉其开创了前方文艺的新范例。抗敌剧社的《王老三减租小唱》、冀中火线剧社的话剧《我们的母亲》，也都具有这种特色。

这些文艺作品，可能略显仓促，有的甚至急就于战火中，所以在素材提炼、人物形象塑造以及语言的使用、细节的刻画等方面还有很多不足。但是，这不是一般意义上的创作，而是燕赵大地为争取民族独立、人民解放的集体记忆和行动号角，是中国革命事业的重要组成部分。华北抗日根据地及解放区的文艺，有很多这样未经沉淀的纪实作品，不管其艺术性如何，但在发动群众、组织群众、铸就抗击日寇和国民党反动派铜墙铁壁方面，发挥了无可替代的作用。20世纪五六十年代，河北地区涌现出大量的红色经典，便是华北抗日根据地及解放区文艺的传承和发展。

2017年6月，河北省社科院文学所郑恩兵所长来京与我们协商合作研究事宜。我根据所了解的信息，建议他们结合地方特色，做好地方红色文艺文献的搜集整理与编纂出版工作。"华北抗日根据地及解放区文艺大系"就是那次商讨的成果。全书由五个部分组成：第一部分为《晋察冀日报》文艺文献全编，第二部分为晋冀鲁豫《人民日报》文艺文献全编，第三部分为《晋察冀画报》文艺文献全编，第四部分为晋察冀日报社人物志，第五部分为河北红色文艺作品选。全书收录各种文体的作品六千余种，包括小说、诗歌、文艺评论、戏剧、报告文学、散文、文艺通讯、美术、书法和音乐、文艺史料，还有文艺信息、文艺广告，基本涵盖了华北抗日根据地及解放区的文艺创作情况，具有很高的研究价值。

时值中华人民共和国成立七十五周年之际，我们有机会阅读这部皇皇五十余册的"华北抗日根据地及解放区文艺大系"，更加深切地感受到新中国的建立真是来之不易，她是无数条战线的可歌可泣的人们不懈奋斗的结果。在这样一个特殊的日子里，我们感念当年那些有名无名的作者，感谢参与整理工作的学者，当然，更要感激我们这个伟大的时代。

目 录

从怀来到南口	1
马老太太	5
红	11
记几件小事	20
临沂风光	24
纪念"三八"	27
烟草公司女工翻了身	29
"三八"节感想	32
她们第一次纪念"三八"	33
子弟兵的母亲	35
黎明前散记之二	38
诛心集	42
弹今吹古录二段	45
孩子们上学了	49
"调皮司令部"	53
乡村见闻	58
老崔转过弯来了	67
虎什哈	72
太原行	77
北平街头（一）	84
北平街头（二）	88

沿着四百里长城线	91
欢迎你,亲爱的叶挺同志!	94
四十八岁的妇联主任杨老太太	100
口试场上	103
我的申诉	107
李杰三先生访问记	109
工人之家	112
"革新"论	113
矿山杂记	115
大牛村炮楼	123
东北抗日游击战争的领导者李兆麟将军	125
日寇口中的东北抗日联军	130
天亮了吗?	143
龙烟的三月	149
李绍贤	152
生活	155
家长	162
两个女旅客	165
霸县一等战斗英雄贾造成	169
几个拉洋车的	174
白旗堡"搬兵"	178
最会使用民主的是谁?	181
受苦的日子	185
气节模范第一名	189
张市十校儿童回忆	192

我们的幸福是八路军给的	194
我的回忆	195
敌伪统治下的小学生生活	197
孩子们的诉说	200
悼张寒辉同志	202
悲痛的悼念	206
到康庄去	208
哭舅舅	211
哀悼若飞同志	213
悼博古同志	217
悼黄齐生老先生	220
误会	222
死者永远活在我们的心里	225
向王若飞诸先生学习	230
为和平团结而牺牲	232
痛悼	233
敬悼若飞、博古、希夷诸先生	236
邓发同志	237
祭叶希夷兄及同难者王、秦、邓先生文	240
悼念人民的卫士们	242
忆若飞	245
永久的记忆	248
扬眉的恨！	250
悼晓庄	251
少华	253

我和登俊相处的日子 …………………………………………… 254

怀念叶夫人 …………………………………………………………… 255

哀悼五位民主战友 …………………………………………………… 257

万吉同志我再也不能见你了 ………………………………………… 259

悼博古 ………………………………………………………………… 260

千万人民的心念 ……………………………………………………… 267

悼念我们的社长和战友 ……………………………………………… 271

逃出傅作义的虎口 …………………………………………………… 274

参议会花絮 …………………………………………………………… 276

从怀来到南口

——随第五执行小组视察记

肖白

上月十二日中午，第五执行小组接见了延庆连夜赶来控诉的群众代表后，便由怀来乘汽车到南口去，以继续解决昨夜怀来会议上尚未解决的几个重要问题。第一个，是为了彻底停止冲突，割出一条较宽的隔离线。对这个问题，据说中共方面是愿坚决接受北平调处执行部和字第二号命令，从现在驻防地，国共双方同时撤退几十里的。但政府代表和政府军长官则坚决不愿意，为什么不愿意，局外人无法知悉。其他如平毁八达岭至南口的堡垒工事、遣散伪军、恢复交通等问题，均因第一个问题未获协议，而未获得什么结果。

汽车出了古老的怀来城，一直向东南方向驶去，因公路损坏甚微，车行速度颇快，不到一小时即抵康庄车站。康庄是个小庄子，全村男女数百人，正打着红绿小旗夹道欢迎。代表们从老百姓身边经过，频频为礼致谢，美代表更为兴奋，他向欢迎的老百姓要了一面小旗，留作纪念，待他回到美国去，单凭这面小旗，也可以告慰美国关心中国和平的人士。由康庄向前，即见苍青色的山峦，起伏如波浪，长城蜿蜒于山峰之上，给人一种雄伟的感觉。原来这就是自古闻名的八达岭。

车至八达岭前的岔道镇停下来了。岔道为我军驻防地，离八达岭仅五百码。大家都下车来，察看此地是否可以成为国共两军隔离线，结果除了政府军代表和政府代表说可以外，其他人都摇头否定，因为这样的"隔离"，在步枪有效射程以内实际上是没有隔离。

察看地形时，发现路旁立有木碑一块，大家都好奇地围上去看，碑上写着"向死难同胞致敬"。据人们告诉我,死难者都是一些手无寸铁的老百姓,双十协定后给八达岭上国军炮轰死的。政府代表看了一眼悄悄走开了,美代表郝理士听了翻译后,点了一下头,中共代表易耀彩沉默地在碑前站了一会。正要登车前进时,恰有一穿便衣的人拦住了吉普车,他的手,前几天给八达岭上下来的几十位国军的子弹打伤了,现在裹着纱布,脸色黄得使人害怕,想系流血过多的缘故。他沉痛地向美国代表控诉其负伤的情形。我抬头望着八达岭上东一个西一个的新堡垒,不觉打了个冷战。八达岭呵,你的所以名驰四海,原来是因为你堡垒林立,居高临下,便于蹂躏人民吗?可是,延庆的老百姓控诉时说:"八达岭上的军队,还在抓人修炮楼子。"八年来,这一带的老百姓又恨这些炮楼,又怕这些炮楼,日夜坐卧不安。他们向执行组控诉时说道:"八达岭的炮楼子毁不了,老百姓活不了。"这话是一点不错的。停战命令下了许多天,从一月十九日至二月四日,半个月内,八达岭南口的军队凭借这些炮楼子差不多天天在向解放区进攻。一月十九日,从八达岭就悄悄地下来三十人进攻岔道,打死两个老百姓,打伤一个干部后,一溜烟跑了。同一天,又有五十人侵占昌平附近我小红门及西山口,捆打当地老百姓。一月廿二日,南口军队五十名,进攻雕翎箭,杀死我们一个农会主任,绑走一个干部;到二十五那天,那部分军队又来要农会主任的尸体,不知他们是要拿着尸体去领赏呢?还是要灭人口实?如是,其用心也实在太苦了。从一月二十六日以后,差不多每天有三两百的伪蒙古军,向我后营、大贾村、梁格庄、甘善村与阿苏维、大场山、绥上进攻不已,见人就指为八路军、共产党,不打便杀,见着粮食财物就抢。他们自称是先遣军,新委的国民革命军第十路军,他们的总司令便是臭名远扬万民唾骂的蒙奸伪蒙古军总司令李守信。八年来,这一带的老百姓受尽了敌伪的蹂躏和残害,怀来、延庆、昌平的老百姓□□起他们就心酸流泪，他们恨不得把伪军和汉奸吃下去，以消心头之恨。但是他们不明白，为什么这些人到了南口还官上加官，照样糟蹋老百姓？停战令下了，交通应恢复了，他们还修炮楼，是为了什么？当执行组到怀来的那天晚上，怀来老百姓就把这些血泪的事实，一件件向执行组的代表们控诉了。第二天，执行组正要出发到南口的时候，延庆的老百姓男女代表二十余人，从五十里外，也冒着寒风，连夜赶来控诉。有一个须发斑白的老头，他的儿子因为到城里去没给这些伪军送饺子，头给砍破了。他痛哭流泪地向执行组的代表控诉着："你们要让我们投胎呀！"所有的老百姓都哭了，记者也不觉眼泪盈眶，以致无法记录他的控诉了。

汽车进了八达岭山口，即见碉堡棋布，电网重重。从八达岭到南口三十里，堡垒和新筑的工事触目皆是，或在山顶山腰扼守隘口，或在路旁监视汽车路。平均不到百米即有一座堡垒，工事沙包最近者仅十余米。那粉白色的堡垒，在阳光下闪烁着，使人感到它像无数老百姓的白骨垒起来的一样。汽路一面依高山，一面临深渊，整个山谷弥漫着浓重的杀气。沿路很少见到老百姓。和平虽然实现了，但在这里是觉不到一点和平的气息的。

下午四点，车抵南口九十四师师部，此地军警森严，我虽身□记者，亦未敢随便到街头走走。提起南口来，大家都不会忘记，阎锡山的爱婿李服膺因不守南口，造成整个华北战局的惨败，在群情激愤下，阎锡山也不得不把这个爱婿"割爱"了。南口虽然重要，但并不是一个什么大地方，人口也不过一万多一点。第二天上午，记者由九十四师副官处副官陪同，曾往南口街头转了一下。在街上，还可以看到许多穿着伪军服装的军人，他们多横眉冷眼看着我这个一望而知的"八路军"。在一个胡同里，看到了一个挂着"十二战区察南司令部"牌子的司令部，站岗的也是穿的伪军服装，我随便问了一下走在我身边的那位副官，承他告诉我："这个司令部是从张家口退下来的。"他的答话，使我大吃一惊，张家口在未被八路军解放前除了日寇都是汉奸武装呀！回到师部，我为这事，特地访问了九十四师师长陈鞠旅先生，他开始告诉我这是"抗战的队伍"，当我再三问他时，他才支吾地说："大约是地下军吧？"今日的南口，就是九十四师和那个"地下军"合伙驻守着。但是老百姓一提起这些"地下军"或"先遣军"来，就人人咬牙切齿。

现在，第五执行小组已达到一部分协议，建议执行部要把青龙桥、南口、昌平一带的伪军解除武装并解散，下令平毁青龙桥、南口、昌平等地的碉堡和军事工事，恢复交通，允许贸易自由。作为一个记者，我亲眼看到了这些血泪的事实，我有责任建议执行组诸位代表马上实现协议，越快越好。

二月二十七日夜

（《晋察冀日报》1946年3月3日）

马 老 太 太

胡振常

大年初一的黎明,鞭炮声到处乱响着。

马老太太在迎门镜前梳亮了花白的头发,细心地扫一遍地,擦净了桌面,把准备好的那壶酒放在中央,忽地又想起什么似的,打开柜子,取出儿子从队伍里来的那封信,插在镜框上……

街上拜年的人多起来了,马老太太觉得自己是抗属,拜年的人一定很多,如果人家问起儿子来,便把镜框上的信一背,谦虚地答回人家:"那不是他来的信吗!是个牲口子,叫队伍上出息出息他。"……马老太太想起:街上的高跷队还得练习,拥军会上好表演哪!自己是妇会主任,必须准备一套话在大会上说说……吃早饭后,马上组织妇女们去慰问伤病员,应该多买些鸡蛋白糖……

屋子里很安静,炉子上的火苗噗噗地冒着,马老太太正想得出神,忽然院子里乱起来了,李二嫂子她们嚷着:"拜年!献花!"一涌便进来了。

今年的女人们也乐得这样出奇,笑着拉扯着给马老太太戴光荣花,李二嫂子却更要给留下两包子点心。

"今年又是白面又是肉,你们还给我买点心干什么?"马老太太一定不要。

"不在东西多少,表表我们对抗属的心肠!"李二嫂子一定要留下。

吵了老大功夫,马老太太才把点心留下了。李二嫂她们临走时,马老太太忙乱得忘记了敬她们酒。

马老太太在屋里高兴得坐立不安,看着桌上是四包点心,无意中照照镜子,镜子里却是一个健康的老太太,慈祥的面孔发着亮光,胸前一朵碗口大的红花,马老太太想:"世界变了!可翻过身来了……"

★★★★★

二十年前马老太太同丈夫儿子,被饥寒压迫,从完县的一个小乡村里来到了张家口,可是穷人到什么地方都逃不出贫困的,连年的强征暴敛,官家兵家各式各样的折磨,使马老太太灰心了:"什么时候死算什么时候吧!"

日本人来了,更大的灾难到来了。

三年前的冬天,马老太太借了八百块钱,从北平买了几匹布打算到张家口来贩卖。路上她把布藏在棉裤里,到车站下车时,被日本人连棉裤带布都扒去了。这一次的灾害造成了马老太太家一冬天的流离失所!

马老太太又求了一位乡下朋友,帮助儿子从乡里来市上贩木头,偏偏赶上了衙门里盖房,把木头用光了,却没得到一个钱,于是二次的厄运折磨死了年迈力衰的丈夫。

受日本人的气还不算,街上张哑巴仗势欺人,平时不拿东西敬着他,他就会找个词儿送你宪兵队。去年年下别说白面,正经粮食马老太太家见得就不多,东借西讨弄几个钱还不够房东家的房钱呢!一小间房子按米说,每月就得十五斤小米呢!

去年七月间,日本人在各山挖战壕的时候,马老太太却正是挣扎在饥寒死亡的边沿上。

马老太太饿得头昏眼花,里走外转地叹息着:"唉!祖先们饿死了!又轮到这一代了。"

八申——马老太太这个饿呆了的二十多岁的儿子,没本钱不能做买卖,做工也没地方,饿得捧着肚子各地乱窜,没办法来到马老太太跟前:"娘!我饿得不行呀!给日本人挖战壕吧!"

"哎呀!我心中舍不得,给日本人干活不保险哪!"

"可是人家每天管两顿高粱粥哇!"

于是马老太太红着眼圈和儿子告别了——八申被日本人带着到黄花坪作开山的小工去了。

★★★★★★

连着从北边响了一天多的大炮，四面的枪声紧一阵松一阵地响着，八路军攻进来了。马老太太发着抖爬在炕根底下，嘴里不住地哀告着："八申呀！回来吧！……"

日本人都往东跑了，只剩下黄化坪的鬼子却硬迫开山的工人们替他冲锋！工人们一涌都逃散了，眼看着一群群的人们被日本人捉住砍了头——可是八申死里逃生了，他顺着小胡同往家溜着，看见大街上正过队伍，人们围着看。打鞋钉子的壮年还招呼了他一句："快看呀！八路军！"八申连理没理便到家里了，他一见母亲，往炕上一躺，简直像哭似的："日本人把我的腿打坏了！"

"外边安静些了吗？"母亲一面抚摩着八申的腿，一面说。

"八路军进来啦！"

马老太太吃惊的："敢看吗？"

"看样子不打人不骂人！"

"不准吧！天下还有不打骂老百姓的吗？"马老太太半信半疑地怀着侦探的心情走到了大街上，八路军的大队像条龙在街中心爬着，都是二十多岁的庄稼小伙子，都是很忠厚的人们！大队走远了，正当马老太太半喜半惊地同别人谈论八路军时，忽然一个掉队的青年兵赶上来问马老太太："大娘，大队往北去了吗？"

马老太太心中一抖倒退了两步，惊慌地说："我是个穷人，连饭都吃不上的人。"

"大娘，别怕，八路军不比别的军队，八路军是老百姓的队伍，和老百姓是一家人。"青年兵笑嘻嘻地解释着，显出了固有的孩子气的可爱，"大娘！我问你，我们的队伍往北去了吗？"

马老太太似乎听明白了他的意思，她的心，像冻僵了的手遇上火炉似的，她善意地望着他，很多话在嗓子里咕噜了很久，可是只说了一句："快往北追吧！"

日本人跑光了，张哑巴还到处打冷枪，八申躺在炕上呻吟着，马老太太却深深地怀念着八路军那个青年兵。

随着这群和气的军队来到后，一连串的喜事都跟着来了：一开始便减了房租，接着便枪毙了张哑巴；又过了几天，八路军便发粮了。

赈济会上，马老太太和所有的贫民们看见了发亮的黄小米，看见了绿军衣和粗布便衣八路军的笑脸，于是便认识了八路军的心。当马老太太用布袋装着领到的小米时，她的心跳着，眼眶子湿润着："救命的八路军……"

★★★★★

马老太太家住上八路军了，她细心地找那天在街上问答话的那个青年兵，始终没找到，可是每一个八路军小伙子却都似乎是那个青年兵。

一个黑眉毛的矮个子想缝扣子便向马老太太请求："我用一用针行吗？"

黑眉毛取了针后，马老太太偷偷地看见那个被称为班长的批评他说："你为什么不称呼一声大娘呢！"黑眉毛听了红着脸点了点头。

八路军小伙子们，吃饭使马老太太家的碗，洗袜子洗脚使马老太太家的盆，马老太太从心眼里觉得高兴，小伙子们一见了马老太太就是个笑，一开口就是大娘长大娘短的。

小伙子们要缝一缝袜子，马老太太一定要夺过来自己缝，小伙子们出操去了马老太太偷偷地给他们洗衣服……

街上给八路军做衣服了，马老太太白天忙着给妇女们送布送线，夜里给八路军缝半夜帽子，全街妇女们都爱她，成立妇会时大家推她当了主任，抱孩子的妇女们每天都找她谈问题。青年妇女们常常向她喊："马主任，今天上民校吗？"

马老太太常常向别人讲："办好事的军队每个当兵的都是好的！"她也常常暗暗地指着八路军小伙子们对八申说："你看，修下个像那样好的儿子真有福呢！"

这天，八申吃得饱饱的躺在炕上哼小戏，马老太太又开口了："八路军多善性呵！比一比你……"

八申是个粗野直性的汉子，这几天子吃上粮食了，声音像一匹驴似的忌妒地说："你就是瞧得起这群八路军喽！"

"不是八路爷早饿死了！"

"八路爷！爷！爷！……"八申从炕上下来踏着鞋走出去了。

连着三天八申没回来，第四天，正当马老太太同隔房二婶说八路军长八路军短的时候，八申咧着大嘴笑着回来了。

"娘！别叫八路爷啦！叫八路儿吧！"

二婶噗地一声笑了，马老太太用手点着八申骂道："整天满嘴胡说！"

"没有八路军早就饿死啦——我当了八路军！"八申说着把眼一瞪，把大拇指向马老太太一伸。

马老太太好像被谁揪了一下心似的，两只小脚带着身子晃荡了几下，呆子似的立了片刻，才郑重其事地说："人家喜欢收你吗？"

"哪个八路军不是老百姓！"

"唉！你这牲口劲，可得老老实实地改改呀！——可不兴欺压老百姓呵！"

"知道，不知道这，能当八路军吗？"八申有伤自尊似的，"给我补上那两双袜子吧！把我那个衬衣洗洗吧！"

于是第三天一早，八申随着队伍别离家乡了！

★★★★★

三个月以后八申来信了，信上写着："……咱们刚翻身了，反动派又想进攻我们，想叫咱再爬下去……我们一定要保卫家乡！保卫解放区,把反动派打退,我们人多心齐有力量……"马老太太心想:"自己儿子做对了!按着自己的心思去做了。"接着她又想起了黑眉毛、班长、院子里的一群八路军、大街上像条龙爬着行走的八路军……马老太太想:"自己是有仗势的!"

果真,在过新年的时候和平到来了,八申同着黑眉毛他们保卫住了自己安乐的生活,因为有他们,反动派不敢再来欺侮所有解放区的老百姓。

八路军救了马老太太,马老太太热爱八路军,八申当了八路军,所有的人都在敬爱马老太太。

这第一个和平安逸的新年,也是马老太太第一个真正的新年,减租救济还不算,头年还优待了二十斤小米。今年年下买了八斤肉,白面就有多半袋子,人人尊敬争着给拜年还不算,李二嫂她们还送点心,送光荣花……

给马老太太拜年的来一起又一起,马老太太忙乱地招迎客人,请茶敬酒,直到太阳大高了才吃早饭。

马老太太刷着锅碗,听见街上的秧歌队又扭开了,人们的欢笑声、吵嚷声充满了大街,马老太太要去检查他们一下,可是忽然又想起一件更大的事情,她赶紧抱上桌上的四包点心,从抽屉里取出那个钱包,连门子也没顾锁便跑出去了。她招呼着李二嫂、二婶她们,赶紧又拿了两篮子鸡蛋、挂面、白糖……。她们一群费劲地迈着粽子大的小脚,到附属医院慰问八路军伤病员去了……

(《晋察冀日报》1946年3月3日,《每周增刊》第5期)

红

杨朔

一、红

　　凡是矿山的工人，见面不用打话，一眼就可以认出来。他身上总染着红色，这就是自然的幌子。火车一开到庞家堡矿区，徒步顺着山往上走，看吧，盛矿石的大流子，运矿的电车和高线，以至于马机道，矿坑里里外外全是红色。工人整天钻坑道，浑身颜色更重。他们在矿山上年月的深浅，也可以从外表分辨出来。新工还轻点，一些老工人的衣裳，原本是黑的，却变成墨紫色，原本是白的，就变成红的，洗也洗不净。

　　矿石是红的，沾着它的东西全染成红的，于是工人便叫矿石是"红"。红不但弄脏他们的外貌，还弄脏他们的五脏六腑。擤的鼻涕、吐的痰，全没正经颜色。可是过去这些年，他们的生命从来也没染上点红意思，只是黑沉沉的，过着暗无天日的生活。

二、坑道里

　　矿山东部的白龙坑正在运红，我跑去了。在洞口前，我听见一阵铁轮子响，夹杂着嘻嘻哈哈的欢笑声。一会，两个矿工推着辆骨碌马（矿车），装满红，沿着电车道跑出洞来。车子一推足劲，他们便跳到车座上，轰隆轰隆地滑向前去，转了山嘴，停到一个大流子上，把红全倒下去。电车道是单轨，要等运红的车子全推出坑道，才能再往回转。已经有十几辆骨碌马停在那里了，工人们散坐在山坡上，有的抽烟，有的唱小曲。我瞧他们推得蛮轻松，走到一辆空车前，也推了推。原来好重啊!

一个面貌憨厚的中年工人对我笑道:"咱们干惯了,不算回事,不过一不小心,车子开翻,砸断腿胳膊,也是常事。"

我就问道:"坑道里常闹事吗?"

一个小伙子抢着答道:"谁说不是!在洞里干活,又得张眼,又得□耳朵……十四□的侯龙,就是打眼放炮,崩坏一只手!"他走过来,前胸俯在车上,用嘴巴指了指斜对面山腰上的一个洞,又说,"前年冬里,我在那做活,亲眼看见顶子塌下来,砸死十一个人……有一个头都砸扁了,想起来还叫人寒心!"

中年工人又接嘴道:"咱们都是拿命换钱,可是老鬼子看咱的命,连个屁钱也不值!头年春里,我有个伙计叫石头砸倒,叫得像鬼嚎,日本监工的跑来,梆梆就是几皮靴子,还骂着说:'要死快死!不死就起来干活!'"

这一来,勾起工人的心里话,你一嘴,我一舌,抢着告诉我他们这几年所受的罪。挨打受骂,只是家常便饭,顶可气的是给工人沙子米吃,害得工人拉不出屎,一喝冷水又拉稀,一死便是几十,死尸埋不过来,遍地都是,叫人睁不开眼,一睁眼就是死人,夜里走路,也会叫死人绊个筋头。说到末尾,一个长着黄胡子的人,望望大家说:"真奇怪,没想到咱们能活到今天!"

最后的一辆骨碌马不知几时推出来了。有人招呼一声,大家立刻推着车往回走。那个中年工人落在后边,回头关照我说:"你不是要进坑道吗?跟着我走吧……慢慢地,别急!"

坑道走不远便转了弯,外边的光透不进去,漆黑漆黑的,就像没有底。一长串骨碌马轰隆轰隆地响,震得山都像乱摇。只听见那个中年人一会喊:"这里矮,低下头!"一会又喊:"上坡啦,慢点走!"我用脚探索着电车道的铁轨,追着他的声音走,生怕离开正路,跌到什么深坑里去。走了几十步，前边露出灯光，人和车子的黑影也显出来了。电灯就挂在石壁上，黄澄澄的，像盏菜油灯。坑道蛮宽敞，可以直着腰走路，只有几处得躬下腰去。顶子和两壁都是石头的，脚下尽是小碎石块，有时是一堆一堆的红末，一脚插进下去，鞋袜就变成红的了。再往前走，隔不远便挂盏电灯，不像刚进口时，黑得叫人气闷。坑道两旁，又有些黑洞，这是往下吃（挖）红的口子，我的领路人说："下边不做工，没挂灯……要有瓦斯灯，就能进去瞅瞅了。"

车子从一间小木棚旁推过去，里面又是电灯，又是火炉子。领路人掉过脸，嘲笑地说了几句话，可是声音碾到铁轮子下去，我一个字也没听清。

半里路长的白龙坑快要走完，前面便是洞口，射进好亮的天光。矿工们鼓起力气，推着车子跑起来，转眼便出了白龙坑，奔着三斜坑跑去。那边洞口旁，正放着大堆的红，等着搬运。我落在后边，望着他们的背影，体会到他们现今对劳动所抱的热情，不觉笑了。

可是那个小木棚是做什么的？逢巧一个戴狗皮帽子的工人迎面走来，我挽住他的胳臂，才问了两句，他就笑道："那是日本人的事务所。白天他们还敢在外边，一到黑夜，他们怕八路军来，就躲到洞里去，还通上根明线，想要电死八路军。这根明线不要紧，害死的工人可不少！工人往那边运红，走的是下坡路，车子跑得急，有时一歪，工人只顾照管车子，手脚一张，不定是头是手，粘在明线上就电死了……从前这个坑，可真坑人！"

末两句话蛮俏皮，他自己倒先笑了。

三、崩坏手的人

隔了一天，我见到侯龙，他是个光身汉，约摸三十来岁，不大言语，说起来声音很低，好像是自言自语。他的历史很悲惨，但不是他个人的，而是千百人共同的历史。

一九四三年秋天，敌人抓工，他叫人强逼着离开祖宗几代经营的一点土地，先到八达岭一带做工，后来便转到庞家堡矿山了。每天当牛当马，累得要死，但还吃不上一顿饱饭，饿得他昏头昏脑，脑袋嗡嗡的，不知多大。同来的伙伴一个一个地冻死了、饿死了，他就一个一个地亲手埋葬了他们，眼泪只往肚子里流，从此更加不爱说笑。他想逃走，可是腰里没有一文盘缠，往哪逃呢？一天两天，一月两月，一年两年，他就这样忍着痛强熬。

他做的活是下坑道，打眼放炮。一九四五年六月间，他和一班工人用风钻打了二十几个眼，装上火药雷管，接上芯子，然后由他撤出坑道的电灯，点着芯子，一会洞里就轰轰地炸起来了。

要想收拾崩下来的红，他得先进去安电灯，可是没有电石，不能点瓦斯灯，只好寻了块崩红用的小黄火药，点起来照着光亮，刚走进坑道不远，他的耳朵边上忽然响了一声，右手捏的火药也灭了。他以为是哪里崩红，掉转身又往外走，但是一到光亮地方，发现自己的右手满是鲜血，食指已经炸掉，小指的末一节也没影了。当时他的手炸木了，慌得他直甩手上血，可是丝毫不觉得痛。伙伴们慌慌张张地围拢上来，替他包扎伤口。有人猜出道理说："火药里准有雷管，才把你崩成这个样子！"

组长派了个人去请医生，左等右等，总没消息。他渐渐地感到彻骨的疼痛，止不住直叫。有的工人急得乱骂，以为请医生的人腿慢。其实不慢，那个人跑回来了，喘吁吁地说："医生嫌天热，不愿出门，叫咱们抬去。"

工人们把他抬到医院时，正是吃晌饭的时候。医生们穿着雪白的衣服，一个一个昂着头，从担架旁边走过去，迈进饭厅，明明听见侯龙痛得乱叫，可是睬都不睬。直到他们吃饱饭，一个戴眼镜的日本医生才叫人把侯龙抬进手术室。他打了个饱嗝,蹙着眉望了那只受伤的手儿眼,漫不经心地说:"没关系,一礼拜准好!"

接着就有人来绑侯龙的眼,又给他往右臂上打麻药。他不再觉得痛,安安静静地躺在手术台上,只听见刀子剪子一类东西响,又听见骨头喀剌喀剌响,知道医生正给他治伤,十分放心,耳朵里只盘旋着医生刚才的那话:"没关系,一礼拜准好!"

施完手术,看护解下他眼上的布,推了他一把,叫他下去,他坐起来,张眼一望右手,不禁惊得张着嘴,瞪着眼,塑在那里。原来他的右手被锯掉了,手腕子光秃秃的,缠着很厚的白布。三十几年来,他靠着这只手做事,靠着这只手吃饭——这只手就是他的命!此刻,他的手却扔到一面铜盘子里,鲜血淋淋的,指头拳曲着,像是个鸡爪子。没有手,他以后还怎么活?他没冻死,没饿死,却叫人搓弄成个残废,比死还不如!一阵心酸,他忽然发疯似的哭道:"还我的手来,还我的手来!"

医生却厌恶地喝道:"噪的什么,你不是还有左手!"说着整整领带,走出去了。

我遇见他时,他手腕子的伤口结成个镜疤,已经好了,不过依旧缠着块布。他讲完自己的事情后,低下头,眼睛无神地瞅着地面,一会眨了眨眼,睫毛就湿了。这个人明白是谁害他了,心里装满无声的怨恨。今天,他所恨的敌人虽然得到应有下场,他所丢掉的东西可永远得不到原物来赔偿他。这是一辈子憾事,所以直到今天,他还是那么闷闷不乐。

四、刮大风的晚间

山头的大北风,出奇的硬,呼呼地,吹过一阵又一阵,直往上扑。满天的星星像是些纸灯笼,似乎也叫风吹得摇摇晃晃的,就要灭了、破了，七零八落地跌到地面上来。黄金铎的小屋坐落在半山坡上，是三区工人住宅最下边的一间，正当风口，坐在屋里，觉得就好像坐在一叶颠簸的小船上，外边便是波浪翻滚的大海洋。

屋里可并不冷。炕烧得暖烘烘的，地上的煤炉子燃得正旺。黄金铎的女人一手抱着孩，一手在煤炉子上坐了□子水，一会儿工夫，水就响了。

我是第二回到这家来。头一回和黄金铎谈了半天，彼此很对心事，就变成朋友了。他是个细高个，高鼻子，凹眼睛，还没平四十，但是种过果木，挖过煤，在庞家堡也是五年多的老工人了。他为人精细、老成，说起话来慢条斯理的，咬字十分清楚。正说着话，我想起白龙坑里敌人防备八路军的小木棚，笑着岔开话头道："老黄，你从前是不是也怕八路军？"

他蹲在炕上，装了袋旱烟含在嘴里，正要点火，听见我的话，便从嘴里拔出烟袋，直瞪着眼说："怕，怕盼都盼不来呢！话糙理不糙，鬼子没跑以前，八路军来过也不止一遭了。有一天晚间，也是呼呼地刮大风……可不是北风，是……"他掉过头向他女人说："是几时呀？"一边从炕席上刖断根席篾子，伸进炉子点火。

女人正在炕边上奶孩子，偏着头□□一下，轻声说："是头年五月。"

他点着烟，点一下头说："对啦，是刮大南风，记得到晌午，破棉袄就披不住啦……那天晚间，不到三更，也有二更半天，我有病睡不着觉，听见外边刮着大风，听着听着，就有好些人的脚步声，杂杂乱乱的，一直来到我的窗外……这时候，不知怎么，孩子哭起来了，我慌得赶紧去拧电灯，就听见窗外有人小声说：'别言语，不要害怕！'随后人都走过去了！不到半个钟头。你猜怎么样，山顶上响了两枪，（警笛）就像鬼叫似的拉起来了……"

草帘子一响，门就呼地撞开，一个矮汉子像大风吹进来似的，赶紧又用后臂关上门，操着一口冀南口音，高声问道："你是不是说那回砸老虎科的事？"

老虎科便是敌人专门剥削工人的劳务科，工人恨透了，改叫它这个名字，坐落在馒首山上，紧下边是独身工人所住的一区。刚闯进来的这个人叫周大丰，我在一区见过。他把身上的光板皮袄裹得更紧一点，一屁股坐到个木箱子上，也不等人答话，立刻吵架似的大声说："那天黑夜，刚开头，咱也不明白是怎么回事，就听见老虎科里又砸桌子，又砸椅子，乒乒乓乓地好像唱大剧，闹得正欢，咱们的门也不知道叫谁一脚踢开，就看见一个拿枪的黑影飕地跳进来。我这一吓，差一点没拉在炕上，可是人家叫起来了：'我们是八路军，进来不为别的，就为往出救工人！谁想回去，赶紧跟上出来。你们要是没有盘缠，就给你们钱，没有吃喝，就给你们吃喝！'工人多半都是抓来的，正愁没法跑，听见这一声，对面两铺大炕哄地就闹起来，有的穿衣裳，有的抱着衣裳，赤□精光跑出去！……赶第二天一看，老虎科砸得稀里哗啦，工人跑了三四百！……我要不是做活扭了脚脖子，也早扛上三八大枪了！……"

□子里的水开了，黄金铎拿眼望了望，女人便放下孩子，冲了壶茶。黄金铎接过茶壶，一边倒茶，一边啧啧着舌头说："这伙人真仁义，干得也漂亮！听说人家事前把山里的情形探听得清清楚楚，那晚上分做两路……"

周大丰搔搔鬓角，忍不住抢嘴道："可不是！一路打西北白庙上来，一路打李寺山翻到南山头上，先缴了老虎科上面那个岗楼子的枪，才打进老虎科……后来才听人告诉说，里面还有咱们工人接应呢。"

黄金铎又啧啧着舌头说："这伙人实在仁义！打这以后，你猜怎么样？一到天黑，老鬼子就躲到窝里，不敢露头！我也得了个坏毛病：每逢刮点风，晚间躺在炕上，听见门外风吹草动，就盼望是咱们的人来了！今儿盼，明儿盼，可把我盼坏了！"

门外的山风吹得更猛，他不觉又侧着耳朵听了听。

周大丰却指着我打趣他道："别盼了，老兄，你炕上坐的不就是个八路军！"

五、翻身饼

实际呢，八路军的主力兵团压根还没到过，在矿山四周神出鬼没的全是民兵。一九四五年八月间，敌人的势力变得像是开春的冰，快要化成泥汤时，工人的反抗更加火热了。有人站在山头上，大喊一声："咱们要成立工人队！"成十成百的壮小伙子就站起来，他们没有枪，顺手抡起镢把子、榔头，大胆地包围了扎在山上的一连"皇军部队"。多少年的仇恨啊！一遭爆发起来，这种惊心动魄的声势，早把敌人吓得连夜翻山逃走了。他们夺得枪炮，占领了敌人七年刻意经营的矿山，不顾命地保卫起来。

今天，你要是到敌人准备坑害工人所盖的娉子房时——对不起，于今我该说是工人自卫队的队部时，会见的差不多全是新人，已经看不见当时的英雄了。他们早穿上军装，扛起亲手缴获的大枪，大踏步开到前线去。但在过年时，有的告假回山，我会见几位。他们都是那么年轻、结实，挺着胸脯走路，说起话来又爽快，又响亮，充满自信。一个叫杨士瑜的战士特别有味，滚圆的红脸，两只眼睛缝着，总像在笑，我问他道："你这次回来，觉得山上比早先怎么样？"他想都不想，答道："早先怎么能比！"

早先过年，工人吃不上饭，今年可是家家都捏饺子吃！早先过年，工人也不放假，今年却歇七天，到处敲锣敲鼓，唱戏闹秧歌，扮小车会！残废贫病的人，早先谁管哪！今年公家可特别照顾他们，一只手的侯龙就领到一斤肉、两斤白面！瞧吧，工人这个热情啊！给军队拜年，给政府拜年，还纷纷地给远在延安的毛泽东同志写贺年信！光荣的抗属就更受尊敬：公家给他们献花，送他们礼物，请他们赴席，喜得一些老太太拿手背直擦眼泪！

大年夜，我在工人区转了一阵。到处贴春联，放鞭炮，气象好新鲜。家家的电灯雪亮，屋子烧得很暖，爱俊俏的小姑娘都穿得红红绿绿的，有的还腻着她娘替她戴花。这儿的风俗，是不是除夕也吃饺子呢？我走进一家，工人都笑嘻嘻地让我吃饭，但他们吃的却是烙饼。我走进第二家，该是饺子了吧？不想又是饼。赶到走进自卫队长家，看见锅里又正烙饼，我忍不住奇怪地问："你们怎么不吃饺子啊？"

自卫队长笑着答道："咱们初一吃饺子——今天过三十，讲究吃个翻身饼！"

翻身饼，多么动人的名字啊！几千年来，只有中国解放区的老百姓今天才算真正出头了，这个年也是大家有生以来所过的第一个太平年！难道不该欢喜吗？吃吧，翻身饼，但愿来年吃的人更多，吃的地方更广！

（《晋察冀日报》1946年3月3日，《每周增刊》第5期）

记几件小事

丁克辛

一

一个青年,徐水县人,小地主家庭。

抗战前上过初中,因为"捣乱",被开除了。这事气坏了顽固的父亲,从此不让他上学,他逃到北平,做了一个警察机关的下等杂役。

三八年他回到徐水,做地方工作,头一次遇上敌人包围的时候,浑身发抖,枪也放不响。然而他很快就锻炼出来了。这中间父亲几次劝他不要做这些傻事,他当然没有听。有一次县长带领县大队由平汉路西转移到路东,他也在内,不幸遭敌人伏击。敌众我寡,损失很大,县长也牺牲了。他好容易冲出重围,最后落得一人单枪,几个顽敌还紧紧追扑。紧急中他依靠田野里一个小土岗抗击,乘敌人不敢向前的一刻,迅速脱下单裤,蒙在土岗上假装人形,这样才得逃脱。

情况仍然非常紧急,不得已回家中(就在附近)暂避片刻。到家已经傍晚,妻子打出热水来给他洗脸,擦上身,拿出新单裤给他换上,说了许多温存体贴的话。父亲特别为他做了好吃的饭菜,自己不吃,默默地陪着儿子吃。饭刚吃完,父亲流着泪说了:"孩子,这一回你总相信父亲的话了吧?幸而没有把命丢了,还算大大的喜事……"

父亲的话没有说完,儿子猛然站起来说:"爹!想不到你糊涂落后到这步田地……"

说着,拿起手枪就要走。妻子急忙上前去拦阻,带着哭音说:"爹的话说得不对,你也不要马上就走啊,不管怎样住一宿,我有些

话跟你说……"

因为哭泣,女人的话说不下去了。

青年迟疑了一下,呆呆地望着妻子的泪脸,在灯光里闪亮。

父亲却咆哮了:"走吧!走吧!家里不少你这样一个不肖!……你也永远不用再回来!"

儿子甩脱了妻子的手冲了出去……屋里,儿媳和公公认真争吵了起来。

二

又是一个青年,更年轻。

事变那年从高小毕业,经过八年抗战的锻炼,当了专区抗联会的主任,还只二十四岁。

家庭原来是富裕的中农,父母并不落后,懂得打"日本"是正道。可是抗战一年年不胜利,生活越来越窘迫。据说儿子是不小的干部,然而不但没有一分钱拿回养家,反倒每年要从家里拿去一些衣服和鞋袜……

儿子呢,年纪虽轻,身居领导地位,要掌握原则,要处处做表率。不是不想着家庭困难,也常想抽空回家看看,然而每年每年,总是难得回家;偶然回去一次,父母总是诉一阵苦,自己就从各方面解释、说服。反攻了,儿子的机关搬进了县里,这一会,父亲打从老远二百里以外进城去看儿子。

儿子住得很阔气,雕龙画凤,玻璃窗,院子里还有各式花草,招待他的是大米、白面、肉、炒鸡蛋,还有酒。酒过数杯,老人就惊奇问:"为什么儿子他们一定不和他在一起吃饭?"儿子也告诉了他:"这是招待他老人家的,大家仍然是吃粗粮、蔬菜!……"

老人两眼一愣,看儿子仍然那样清瘦,突然酒醒了一样说:"这几年来,我不是不知道我家××体质弱。抗战困难,公家是没有钱。

我哪一天也想着捎几个钱给他零花零花，买点好的吃。实在是因为家中太困难，说起来，我这个做老的实在没躲藏……"

儿子一个人稍远地坐在"沙发"里，默默地听父亲说，之后问父亲，今年家里秋收怎样？

父亲说："因为太旱不强。"

儿子说："不管怎样，回去先把统累缴了，不够吃了再说。"

父亲笑了："那还用说，我哪一年也是头一个缴，何况现在鬼子走了……"

三

还是一个青年，还要年轻。四一年敌人秋季大"扫荡"，他还只十八岁。

那年反"扫荡"结束后，他和另外两个同志被派到二百里以外去做慰问救济工作。因为反"扫荡"刚结束，好多老乡都还没有从山沟里撤回，因此村庄里的炊烟也很稀少。

第二天路过自己的村庄，青年决意回家看一看母亲。

走到村口，一个熟人在庙台前迎住了他，说："你可回来了，活着的人到底还是不少……"于是青年就问村里死了多少人，烧了多少房……接着问到自己家庭的情形。

那个人长叹了一声，但马上又笑笑说："你家里很好，没有什么，没有什么……"

他昏然走进自家院子里，东屋和北屋六间瓦房被烧完了，瓦砾堆了半院子，旁边一棵大槐树也几乎被熏死了，树叶子一半青黄，一半焦黑。

青年默默地转向西看，西屋都没有了门扇和窗户。恰好十五岁的大妹妹从西屋出来，一见哥哥，就马上带笑上前来迎接，接上他背上的背包。但青年当即发现妹妹笑得有点异样，甚至有点可怕。

"母亲呢？"他问。

"嗯……噢……"

大妹妹正在支吾，小的一个妹妹（只七岁）也从西屋出来了，见哥哥就抱住他的两条腿啼哭起来，哭得那样伤惨，一面呜咽着说："哥哥，咱娘给鬼子打死了！……"

这样，青年止不住了，眼泪一连串地滴落到妹妹的头发上。

进了西屋，满头白发的祖父、挂着打伤的手臂的婶母都过来了。从两人凄苦的骇人的告述里，知道母亲在一个山庄被杀害了！同时被捕男女老幼二三十人，母亲临死之前还对乡亲们哭泣着说："乡亲们，不要怕，反正是一死，咱们的儿子会替咱们报仇的！"

这时候，大妹妹和小妹妹在旁边哭得非常的悲痛。

青年终于说，他应当在家里停留几天，可是他还有紧急任务得马上走。

白发的老祖父低头沉思了一会，忽然慢慢地抬起头来，霎着湿漉漉的老花眼说："我不留你，留在家里此仇也不能报，家里固然很困难，可是救济别人更要紧……你要走，就走吧，不要伤心，要更加努力工作……"

孙子忍住了眼泪，乘机背上背包，大步走出家门……

一九四六年二月，张家口

（《晋察冀日报》1946年3月3日）

临沂风光

《新华日报》特派记者 李普

跟着执行小组的飞机,我到了临沂。这是山东解放区政治军事经济文化的中心地,山东参议会、省政府、山东军区司令部和新四军司令部等山东的首要机关都设立在这里。那几天正在下雪之后,从飞机上往下看,太阳光照耀着万里白雪,对于我这个从雾都重庆来的人,尤其是一种惊人的奇观。事先从北平发出的电报没有收到,当局不知道我们今天到来。首先来迎接飞机的,是一些过路的老百姓。有几个身上背着枪,特别是几个带手枪和驳壳枪的,用红的或用绿的布把枪包着,衬着他们黑色的或青色的便衣,更显出一种朴素而动人的英雄风味。

凭着我对解放区有限的常识,我知道他们是"民兵"。在人民丛中我又发现一面横旗,上面是"十里铺减租会"几个大字,旗子的背面写着"拥护和平实现",旗子下面的一簇人手里拿着锣鼓铙钹之类,看样子是去开什么群众大会的。所有这一切,同那耀眼的白雪,冬日的阳光,都给我一种暖洋洋的感觉。怀着虔诚的朝礼者的心情,我跟着人们向城内走去。

城墙上写着一幅"唯有实行民主,才能巩固和平!"的大标语。市集很热闹,有肥皂、纸烟、布匹、袜子、手巾、牙刷等等,各种卖肉类吃食的摊子,几乎每走二三十步就有一家。后来据著名的经济学家薛暮桥氏告诉我(他现在是山东省政府秘书长和实业厅长),集市的特别繁荣,是解放区经济的一大特色。农民的生活改善了,购买者主要是农民,布匹、肥皂等工业品也由农村供给,这是农村经济发达的反映。不仅临沂如此,就像烟台那样已经现代化了的大都市,解放之后,周围也发展了许多大集市,现在每天有两三万人作交易。城内的大商店也去摆摊子，因为购买者主要是农民，他们还害怕跑商店，于是大老板们不得不来迁就他们这批大主顾。农民们如今也要吃点肉了，以临□县为例，抗战前每十五里有一集，每集销十个猪。现在每一集，销一百到两百个猪。大地方五天两集，小地方五天一集，过去杀一头猪平均只有六十斤，现在杀的猪，平均总在一百一二十斤左右。

物价的便宜，尤其使我这个重庆人羡慕不已。猪肉每斤老秤十四元，敌人投降时仅六元，半月前涨到八元，旧历年关才涨到这个数目的。走过一个货摊时，我看见一种四边□线的大手帕，问问价钱只要三块钱一条。在重庆大概至少得五六百法币吧。敌人投降前麦子每斤二元五到三元，最近一月来涨到五元。所有这一切，都是说的解放区北海银行的票子。法币在解放区市场上停止使用，只有一定的比价，现在每十元抵一元北海票。关于物价的如此低廉，何以最近有上涨的趋势，以及何以停用法币、禁用伪币，我曾特地和薛暮桥氏做过一夜的深谈。事实证明中国的经济不是没有出路的，这个问题很大，而且关系重要，想来极为读者所关心，记者愿另文详细介绍。简单地说，伪钞固属是敌人杀人不见血的利器，在敌人的掠夺政策之下，法币也变了质，不同于过去的法币而成为敌人宰割的工具，因而不得不禁用伪币、停用法币，主要的就由于这政策的成功，才在抗战期间取得了胜利，在敌人投降之后保留了这片干净土。就以北海票一元折合法币十元、伪联银券五十元计算，今日解放区的物价不也是比重庆、成都和上海、北平等地便宜得多吗？

解放区人民是幸运的，不仅是在物价便宜一点上。临沂约有三万人口，解放后，所有这些人家几乎全部陷于失业，因为全部人口中奸伪人员家属约占百分之二十五到百分之三十，其中约占百分之三十以上开饭馆、澡堂、旅馆、大烟馆、妓女馆等，这些大部分都是以敌伪官员为主要顾客。解放之后，奸伪们肃清了，这些人便纷纷失业，因而解决失业便成为民主政府首要的问题。解放军攻城是在夏天，守城的伪军许兰生,曾经抢掠了许多老百姓的棉衣用花生油浸着在城墙上烧了一个月,因此解决冬衣也是很重要的事情。帮助一切新解放地区的人民解决生活,第一是发放救济粮,第二是没收伪产分配,第三是帮助老百姓生产。前两者都有穷尽的时候,唯有后者可以给每一个老百姓开拓□无限的财源,这才是彻底解决问题□有效可靠的办法。以前全城没有一家人家纺线织布,民主政府成立生产推进社以后,供给老百姓资本、工具和原料,一个月内发展了八百辆纺车和打毛线的一千多人,制硝的二百多家。这仅指有组织的而言,无组织的、零星的散户,还不在内。制成品都由政府收买,不用担心没人要,这当中实际的看得见的利益是一种有力的吸引。推进社以及政府其他部门的工作人员挨家挨户访问劝说的功劳,我们也不应该忘记。我跑到生产推进社去,门口挤满了人,热闹得很。当一个工作同志告诉我这些数字的时候,她的兴奋的神色深深地鼓舞了我,使我不知不觉傻里傻气地问道:"你们很快乐,是吧?"

"当然啊!"她答道:"起先老百姓不大相信,现在可欢迎得很哩。"讲到老百姓怎样欢迎他们的时候,像小孩子一样地高兴起来。这种喜悦的精神,我在解放区每一个工作者的脸上都看得到。老实说,我自己总觉得,这八年来他们的生活艰苦得不堪想象,事实上也的确如此,但是他们每一个人都兴致勃勃,神采飞扬。反而奇怪我们在大后方的人为什么能够在特务制度和检查制度之下坚持得这样久,因而反过来对我们深致其同情与慰问,我和他们许多人一再谈论,原因是很明显的,一个爱国者的快乐是战败敌人,一个革命者的快乐是为人民服务——这两者他们都有了,我敬佩他们,羡慕他们。

(《晋察冀日报》1946年3月6日)

纪念"三八"

今天是"三八"国际妇女节,边区各地都在热烈庆祝,我们愿就妇女工作提出几点意见,以供参考。

晋察冀边区的妇女八年抗战中无论在拥军、优抗、劳动生产与民主建设上都有显著成绩。这些成绩的获得,与共产党和民主政府的领导是分不开的。

现在是和平民主建设的新阶段,在这阶段中,边区的妇运工作也应当有新的任务和作更大的努力。

首先,我们要认识到妇女解放和整个劳动人民的翻身是紧密联系着的。妇女的基本□苦和要求和她的阶级利益是一致的。妇女本身挨打受气被轻视、被□□等特殊痛苦,其基本根源并不单纯是男人压迫女人的问题,而是在于旧社会中阶级的剥削关系和各种不合理的制度。因此,妇女解放不是什么反对男人和打倒男人的问题,而是应该和一切劳苦大众以及广大的民主人士携手团结,为改造旧社会制度、建立新社会制度而奋斗。目前的奋斗目标就是争取政治协商会议一切决议的彻底实现,这是全国妇女解放的根本前提。

要积极宣传男女平等思想与妇女应享的一切权利,动员妇女参加群众翻身和建设新社会的斗争。妇女群众占人口的一半,是一支很大的力量,建设新社会没有这部分力量参加是不行的。由于某些干部对这一点认识不够明确,过去和现在某些地区常发生一些不应有的现象:当发动减租减息增加工资时,往往忘掉动员妇女参加,即使由于工农妇女群众的迫切要求,而动员一部分参加,在领导干部的观念上还认为是"配合""助威",没有认识到这也同样是妇女群众自己的要求。

目前广大的新解放区正在大放手地发动群众,任何干部都应积极动员妇女参加减租清算建政各种斗争，从而提高妇女的地位，逐渐解除痛苦。应当把妇女运动深入到各个团体、各个部门中去。边区绝大部分是农村，过去以农村妇女为工作的主要对象，更由于战争环境要求迅速地把群众组织起来，因此大批妇女干部脱离生产，专门从事妇运是应该的。现在经过八年多的时光，农村妇女工作已经有了丰富的经验，广大农村妇女已经发动起来，而且由于和平民主建设时期的到来，脱离生产的妇女运动者只需保留一部分，其余的都应转入生产部门中去。

妇运领导机关今后应该明确认识，妇女参加到各生产职业部门，学得一技之长，正是使群众工作与技术相结合，更便于团结妇女，更便于给妇女解决实际问题，是深入妇女工作的好办法，应该主动地与这些干部取得联系，尽力帮助解决困难。新解放中小城市女职员较多的机关团体，更需加强领导，并要用大力培养大批妇女干部，让她们参加到生产、保育、卫生、教育等各职业部门中去；要更主动积极地精通业务，从自己的职业活动中，研究妇女问题，团结妇女群众，创造典型经验。做生产经济工作的，应作为组织妇女生产的模范；作教育工作的，应创造提高妇女文化建立模范妇女民校的典型；其他各机关团体的女干部、女职员，在自己岗位上都应成为勤劳奉公、精于业务的模范，以提高妇女的地位。一切机关团体的女干部、女职员并应互相督勉，共同进步。如果我们大家全能这样做，边区妇女运动，一定会有一番新的开展。

最后，边区妇女应当和全国妇女握起手来，争取全国妇女在政治上、经济上、社会上、教育上地位之平等。

（《晋察冀日报》1946年3月8日，《三八专刊》）

烟草公司女工翻了身

史薇

过去，烟草公司的女工过着奴隶的生活，敌人榨取很厉害，男工工资一天挣三毛五，女工一天挣两毛五，而女工做的活就加倍的繁杂了。就拿机装室说吧，男工开机器，修理机器，女工就管机器上各个部门的工作，浆糊稠稀，切刀切的烟怎么样，烟卷出的软硬，烟卷号码的准确。而最主要的工作就是码烟，那是一缕缕地赶紧把机器出来的烟搁在木匣子里，人的手向开的机器比赛着。在工作时到厕所要拿牌子，拿一次不问，拿两次就骂啦，喝水也要拿牌子。敌人使的新表计算：上午七点钟上班，一点时吃饭半个钟头，多一分也不行，喝水时四点二十分，喝水只十分钟，下午七点半下班。计算一下整整做十一个钟头零五十分的工。工人每天是顶着星星儿上工，顶着星星儿下工，两头摸黑。再看看从敌人手里拿到的工资吧，敌人是无论任何工人，一个月的工资，总要押十天的工资，据说是等到工作完了才发呢，半月一开支，礼拜天除外，下剩十三天。请假要扣钱，来了例假也要扣钱，只要你出大门一步就要扣钱。一个姓马的女工，是童养媳，得了病，怕挨敌人的打骂，拿不到工资，叫拉洋车的叔叔把她拉到了工厂，糊着烟盒时就晕过去啦，一个工人把她架到医院，头十二点到医院，下午七点钟就死啦。做了半个月的工，扣掉礼拜日费，还应有十三天的工钱，家里人要来，敌人说叫本人来拿，就这样剥削了一条命。

敌人千方百计虐待工人，如包装室，工人做工是计件的，你一天多包一盒烟，就多得一个廉价的钱，少包一盒烟，就少一个廉价的钱。敌人还派监工的打你骂你，女工为了多挣一口钱，不受敌人的打骂，拼命地做工。屋子又小窗子又少，夏天屋里像蒸笼的盖，闷热，汗臭，等到敌人稍走一下，女工们赶紧衔一口水，互相喷在肩上。肩和脸还正流着汗，被这一激，有的女工正在来例假的就马上停止了，女工就在这样的日子里被摧残了。仅仅知道这样的女工就有三个，白树贞、白树芳、李香莲。据女工说这是肺扎了。其实是不是肺扎了呢？一个人能不能这样常常受糟蹋呢？□闭□□□开腔，以死作了抵抗。

敌人压榨下的女工是这样的，再看看我们解放以后的女工生活吧。第一在工资方面，男工和女工是绝对的平等。普通工甲上男工女工同是三百六十四斤小米，普通工甲三百五十九斤小米，尤其对女工保健上更加注意，完全照顾了女工身体弱的条件。例如女工例假不扣工资，病时有药费，按药方□钱，女工吃了多少药，医生开药方来，就□钱；产妇产前休息一个月，产后休息一个月，工资照发。工作的时间八点钟上班，十二点吃饭一个钟头，下午一点钟上工，四点半收工。四点半到五点半学习，讲政治课，我们完全是实行了八小时工作制。

女工们不仅在生活上改善了，同时政治地位也提高了。张凤英对我说："敌人在时不叫我们开机器，怕损了机器。女工是没有机会学，要学什么也会。现在就按八路军解放以来吧，就让我们学机器，只要你肯干你什么也能干。就按我说吧，我现在就学开机器了，我们现在还要识字，认了字会看报，国家大事也都知道了。"在政治生活上，每天有时事学习。我问过一个叫刘月婵的女工："什么是共产党？"她说：共产党是代表无产阶级的，代表人民大众的，好比八路军解放以来我们吃喝都好啦，军民合作等。她又说到抗战是八路军和老百姓团结流血流汗得来的。为了纪念"三八"节，她们的教员又给她们讲妇女解放的故事，还学了两个歌子：《纪念"三八"节》《"三八"

节歌》。一个十五岁的小女童工朱蕙芬去广播□被敌人虐待的历史，她非常兴奋地说，这是我长了这么大第一次敢说话。女工学习的成绩、画的画都拿到"三八"节展览会去展览。

在我们解放以后，女工们出现了好多模范的例子，如拥军的模范是一个十二岁的小童工张连花，她把自己每天祖母给□花戴的十块钱，全储蓄起来，储蓄了五百块钱，送给前方的将士。工作模范贾桂学也是一个十七岁的小女童工，敌人在的时候她偷烟，据说在敌人退的前两天还一股劲偷了三十多盒烟，现在是工作模范，工作非常勤快，不偷懒，不和别的小孩吵架，爱护原料。她把掉的坏烟、烂烟盒都捡起来集在一起，大家选她为工作模范。

女工的自尊心大大提高了，知道男女平等要女同志真正有能力，所以她们现在都愿意学技术。在缺点方面，政治认识还不深，如八路军是代表穷人的，和都是中国人，所以中国人待中国人好，这有待以后的努力；其次在作风上，如好漂亮、装饰等，这都是以后应注意改正的地方。

（《晋察冀日报》1946年3月8日，《三八专刊》）

"三八"节感想

火柴公司女工 于桂芳

"三八"节是全世界劳动妇女争自由争民主求解放的节日。数千年来女子是受几层压迫的,经济上不能独立,社会上没有地位,终身作着家庭中的奴隶。自从八路军解放张家口后,实行男女平等,改善妇女待遇,许多妇女已参加各种工作□和生产部门去了。可是在旧社会还有许多女子不自由、没有权利,我们应该援助她们,从梦中唤醒她们。妇女只有团结起来才有力量,才能达到解放的目的。我们应该从各方面提高自己,发挥自己的才能,为新民主事业奋斗到底。

(《晋察冀日报》1946年3月8日,《三八专刊》)

她们第一次纪念"三八"

——记铁路医院的女护士

兰

拿着护士长的信,我去到内科室。女护士秦淑玉正在忙着,她看了信,又看了我,尖尖的脸上亮着一双稚气的眼睛,孩子气地说:"怎么办呢?你看,我现在没有时间……"我和她约好下次来,就到隔壁的院长室里,等候另一位女护士周莲玉。

在这期间,张院长和我闲谈,她告诉我院中现在三十四个女护士,三位是新增加的。她们大部分工作都好,有的还很积极。解放后一般的生活提高了,每月薪水是二五〇~三〇〇斤小米,能养活自己和家庭,薪水标准相当于其他医院的司药。"她们地位的提高,需要从生活和工作的待遇上来看。"

她们都参加本院职工会,新近选出了妇女委员,正积极准备"三八"活动。

"三八"这是一个多么新鲜的名词啊,对于这一群新解放的妇女,它使她们第一次真正意识到"解放"是怎么回事,使她们开始深长地回味五六个月来自由自在的生活。

周莲玉是一个长腰身的少女,穿着毛线衣和白色过膝的工作服,两手插在围裙下面,大方、朴素,才十七岁,离开小学已两年多。

由于是初次见面也有点不好意思地微笑着,但却不能掩盖内心的兴奋。她告诉我,日本头一天走光,医院第二天即开始工作。"院长刚来时,我们照样行礼。院长不叫行礼,说这会和早先不同了。"她说:"从前我们擦地板、扫地,整天站着,没事也不敢坐,日本人行手术,不许我们看,不许我们学技术。"接着她告诉我现在每天早上学习，上技术、文化和政治课，她还订了《晋察冀日报》。

从她的谈话是可以听出她是多么要求学习、要求进步，可是，由于行政工作的忙碌，缺乏时间和组织领导，直到现在，她们还没有开始有规则的学习生活。

由于甄秘书的介绍，我认识了妇女委员景华，她将"三八"节准备唱的歌和演的戏详细告我。剧本是《努力纺线有衣穿》（这个不切合她们的实际的剧，由于没有人写剧本而只好将就采用），并一再说明，由于时间关系，又无人指导，不一定能实现。

当昨天我再去访问她们时，她们正忙着打扫病室，准备增加产房工作。事实上，随着张垣的解放，一种主人翁的责任感，已经在她们的工作中逐渐表现出来。上月底病房工作者的会议上，护士刘静璋提出护士一人分管三四间病房和相互竞赛按期检查的意见，已为院方接受实行，因而克服了过去重病号无专人照管的缺点。前几天，一个两岁多的小孩患气管炎及肺炎，病势沉重，三位护士夜间轮流抱在怀里，直到天明。一天夜里，小孩忽然病危，她们立刻跑去找了护士长，施行急救。她们开始注意到节省药，一有意见就向行政上提出。她们爱护自己的医院，对病人耐心，工作负责仔细，她们已经从早先"成天待着""混生活"的精神桎梏中解脱出来。

她们是用手养活自己和家庭，用手为群众服务的女护士，她们经济上是独立的，政治上是自由的，她们有高度的热情和上进心，如果加以组织和教育，即可望成为建设新的医疗工作的主力军。

（《晋察冀日报》1946年3月8日，《三八专刊》）

子弟兵的母亲
——劳动英雄戎冠秀

张帆

一

戎冠秀同志，平山下盘松村人，今年四十九岁。十三岁时和佃农李有结婚，婆家日子越过越苦，最后分家分下八斗粮一口破锅，带着两个孩子，往外走。没房没地，只有和地主伙种地，种地一定要借粮，不借不租，春借一石，秋还五石。戎冠秀拴着孩子背着石头修地。种一年，修一年，地刚修好，东家又往回抽。家里没吃的，她饿着肚子挖野菜，头昏眼花，倒在地上，半天爬不起来。

八路军来了，实行减租减息。地主们对戎冠秀说："虎走山在，太阳落了，还要出山，咱们的事儿慢些办。"佃户们都说："世界上有穷人，就有八路军，这一家人如山如水，塌不了，干不了！"戎冠秀觉得对，她想："地里的辛苦就是文书。穷人流血，富人喝血。谁欠谁的租，谁欠谁的债？"于是她呼唤着："要翻穷身，先翻穷心；要想吃应心饭，自己下手盛！"

二

一九四三年末，边区首届群英会上中共中央晋察冀分局、晋察冀军区、晋察冀边区行政委员会、晋察冀边区各界抗日救国联合会联合决定，赠予戎冠秀同志以"北岳区拥军模范——子弟兵的母亲"的称号。

戎冠秀同志常对人说："子弟兵是谁的？咱们要好好地了清，边区八路军——子弟兵是咱们边区老百姓的！咱们离了子弟兵，鬼子就会把咱们全杀光，民主生活也没有，当亡国奴了！"她把两个儿子送到部队去，并号召妇女们不要"拖尾巴"，好男儿要参加子弟兵。战时她不仅照顾伤员，还想尽一切办法掩护伤兵员，她对子弟兵有无限的热爱，像亲人一样地招待过路的子弟兵喝水、吃饭、住宿，并且亲自抬担架，还想尽一切办法掩护伤病员。

交公粮时，她提出"三遭米运动"，保证公粮里没砂、没糠、没烂米。她家交的公粮最好，自己多交，还动员富户多交，对抗属她也极关心，领导妇女给抗属拾粪、推碾、抬水、做针线、锄苗、摘花椒……在一九四四年十一月间，她协同村干部召开了抗属座谈会，征求抗属意见，检讨缺点，研究以后办法，并为抗属捐募物资。村长赵瑞自动拿出水地三分，给抗属白种，农会主任赵增也把三分租地让给了抗属。全村有三家租种抗属地的农民，要学习戎冠秀，自动给抗属增加租子各一斗，这样全村抗属的困难都得到适当的解决。

三

边区首届群英会闭幕后，军区直属部队全副武装欢送戎冠秀同志，朱代主任亲自扶她骑上新奖的骡子。她感到无限的光荣。她说："我回去时要更加进步，不能和过去的'平均'，'平均'了可对不起子弟兵这样爱戴我。"

四四年大生产运动中，她首先把全家组织起来，开过家庭会议，大家分了工。她天不亮就起来拾粪、拾柴，全年内她不占整工，拾粪三十石，拾柴四千六百斤。春耕时九亩玉茭□天就种上了，并开荒□十亩五分，超过原计划一倍，可是她却累病了。分区首长知道后，马上慰问她，她更高兴，病好了更积极地生产，每亩地多上三十担粪。年终总结，全家增产九石九斗三升，羊从一只增到三只，牛增加一头，猪增加三个。

在她的领导和影响下盘松也变了样子。往年不出门的大姑娘韩之莲也参加了生产，过去靠地租过活的韩从义也跑起运销来；家庭会议已成一部分人的习惯；全村庄稼长得顶强，大麦平均每亩比四二年多打五升，小麦多打三升五；全村开荒九十五亩二分，增产粮食一〇五石一斗。

一九四四年末，戎冠秀同志被选为平山劳动英雄，出席边区二届群英会。四五年五专区提出开展戎冠秀运动，号召大家向她学习，各地妇女并组织戎冠秀小组，发动工作学习的竞赛。

戎冠秀同志虽然两度被选为英雄，受到边区广大军民热烈的敬爱，但她从不因此而骄傲自满。她常向人说："没有共产党就没有我这个英雄，没有上级的培养，没有村干部和乡亲们的帮助，也没有我这个英雄，没有军队在前方作战，更没有我们后方这样的太平。因此，我这个英雄的称号，和咱村拥（军）优（抗）工作做得好，这不是我个人的光荣，而是全下盘松村的光荣！"

戎冠秀同志很重视学习，冬天她和村干部讨论成立了冬学，学习小组自由组合。经□自备，每组请个小学生做教员，大家选举戎冠秀为校长，把冬学改为"戎冠秀冬学"，真正贯彻民办公助的方针。除了集体学习外，她还想了三个办法学习：（一）黑板学习，把字写在随身带的黑板上，做饭时放在灶边，边学边烧火；推磨时，把黑板放在簸箕旁，边箩面边认字；（二）纸条学习，把字写在纸条上，有空就认，干什么学习什么，一次开会她就请教员写"开会"二字；（三）吃饭和开会的前后，都拿出黑板报或纸条来念，无论多忙，每天也得学一个字。

（《晋察冀日报》1946年3月8日，《三八专刊》）

黎明前散记之二

陈稻

二月十日《民主星期》刊载,重庆政治协商会议代表招待会上,一位道道地地的川人慷慨陈词:

"我们外省人流浪到后方七八年了,现今我们要回家乡,可是交通给破坏了,要共产党的军队把偷去的螺丝钉、丢到堰塘(池塘,四川土语)的铁条找回来……"

过了十天,到北平军事调执部示威的"河北难民还乡请愿团",竟有几个是广东人。

北平的《建国日报》偏偏写:

"……'真正的人民的要求'和'真正的人民的意见'(括符原作就有,非我所加),热烈、真挚、紧张,而又严肃——和跟某些人暴力控制、严格导演的'文明戏式'的什么大会迥乎不同。"(二十一日《还乡请愿目观记》)

艾子说,一个女人跟她的情人幽会,突然丈夫回来,男的躲进床头的一个布袋里,告诉女的如果她丈夫问到就说是米,丈夫进房后,看到布袋臃肿异常,问女的:"里面是什么?"女的心慌一下答不出,男的在布袋里赶紧应道:"我是米啊!"

现代的《建国日报》毕竟比艾子讲的人物高明,不等有人发问早标着:"我是米啊!"

★★★★★

十五年前,北平、上海、广州、济南各地学生联合向南京国民党中央请愿,要求出兵抗日;在中央日报门前,军警开枪并以刺刀乱刺,报馆口即陈尸三十余具,被捕百余人。十二月十八日国府通

电云：

"捣毁机关、阻断交通、殴伤中委、拦劫汽车……社会秩序，悉被破坏……友邦人士，莫名惊诧，长此以往，国将不国。"

二月二十二、三两日重庆以中央警官学校与中央政治学校为首的反苏游行，高呼"加强武力接收"，给友邦元首取一个新中国名字，捣毁了中共的《新华日报》和民主同盟的《民主报》，殴伤了两报工作人员九名。堂堂的国府文官长曰：

"昨今两日诸同学之爱国游行，已博得中外之钦佩同情……实应为国家庆幸。"

几个学生递篇把子呈文就"国将不国"，日寇占了整个东北却"国"越像"国"；苏军解放了东北人民倒不足"为国家庆幸"，只有暴徒闹闹嚷嚷煽动反苏，实行"防共"才"实应为国家庆幸"。"国"之为"国"岂不说得明明白白了吗？

顺便再引一条：

"去年十二月七日，国民党通辽县党部委员兼先遣军第三师师长周绪武，率部占据通辽，将在该地工作的中共党员郭亚臣、徐永清等二十九人逮捕，十四日枪毙于永福大街东面空地。郭亚臣原为东北抗日联军周保中之老战友，在敌人占领期间坚持地下工作，东北解放后，即被人民拥戴任通辽保安队小队长，徐为该县民选县长。"（新华社东北二十七日电）

东北出现了人民拥戴的保安队长，而且就是他危害过"友邦"的统治，还有民选县长，所以要"加强武力接收"；苏军并不像他们一样把那些保安队长、民选县长都杀个干净，所以要反它一通。

北平的《华北日报》论得透彻：

"倘使在苏军撤退之后，而所谓'东蒙共和国'之类还能继续存在，所谓'民主联军'还能由三十万继续'进入'到若干万，我们

痛定思痛,也无所怨尤。"(二月二十一日社论)

"东蒙共和国"有没有我不知道,不过有一点是肯定了的:如果熟读"七省方略"的"剿匪"大员带着"迎日而奔"的惶惶大军真深入东北,那时候诚如《华北日报》社论所预见,不仅民族自治要被剥夺,民主联军、民选县长要被取消,而且曾经危言过"友邦"的人们又要遭"膺惩",那时使"友邦"就不"惊诧","国"又越像"国"了。

慈禧太后说:"宁赠友邦,不予家奴。"其斯之谓欤!

★★★★★

全年十一月三十日昆明大西门外的联大新校舍的马路上,由新编载重汽车第十七团,用新接受的美国卡车运了许多石子石块,堆在校舍外,以作打学生之用。

塔斯社报导二月二十二日重庆反苏游行称:

"游行以后,游行参加者组织集体会餐,用汽车运来预先包好的大批食品(大约蛋糕、点心之类),一人一包地分发给游行者,在吃饭后,又用汽车将游行参加者一批一批地送回学生寄宿舍。"

诗云:汽车汽车,前倨后恭,先来石子,再运点心。赋也。青年青年,为黑为红,蛋糕石块,任择苦甜。赋而兴也。

传曰:"青年思想是一张白纸,先画上黑色,则不易变成红色。"(二月二十五日天津《青年日报》社评)换一句话,如果硬是要民主,要反内战,就让你皮破血流;跟着喊反苏反共,就给你一点甜头。

卒章云:循循善诱,威临利迫,"黑"化成功,青年苦煞。兴也。

★★★★★

一月五日麦克阿瑟下一道命令,解散黑龙会、大东亚协会、反共同盟、东亚同盟、日本青年俱乐部等法西斯组织，在乡军人会自然也在解散之列。

二月二十二日南京又发现"大东亚青年协会"与"抗战军人联合会"，号召"自动参战收复东北"。

"黑"咯咙咚的组织又出来了，连"大东亚""军人"等头衔都原封未变，怪不得二十五日东京《时事新报》社论要提到："中国为不屈服之国家，尽中国无论岁月之短长，均将继续雪除其所受之耻辱。"继续底下似尚漏"代我"两字，墨索里尼地下有知，一定大叫：承继得人，吾道不孤！

济南老乡说："咱们不知道究竟谁投降了谁！"

正是：山重水复疑无路，柳暗花明又一村。

三月五日的深夜

（《晋察冀日报》1946年3月10日，《每周增刊》第6期）

诛 心 集

王子野

一

这一个月来也可算多事之秋，先是张、黄住宅被搜，继之就是重庆较场口的血案，北平的反共示威、捣乱执行部事件，顶热闹的是重庆开头的反苏反共运动，一下子北平、成都、武汉、太原、台湾也跟着闹起来了，大有野火燎原之势。《新华日报》和《民主报》的营业部也在这恶浪中被"反"了个稀烂。

锣鼓声中频传警报，可见不爱和平而好战争者也还不乏其人。和平之可爱，是无需聪明人也能懂得的；而战争之可好则非通常人所能理解。倘若一定要回答，只能找出一条：兽性。野兽和人的区别就在好斗，不好斗还叫野兽吗？好战者只能在乱世称王称霸，唯恐天下不乱，天下一太平，岂不"英雄无用武之地"？

二

新华社北平分社上月二十日报导：

"今日上午十一时，突有所谓难民还乡请愿团纠集徒众千余人，在东四牌楼一带，举行反共示威，高呼'打倒共产党''取消解放区'等口号，并散发反共传单。午后二时，该批徒众即由少数特务率领，包围军事调处执行部（协和医院旧址）示威请愿。"

难民请愿，理当同情，可是其中混进了冒牌货，当那些所谓"难民"一张口，一举手，就露出了屠夫的嘴脸。

由屠夫一变而为"难民"，可怜！可怜！

三

重庆的反苏游行,上月二十二日塔斯社报导称:

"游行者沿街高喊反苏口号,在警察保护下毫无阻碍地在墙壁上广告处与汽车上张贴反苏口号与标语。……在游行以后,游行参加者组织集体会餐,用汽车运来预先包好的大批食品,一人一包地分发给游行者,在吃饭后,又用汽车将游行参加者一批一批地送回学生寄宿舍。"

历来学生的请愿示威游行所受到的待遇是:大刀、水龙、皮鞭,晚近更进步到手榴弹、机关枪。这一次真是破天荒的创举,他们所受的待遇却是:警察的保护、汽车的运送、精美的会餐和一包一包的糖果。

后者比前者更可怕,这是不祥之兆。

四

"三寸不烂之舌"是可爱的,也是可怕的。妙舌一转,任凭什么是非黑白都可调换位置。重庆较场口血案,其间是非曲直比太阳还明白,而某通信社却曰:因争主席,群众互殴,刘某也和郭沫若、李公朴等一样受伤。于是血案的主谋者就在这"群众互殴"中悄然远引,而凶手也成了被殴的可怜虫,真正的牺牲者倒是咎由自取,该打。

停战命令下达两阅月,纠争之事仍不绝于耳,有守令者,也有违令者。违令者打了守令者还不算,并且大吹其法螺:"你看,他打我,他破坏了协定!"使世界发生混乱,陷入愚蠢,这混乱与愚蠢正好是英雄们大显身手的帐幕。

呜呼!三寸妙舌,为用无穷,造谣生事,颠倒黑白。

五

反苏主谋者宣布苏联的罪状：中苏条约破坏了中国的主权完整；苏军延期撤退是帝国主义的侵略行为；张莘夫被害是出于苏军的指使。如此这般就大叫大喊："打倒新帝国主义"，咒斯大林是"死在林"，用数学公式写着"苏联等于德国加日本"，"斯大林等于希特勒加裕仁天皇"。

其实主谋者有一心病告人不得：为什么苏联要打垮德国和亲爱的希特勒呀？又为什么要出兵东北打垮日本呀？

六

甲行凶，乙挨打，丙站在一旁，既不同情乙，亦不赞成甲。这静默比赞成更可恶，一副奸猾相！

政府发言人对外国记者说："政府从未协助或组织学生之游行。"又说："事先一无所知。"

既是"一无所知"，当然是聋子和哑巴，可是一开口说话就把天机宣漏了。

（《晋察冀日报》1946年3月10日，《每周增刊》第6期）

弹今吹古录二段

萧军

一、"三望"与"五子"

凡是懂得点以科学方法治中国历史学的人,他们除了看重地底下的文献——甲、骨、金、石、瓷、瓦——之类外,对于遗留下来的书物,只有对于《诗经》,是特别看重和信任着的,因为它们更近于"真"。所谓道听途说、街谈巷议,来源既非朝廷,更非仅一国、一时、一地、一人……而内容又多是旷夫怨女、孤臣、孽子、离人、戎卒的牢骚,以及老百姓对于本国浑蛋统治者的讥讽消骂。其中更是"风",那比较"雅"与"颂"的价值就更大些。又有所谓"变风""变雅"。因为它们的问题提得比较尖锐,感情也就不容易"诽而不怨,哀而不伤",虽然还没有见到骂"你妈妈的……"这类诗出现,也许是有过,怕是孔夫子以及什么"正人君子"给删去了罢?——已经不能算正统的"风"和"雅"了,因此,名之曰"变"!这种"变"的思想和感情,当然不为圣人之徒以及后来的"正人君子"们所喜悦,更是近于"犯上作乱"一类政治诗。但老百姓们却喜欢它,如果真有那种写得很好的"你妈妈的……"诗流传下来,说不定人们觉得那些"变风""变雅"味儿又不够了。这就如一个真正的酒徒,有了高粱酒,大概就不再喜欢去喝葡萄汁以及黄米汤一般。

我这里并不是想专门提倡骂"妈妈的……"这类诗,更没有把骂人算为"文明""文化"或"艺术"的意思。但是有一点小道理却要说一说,就是:人的感情变动到极度——不管是愤怒或高兴——的时候,大概全不会再作诗唱歌了罢?这表现的形式,轻者是骂,重者是打,或流泪,以至于气绝身亡也是偶尔会有的事!所以说"诽而不怨,哀而不伤"这种"致中和"的理想,并不容易。无论圣人早已悲叹过小人常常是"反中庸"以及想尽各种方法宣传那"致中和",但是该革命也还是得革命,该抗战也还是要抗战……圣人这些精神食粮虽然很"重要",而肚子的食粮却更重要一些!道义的舆论虽然可畏,究竟比起日本人的刺刀、鞭子,以及灌辣椒水……诸种刑法要容易忍受些。我是从来把自己列为"小人"一流的,因此对于古今来"小人"们的诗和文,就有了偏爱。对于《诗经》也就如此。"风"之中以"魏风"更"小人"一些的,试抄几首。

"坎坎伐檀兮,置之河之干兮。河水清且涟猗。不稼不穑,胡取禾三百廛兮?不狩不猎,胡瞻尔庭有县貆兮?彼君子兮,不素餐兮!"(《伐檀》之一章)

"硕鼠硕鼠,无食我黍!三岁贯女,莫我肯顾。逝将去女,适彼乐土。乐土乐土,爰得我所。"(《硕鼠》之一章)

这两篇诗在《诗经》上是紧接着的。第一首的意思大概是说一个砍木头的人,偶尔看见了清清的河水,忽然想起有一批自己不种地却要把别人的粮食弄去"三百廛"、自己不打猎却要把别人的皮子弄去做皮袄的东西们,这是不公平的现象。想到这里,这位作者就只好骂道:"彼君子兮,不素餐兮。"究竟也还不失诗人的"温柔敦厚",只是说这类白吃白穿的东西不配称为君子以外,也还并没有骂"你妈妈的……真不要脸……"。所以说,古人毕竟还是古人!

可是第二首就有点激烈了,干脆就称这类骑在老百姓的脖子上要吃要穿、要捐要税……的人为"硕鼠"了!"硕"者肥大也,"鼠"者俗名耗子,如果解释起来就是:"肥大的耗子呀,肥大的耗子!你再这样吃喝我,我可真受不了了!我只好跑了啊……"这位诗人虽然比较激烈点,由慨叹竟要行动,但也只是说"适彼乐土",也还并没有想起来革命或是来一个"杀鼠运动"的意思。所以说：古人毕竟还是古人！

新近有客自北平来，我问他：

"你对北平观感如何？"

"一言难尽！"客摇了一下头，叹了口气，以旧剧道白腔回答了我。

"试略言之。"

"君必欲问，'三望''五子'尽之矣！"

"何谓'三望'？所望者谁？"

"盼望、希望、失望耳！——所'望'者谁，君自知之，天下人自知之……余何言哉？"

"何谓'五子'？"

"五子者：金子、戏子、婊子、饭馆子、房子也。"

"试解其意？"

"即'捣'金子、'捧'戏子、'架'婊子、'吃'馆子、'攒'房子，即捣、捧、架、吃、攒也。"

客退，我亦睡。

"天下有道，庶人不谤。"孔子又曰："小子何莫学夫诗……"否则，继"伐檀""硕鼠"之后，"你妈妈的……"诗，千年（？）之下，亦必有采之者，有观之者，岂不郁乎盛哉！

二月二十一日

二、"贤"与"不肖"之比

目前偶尔看到两份二月十二日及十三日天津版的《大公报》，上有该社记者子冈君一篇连载的《张家口漫步》。这是一篇好文章，因为她没有忘了一个新闻记者应有的品德"不阿谀，不歪曲"。因此我就想起了此次重庆"较场口事件",中央社记者们那种"颠倒黑白"的恶行,这是既下贱又愚蠢的办法。这里先不管你们的政治立场如何——一个人不管他自己承认不承认,客观上他一定有一个立场,就如同一切物体在时间和空间里有它的一定位置一样——仅就这办法,已经丧失了作为一个"民主国家"公民的起码资格。再严格一点说,全应该负有法律责任。如果再作为一个"为民喉舌"的记者身份和品德来要求,那就更不成话了!我当然并不希望你们剖腹自杀——这类人恐怕还没有日本"武士道"那点蛮劲!但我却愿意你们如果还不是丧尽"良知",在更阑夜静、万一失眠的时候,是也可以利用曾子那种"三省吾身"的老办法——办法虽老可以新用——把自己省一省的了:

"为'民'谋而不忠乎?与'读者'交而不信乎?'三民主义'传而不习乎?乎?乎?……"

二月二十五日晨

(《晋察冀日报》1946年3月10日,《每周增刊》第6期)

孩子们上学了
——记民教馆一群孩子们

刘亦农

一、在伤痛的日子里

敌人统治张家口时期,他们跟大人们一样过着不见天日的生活。敌人压迫他们的父母,也压迫他们。他们随着大人们一起在苦难中挣扎,成天在垃圾堆上捡拾碎煤烂布,去帮助因为敌人的剥削而陷于十分贫困的家庭生活。不分冬夏,只挂着一套或一件破烂到无法再破烂了的单衣,正像教育局纪局长不久之前在民教馆馆务会议上关于贫苦失学儿童问题所说:"旧社会摒弃了他们的家庭,也遗弃了他们。他们得不到温饱,得不到应有的教育。生活驱使他们和肮脏、疾病做朋友!在旧社会里,他们是受难者——一群可怜的小生命!"

朱秀珍(一个十三岁的女孩子)因为饿慌了,在公园里想用石块打几颗杏子吃,不幸给几个日本小孩撞见了!给追到公共体育场附近,按在地下,拳脚交加,全身衣服被撕成粉碎,右眼角上还给用砖头砸破了条寸来长的裂缝。到现在,抚摸着已愈的伤痕,她还沉痛地咬着牙说:"伤好了!仇恨死也忘不了!想起这宗事就心痛,这批小龟孙子如果不逃走,非狠狠地咬他们几口也不心甘!"

刘淑兰(女孩,今年才十一岁)歪着头,瞪大眼睛说:"前年正月里,富人们和鬼子们都在过年,我在桥下拾破烂,四个小鬼子在桥上向我打石子,吓得我往冰上跑,一跤摔在冰上,鼻子碰出了血,小鬼子跑下来拉着我的脚拼命转圈圈,还把一瓶不知什么药水(黄溜溜的)倒在我裤裆里,裤裆全烧烂了,看!(她红着眼,蕴蓄着晶莹的伤心的泪水，掀开了裤腿）这一块连皮带肉也全给烧烂了，痛得我直哭，直打滚！回家去妈说是毒药，抱着我直流泪，好几天大便也蹲不下！"

"哼！咱们八路军如果不来！穷人不知要死多少啊！"小天津（原名兰云生，十三岁的男孩），父母全在敌人残酷的压迫与剥削下惨死了！为了生活，十岁上便跟随着七十二岁老祖父到处流浪。从张垣到北平的火车上，经常躲闪着他的小影子，他学会了走私商人的办法，在北津、张垣等地，避着敌人的检查，偷做一些小买卖，没钱坐车，他偷偷躲在大便处或货车里，挨过多少耳光，流过多少伤痛的眼泪，让儿时的日月在心惊胆战的搏斗中逝去。"小天津"尝尽了人间的苦难，现在也还未把童年的天真召唤回来！

提起"虎列拉"，孩子们便摸着心胸把舌头伸出来长长的，敌人用"虎列拉"的名堂，烧死过他们的骨肉亲邻，也烧死过他们一同在灾难里长大的伙伴！孩子们纯真的心灵受到了重重的锤击！

诉不完的伤心事啊！敌人就这样残毒地摧毁着我们民族的精华！

二、走向今天

八路军来了！张家口十七万人民看见了太阳！大人们的生活得到改善，孩子们沐浴在温暖的阳光底下。他们怀着新的心情，一步一步挨近民教馆。

朱秀珍第一个走近办公室门前，第一个被王馆长邀进办公室，第一个感受到人间真正的温暖，也第一个把这无边的温暖传送给别的孩子们。他们从垃圾堆成群地走进民教馆，从□□胡闹转变到懂规矩、爱学习。他们爱看画报、照片、爱唱歌、演戏、打霸王鞭，成天到晚，民教馆里荡漾着孩子们嘹亮的歌声与笑语！

唱啊！尽情地唱吧！

唱：

"民主生活，好像一朵花！我们人人都爱她！……"

再唱：

"没有共产党，就没有中国……"

大声地唱啊：

"毛主席像太阳，照到哪儿那儿亮，哪儿有了共产党，那儿的百姓喜洋洋！"

现在，"小天津"成了民教馆的小职员，认真地帮助着馆里的工作，关切着馆里的一事一物。他的祖父在民教馆附近开了一间小肉铺，看着小孙儿跟着王馆长干这干那，喜欢得落泪，摸着银白的胡须说：

"我走对啦！'小天津'走得更对！让他去吧！我放心！"

朱秀珍家里没有事，成天坐在馆长床上学针线、做鞋、做衣裳，或者替馆里扫地。什么时候她都那么高兴，伸出舌头，摇着多发的脑袋，嘴里不停地哼着学会的歌子！还不止一次，流着眼泪坐在爸爸床前劝她爸爸戒掉大烟！

让伤心的日子给鬼子们带走吧！

让灾难永远离开我们的孩子们！

二位馆长和刘秘书一有空，就教他们认字，给他们讲时事，讲八路军和共产党，讲朱德和毛泽东！短短的二个月，九岁的王凤兰竟学会了四十个生字和二十几个歌子，跳到张副馆长的膝上，快活到使你心疼。有谁打了架或吵嘴骂人，他们告诉馆长，要求开会批评。在会议上，他们举起小手，一个一个要求发言。他们批评别人，也批评自己。他们把王馆长叫"爸"，张副馆长叫"妈"，刘秘书是他们公认的"叔叔"。听听他们自己的歌子："王馆长，张馆长，好像咱的亲爸娘，他爱咱们，咱们也爱他，一天到晚乐洋洋！"（朱秀珍唱出来

的）

"我们要做小八路，自由快乐又幸福，好好学习求进步，相亲相爱过日子！"（刘秘书教给他们的）

旧历新年，他们忙着排戏、扭秧歌，民教馆忙着给他们借衣服、买化妆用品。正月里，他们演出了小型歌剧《小蚂蚁》、霸王鞭。在一次炮兵团的晚会上，还给炮兵团的同志们欢迎到台上唱歌。

除夕晚上，馆长准备了花生、瓜子、纸烟、茶水等，邀来了他们和他们父母兄姊，在民教馆楼上开了个除夕联欢晚会，他们演出了自己的节目。一直玩到深夜，朱秀珍、刘玉坤和"小天津"乐得不想回家，睡在办公室的大沙发上，馆长给他们添了炉里的煤，把自己的被子给他们盖上，等到他们都甜甜入梦了，才兴奋地和衣躺在床上。大年初一，一清早，孩子们便涌到办公室，说不尽的喜悦和欢娱啊！"拜年！""拜年！"几十张小嘴，几十颗小脑袋，几十双快乐的小眼睛，向馆长投射出热情的爱！

越发不能分开了，他们=民教馆。把家里的事一做完，把拾煤工作一做完，便一溜烟跑来民教馆。

现在，他们上学了！民教馆给他们准备了桌凳，大学生王苑同志当了他们的老师，召开了学务会议，区公所、街公所的干部们都关切地参加开会。一待校址选择好，就正式上课！

他们上学了！纪局长的话是对的：

"在旧社会里，他们是受难者——一群可怜的小生命！"

我们是新社会的建设者，我们要重视和爱护他们。因为他们经过苦难、锻炼，他们是新中国的基础。

（《晋察冀日报》1946年3月10日，《每周增刊》第6期）

"调皮司令部"

吴伯箫

这是武城战斗的一个尾巴。

打武城,是一个胜利的战斗。二百多俘虏不说,光搬运胜利品——四百五十包棉花(每包二百四十斤)、三百二十支枪、十几火车弹药……——就到鸡叫还没搬完呢。黑咕隆咚的夜里,走三四里路,十月二日已是初冬了,还要过一道卫河(运河)才能到根据地,就算有千百成群的老百姓帮忙吧,也还是够忙活的。

东西没搬完,部队却已不能不撤了。敌人驻德州的水陆警备队正开了汽艇经郑家口赶来增援。他们是一百五十个人,有两门小炮、两挺重机枪、八挺轻机枪、而交织在清和、夏津一带又都是敌人的公路网啊。

我们大部队撤回,留下一排人作掩护。这一排人,由两个班守住渡口,好搬运东西。另一个班,由刘副排长带去两个战士回城边侦察,就便再看看这被敌人统治了四年刚刚解放了的城里的情况。余下七个,由副班长带着离渡口三里五里,在河边通城里的要道警戒,任务是于必要时打麻雀战,拖住敌人。

副班长叫李二黑,才十六岁,是班里最小的,但最大的也不过十八岁,都是些聪明又非常调皮的孩子。里边有一个绰号"调皮司令",叫小黑李子,平常有点懒,不太爱学习,但学□却快,记一笔好日记;不太愿意放哨,但放起哨来却又最严,严重关头,无论谁,哪怕是指挥员也得问清楚才能放过。又有一个绰号叫"调皮参谋长",不很讲卫生,生活上有些拉里拉塌,爱开玩笑,也最爱说俏皮话。有时指导员批评他,他不服气,用食指上下比量着:"哼,你这样大点小干部还批评我!"——因为他们都是穷孩子出身,军龄都在三年以上,可以说都是在部队里长大的,又有几个当过勤务员、通讯员,见的人多,经的事广,只要大事抓紧,小的地方他们是天不怕地不怕的。一个小班长带了这样几个调皮鬼,领导是不大容易的,再加上班长也不那么老练,领导方式上多少有些毛病,表面看起来他们就多少有点像不团结的样子了。经常在宿营的地方,一进他们屋子,告状的就特别多:"他调皮!""他才调皮呢!"指手画脚,嘻嘻哈哈,嚷成一团。——这种战斗场合,本来是不敢给以单独任务的,不过这次身边没人,而他们一向在正经事上不含糊的作风和对敌斗争中的勇敢与机警,确证他们不会误事、出娄子,才使副排长下了分派他们的决心。

王小马,这班里另一个十七岁的战士,就是榜样。平常看来吊儿郎当,张长李短说话不能再多,生活细节也满不在乎,但一听打仗,第一个跑到头里的就是他,哪次征求奋勇队他总是首先报名。别人遇事批评他,他总说:"别吹牛皮,打仗的时候咱们见!"事实上也的确是这个样子。一九四一年一年,他自己得了敌人九支三八式步枪,只百团大战,破击德石路,在东西高村战斗我们夺获敌人八八式野炮(九匹骡子拉着的)的那次,一个人就缴了敌人两支三八式。他惯常一瞅见有利的机会,就机动地行动起来了。打冀县的一次,他就是在敌人混乱当中转眼不见了的那么一个结结实实的矮胖个子,在敌人的空隙里钻来钻去。队伍集合快走了,排长为他着急到快要生气的时候,他却背着三支步枪满头大汗地赶上来了。为他单独行动批评他吧,看他笑嘻嘻胜利的样子,仿佛那种机动又正是值得发扬的。排长笑笑,大家也都给以欢迎和鼓励。

这个×连六班(他们的真正番号)、"调皮司令部"(在开玩笑的时候,大家这样称呼他们)、模范班(后来因学习、战斗出色而荣获的徽号），由十六岁的李二黑带着，接受了警戒任务，出发了。他们真高兴，像初当家的儿女似的，一本正经起来了，嬉笑扯皮的心被严肃的工作挤得无影无踪。彼此从踏实的步伐，从振奋的表情，从偶尔在暗处一闪的眼光里透露的坚定的意志，都表现了他们互相信赖、互相团结。"看吧，我们要完成一件光荣的任务哩……"仿佛都说了这么一句同样的话，便在黎明前朦胧的烟雾里消逝了。

他们是出发了。在渡口负责指挥的团长却并不放心。他一边督促着加速搬运物资，一边不时地向武城和他们出发的方向远远地谛听眺望，像送考的教师，"他们会及格吗？"在心里不断地这样问着，又肯定或不肯定地自己回答着。

天快明了，东方已渐渐发白。胜利品还有四十包棉花没有过河呢。这时远处传来了一排炸弹声，和不久以后一阵密集的机枪声，团长不由地一惊："糟糕！一定是六班和敌人接火了。"有些担心，"他们不会硬冲吧？"但想到出发时给他们的任务分明是"打麻雀战"，也就没打算派人增援（跟前也实在没人可派），就一边信赖着那班调皮孩子的机智和勇敢，一边布置拆毁那九十只木船所搭成的浮桥。

一只木船刚拆除招向对岸，从武城那面刘副排长回来了，背了一个战士，那是被漏网的敌人放冷枪负伤的。另一个战士打着掩护还落后几步。会合了就好，受伤的又是打在腿上，并不太重，大家算了却了一桩心事。另一心事就专牵挂在李二黑那七个人的身上。

"你看是他们来了吗？"几百米达开外已隐约看得见人物的活动了，团长凝神地望了一会把望远镜递给了副排长。

"球事啦，怎么只五个？敢又是挂彩啦？"副排长像母鸡辨认鸡雏那样，老远就看出是他们。不过背着的、抬着的，使他心里浮上一层"不幸"的暗云。

原来，正当那个十六岁的班长和六个年轻的战士，一齐警惕地向北走着,走不到三里地,忽然遇到那一百五十个鬼子上陆了。由于黎明前的天色,由于仓皇与疏忽,鬼子并没发现他们!倒是他们先从踢踢踏踏的脚步声,再从朦朦胧胧蠕动的人影,发现鬼子正顺着他们这个方向前进。可是等辨识清楚,鬼子离他们已只五十米达左右。这时小班长可难住了:打吗?那是送死;不打吗?难道等死?"怎么办呢?"他机警地下一个决心,小声但坚定地命令六个战士说:"卧下,不要暴露目标。"

这里是静静地卧下了,连气也不敢喘。那边敌人却依然踢踏踢踏地继续前进。"他妈的,老子算给你泡上了!"小班长有些焦急,但三年的战斗经验稳住了他,并不慌张,他想的是怎样拼,或者是怎样牺牲。

鬼子进到离六班十多米达的地方,有计划地,又像忽然地停住了。"教他狗肏的发现啦?"战士们一个意念闪过,都自动地把手榴弹揭去了保险盖,勾住了拉线。鬼子停下,把重机枪都架起来,又仿佛没发现,而是在休息;不,在附近教带来的伕子挖工事呢。"狗肏的,倒计划得长远!"小班长脑子里这样一转,紧接着就使尽了气力地喊了一声:"冲啊!"一排手榴弹朝鬼子坐得最密的地方扔过去了。

倒下就不再起来的是十四个鬼子,少脚缺胳膊受伤的也有五六个。

"连长!前进啊!"小班长站起来大声喊着:"从右边包围啊!……"像真有那么一大队人马在后边预备着一样。

鬼子措手不及,一听可慌了,重机枪也不要了,两箱子弹也丢了,都拼命地叉开两条短腿向回跑。这里七八个人,班长和两战士就趁空夺得了那挺重机枪。"调皮参谋长"和另一个战士一人抢了一箱子弹。王小马两人掩护着就往南作胜利的撤退。等鬼子跑到百十米达停下来用轻机枪反转扫射的时候,这里相去已有相当距离了。

"我们还是把机枪、子弹埋起来……"班长不管背后乱飞的枪弹,心里估计着:浮桥撤了,十月里一人多深的水是不容易过的;急切不能会合队伍,只好执行上级的指示,留下打游击。一边加快脚步,一边就和他的六个战士商议。

"球,""调皮参谋长"又提出他的主意了,"我们要和重机枪共存亡!拼命我们也得把它抬回去。好容易……"

"对,说怎办就怎办。"本来就是征求别人意见的,班长听了也同意了。

鬼子的轻机枪打得虽密,但有武城战斗的余畏,加上情况不明,并没敢深追。

"调皮司令部"且打且走,是全部回来了。回来的情况,正像副排长在望远镜里看到的:前边五个,背着的是两箱子弹,抬着的是一挺崭新的剔亮的三八式重机枪。后边,在还不太亮晨光里不容易一眼望到的远处,还有两个,那是按战斗规矩留下的掩护部队。王小马是里边的一个,带一副长坂坡上赵子龙的神气。

他们和部队会合了,团长和副排长欢喜地迎接了他们。未拆完的浮桥伴了船下咕咕流水等待着他们。

(《晋察冀日报》1946 年 3 月 10 日,《每周增刊》第 6 期)

乡村见闻①

厂民

最近我们有机会去古北口走了一趟,一路都沿着长城线。去的时候走口外,坐着汽车,除了寒风与尘沙,没有更多收获。回来时走口里,完全徒步,虽然每天赶七十里左右路程,够累的,但是经过住过的几个村庄,却给了我一些特异的印象。

第一个村庄:抗日村长

这儿是下甸子,离古北口八里,有百来户人家。通密云的大道由村中穿过,把村子剖成了两半。

我们找到了村长的家。

村长是个瘦长脸,戴一顶半新旧的西瓜皮帽,青布大褂紧紧地裹在身上,越显得他个子瘦长。他见到我们,一连串的"您好……您请坐……您辛苦……您……"。我想,毕竟这儿受敌人统治太久,把人养成一种虚伪的奴性,真教我不好受。

"贵姓?"我耐着厌烦的心情问。

"小姓梁,我叫梁文□。我这个村长实在没有能耐,村里的工作没有做好,请您……"他一连串讲下去。

"你当村长多久啦?"我心里暗暗在想,这一定是敌人统治时的老村长,还没来得及改选的。

"当了四年多。我是四一年下半年当起的,那时是两面村长,明是支应敌人,暗地是抗日。"他的脸上微微露出一点得意的笑容。

---

① 原文连载于《晋察冀日报》,连载时分别使用标题《乡村见闻》和《乡村散记》。因收入同一篇文章,本文标题统一为《乡村见闻》。

"原来这儿早有抗日政权啦!"出乎意料的回答使我忍不住这么说,像赞叹又像发问。我把身子移动一下,正面对着他,想更清楚地认认他的脸。可是夜幕已经垂下,屋子里一片昏糊,村长边点着灯,边告诉我们这村子的遭遇:

还在一九三三年三月,下甸子沦入了敌手,直到敌人去年八月逃走,整整被奴役了十二年半。十二年半,这是一个漫长的苦痛的岁月。然而,人民并不是羔羊,逆来顺受,他们愤怒,他们反抗。

一九三六年,即是说在抗战前一年,八路军就到这一带来开辟根据地了。人们不会忘记第一个来到这儿的开辟者武二郎——武国勤。是他,来建立了抗日的秘密政权,组织了自卫军;是他,带来了祖国的温暖、翻身的信心和希望。

人民活跃起来:他们逮捕到村里来吃饭或休息的敌人。他们隐蔽在山洼里、道路边,守候着经过的敌人。他们没有武器——自卫军的中队长才只有几个手榴弹——就用镰刀、棒子,追逐过无数次敌人。

敌人惶恐,来了一手毒辣的报复:一九四一年旧历七月二十八日——每一个村人忘不了这一天——敌人事先在四山布防,天明前将村子密密围住,逮去了四十六个老百姓。同时在离村半里到一里的上甸子逮去了三十六个,在涌泉庄逮去了十七个。被逮去的,除了两个五十多岁的老汉以外,全是年轻力壮的青年人,里面有抗日村长梁青山,自卫军中队长梁文成,救国会主任梁文□……

这是一个惨变:被捕的人押到古北口宪兵队,毒打与审讯之后,又钉上镣铐,解去承德,枪毙的枪毙,病的病死,余外都送去东北做苦工。这是一个惨变:多少人妻离子散,多少人家破人亡——□炳良父子都被打死,□炳汉哥儿俩一同牺牲;有的爷们抓去,老娘在家愁痛自尽,有的没法过活改嫁了……

这是一个惨变,但并不能吓退人民抗日的决心,他们——未死的弟兄们,重新把抗日的村长选出来——这就是梁文□,一样地给八路军送消息、送粮食,一样地干,只是做得更谨慎更技巧。

"敌人来要粮,你怎么办?应付敌人是很困难的吧?"我又问村长。

"那还用说,反正陪一千个小心,一万个不是。敌人要粮,先就报灾报荒,能拖便拖。挨不过的时候多少缴一点去。去年四月,敌人要粮四十五公斤,我只缴去了两铜钣;前年要八千多公斤,才缴了两千斤。知道什么时候要来'扫荡'了,马上'□'一部分……敌人修炮楼,要民夫,就去些老人孩子,反正给他'磨'吧!就这样,敌人恨我,也把我逮了一次。去年五月初六,把我抓到古北口。用枪顶着我的脑瓜骂:'你在村里吃饭来啦?给八路军拿慰劳品!'用棍子打我的□,把我闷到水里,要我招出八路军的关系。我不招,说是要枪毙。后来托人花钱放出来了。"

我聚精会神地听着,随着他而紧张,而苦痛,最后捏一把汗松了口气。我心里充满了尊敬。

第二个村庄:如此"国军"

因为出发较迟,到下河完全天黑了,这村庄有着怎样的面貌,已无从辨认,只觉得穿过不少巷子,很多人家早关上大门,村里显得异常静寂和空虚。

这儿离"南军"——老百姓称国民党军队为"南军"——驻地很近。前几天,"南军"还来附近的村里要粮、要柴、要壮丁,把老百姓搅得人心惶惶,如惊弓之鸟,白天不敢远去,晚上就早早闭紧大门。

在半个月前,下河还曾被"南军"侵占过一天,那已是国共双方下了停战命令之后,他们为着想夺取古北口,依然向东面的八路军进攻，无辜的下河老百姓，就亲自尝到了他们的滋味。

那些老爷们真聪明，到老百姓家里搜寻肉和白面，搜寻不到，盆盆罐罐大倒其霉；搜寻到了，就说："哼！这都是八路军过年掉下来的！"意思是：当然没收，你们不早早献出来已罪该万死，还有什么可说！老百姓呢？只有一边给老爷们灶上灶下忙着，一边偷偷地擦着眼泪。

"八路军掉下的"，就在这句话里，充分表现出了他们可怕的嘴脸，和对老百姓一贯的态度。在他们治下的小民，是没有吃肉和白面的自由与权利的。

"单要吃的，也还算了，他们更糟蹋妇女哩，真造孽！"老乡愤懑地说。

曾经有一个妇女，裤子都被扯下了，她疯狂地冲出去，跳墙逃走了。另一位老爷看到一个十四岁的女孩子，就嬉皮笑脸地叫着："你来，我给你说话。"女孩子的母亲连忙跑出来："说什么哩！"老爷就老实不客气，一把将女孩拉到怀里："我要和她睡觉！"女孩吓得哆嗦着直哭。"天啊！这怎么能！……"女孩的母亲凄厉地叫着，和祖母一同跪了下来，叩头求饶，才侥幸放过了。

"谢天谢地，他们只待了一天；要一年的话，糟蹋得够瞧啦！"老乡深长地叹着气。

我身上感到一阵寒栗。

第三个村庄：白司令不死

宽阔的白河，半已解冻，河水奔流着，在好太阳里闪烁着万道金光。

在白河边的白岩村，我听到了平北根据地的开辟者白司令的神化了的故事。

村中街巷上空，到处牵满了藤蔓接起的绳子，上面悬着挂灯，家家户户都点着香，点着纸灯，已经是晚上。

赶了一天路程，连铺盖都懒得打开，躺倒在一个姓郭的老乡家的暖炕上，再懒得动弹。大娘在外间帮着做饭，郭老汉和他年青的儿子殷勤地招呼着我们，我们懒散地应答着。像是一个孩子急于要夸耀他的什么宝贝一样，郭老汉一下就谈到白司令身上了：

"我们这儿是白司令创造的老根据地，白司令常到这儿来。你们知道白司令吧？"郭老汉的眼睛直逼视着我，好像说：你当然知道，这样鼎鼎大名的人你怎么不知道！他的话与其说是在问，还不如说是有力的肯定。我有些忸怩起来，不好意思地支吾着：

"他叫白——"

"白乙化白司令。"郭老汉的儿子抢着回答。

"知道知道，开辟平北的白司令。"我的在晋察冀工作过的同伴都点着头。是一种什么力量，使我们都从斜倚着的炕上坐正起来。

郭老汉把抽着的烟袋往长几上一搁，用异常亲切和尊敬的语调，指手画脚地给讲起白司令的故事；他的儿子不断地插嘴进来，补充着，加重着语气，像是嫌父亲把白司令还形容得不够似的。

"白司令第一次到村里来，是民国二十九年三月十六，黑夜里。这以后就经常来，还到我们家来过呢！……他下面的队伍可多，有八中队、九中队、五中队、四中队、七中队、红风队、金枪队、白河游击队，……打仗数他考第一，除了不打仗，打仗就胜仗。一次七个人都打了胜仗哩……敌人问：'什么人？'只要说：'白司令的队伍。'敌人就吓得拔腿跑了。鬼子都知道他，他不死的话，鬼子的据点就安不了。"

"他牺牲了吗？"我轻轻地插一句。

"真可惜！三十年正月初六——呵，马上就是五周年了。在离这儿三十里的鹿皮关,被敌人围住,打上一天牺牲了。就是牺牲那次,也还是个胜仗……他是个高个儿,进门得俯倒着头,胡子鬓角都往上长,像个毛张飞,样子可神气。就这胡子好,不知怎的那回他把胡子剃啦,就来了晦气!"

他的儿子紧接着:"白司令葬在北石城。开追悼会的时候,县长区长全到齐,老百姓每人蒸四个馍、四两猪肉、四两花生豆——□足够二十两,男男女女老老少少都去祭他,没有一个不哭的,哭得可哀!对老百姓数他考第一——要好人,当汉奸可不成。"

"他二十七岁那年来,死那年才二十八岁。来的时候带六七十人,不一年发展到一千零一个,正在一千零一个上,就死了。"郭老汉无限惋惜地说。

他的儿子又抢着说:"白司令有个小本本,□□的相片,还有很多他小时候的相片哩。他东北人,十三岁上母亲死了,在东北当义勇军。以后到北平,大学只一年就毕业了,数他考第一……敌人叫做事,不,他要抗日,到这儿开辟根据地来了……他能双手写字,又快又好。人家说一心无二用,他可两只手同时写信,写出来两个意思,一封这边,一封那边,送走了。"

"他一边写一边还同人讲话哩!"郭老汉又补了一句,"白司令要在,官可大啦!"

我听着,忘记了疲倦,忘记了饥饿。白司令的影子,就像活生生站在面前,我真想去紧握他的手,和他拥抱一番呵。郭老汉父子俩把白司令说得有点神化,但他们丝毫没有作假,这完全是他们真挚与朴素的情感的流露,这是他们心底的形象。白司令和他们已经骨肉相连,他是他们的骄傲、他们的光荣。

白司令已活在人民热爱的心里。

第四个村庄：两种劫难

山，永远是走不尽的，赭褐色的、枯黄色的，全是那么荒秃秃的，给旅人一种疲乏的感觉。

现在不同了，我们折进一条深邃的山沟，清泉缓慢地流着，满山翁郁的树林，这是一个多美的去处。

可是，村庄呢？村庄在哪儿？一片残垣、一堆瓦砾、几根烧焦了的半截的柱子、几座没有屋顶的破房，这就是村庄吗？显然这是经过了残酷的浩劫的，这是敌人造成的"无人区"。

在废墟上，到处有新砍下的梁柱横在地下，一些砖石已被整齐地砌起，几家新糊的泥屋，几扇新的窗户镶在修理过的残壁中间，屋上插着松枝，门上贴着对联……村人们苦斗了多年，始终不屈不挠，坚持斗争；房子毁了又建，毁了又建，这会终于胜利，人们都回来重建家园了。

这村里没法过夜，我们又翻过一座大山，在第二道山的半山腰一个名叫马道峪的小村里留下。这儿满山是栗、杏、酸梨、糖梨、核桃……的林子，满地落叶，一片清新的气息。如果是春暖花开，或是百果成熟的季节，该多么诱人。出产既很丰富，村舍又很齐整，这应是一个好地方了。

可是，我们寄居的那家姓张的主人，却有了否定的回答：

"以前靠每年收几万斤果子生活，不是客人来庄里收，就是自己送到北平去卖。鬼子占领时，剥削加重，收入就少。解放后想好好过太平日子，谁知前些时又遭了抢劫。"

"这儿不太平吗？"想着这深山里的孤村，听着树梢掠过的风声，不禁记起武侠小说上描写的荒村野店的故事。

"说来气人！鬼子跑了，咱们八路军的区公所离这儿也不远，没

土匪没强盗，也没什么不太平。哼，我们那个县长（怀柔离此三十五里），却做起强盗来啦。鬼子在时他到南京读书，受过训，现在当国民党的县长。他不知是吃的饭还是吃的屎，安的什么心眼，带了武装，来这儿抢个精光。你看，我的棉袍、被子，还都是亲戚家借来的。"

"怎么，县长抢人？"

"还是我们村里同族的哩！还有什么可讲的，逆种！看他不想回家啦！"

啼笑皆非，屋子里一片沉默。

第五个村庄：庄稼唱戏

长城蜿蜒曲折，爬了一个山又爬过一个山，几天来一直挡在我们北面。现在，翻过二十里的大山，我们穿出长城关隘，又到了口外，村庄已变成伪满洲国时围起的所谓"部落"了。

我住在黑汉岭"部落"。

这儿有两种特殊现象：一是这一带老百姓颈子生瘤的特别多，他们叫它"硬袋""硬蛋"，据说有长垂及腹，或可以搭到背心去的。这是缺少碘的缘故。敌人统治十多年，实行"配给"，人民根本吃不到盐（盐里是有碘的），那种"无味"的生活，真不能想象。

其次是吃水困难，井深二三十丈都汲不到水，除了下雪下雨储存一点，平时就得到离此八里的河里担去，大道上络绎不绝的是背着高高的装了冰块的筐子的老百姓。单为饮水一项，全村所花的劳动力已相当可观了。

村里非常热闹，墙上到处写着标语，门上家家贴着红对，有一家的门联写着：

毛泽东到见清天；群众百姓德太平。

我并不轻视那歪斜的字迹，责备那错误。想一想，这是才解放不久的被敌人毒害了十二年的地区呵。人民受过很长的苦难、很深的折磨，现在一切的束缚解除了。虽然身上还留着创疤，眼角还有着泪痕，他们看到了伟大的救星，怎能不忠心感激；他们憧憬着日后的好日子，怎能不高兴！

一阵锣声，一阵笑声，孩子们的霸王鞭闹起来了，大人们的竹马会扭起来了。晚上，在城门口的戏台上悬两支马灯，两边柱子上挂两盏油灯，用抽屉挡着风，戏班子就唱起来了。

所谓戏班，其实是本地的二三十个农民，他们农闲时学会一点戏文，过年过节就到处去演唱。十二年来，他们沉默着，现在才重又把快要霉烂的戏箱打开，把快要遗忘的戏文背熟，到处巡回演唱，娱乐着群众。班子没有名字，他们自己称作"庄稼唱戏"。

他们每天唱两次，中午一回，晚上一回，每次唱四出，全是梆子。他们的服装已经陈旧，脸谱也不如戏院子里那么有样，锣鼓带着残破的声音，嗓子带着农民的粗犷。但是，观众却很不少，有些还特地从十里外赶来，一个个仰起脖子，注视台上，唯恐漏掉一句唱词一个表情。演员常常加进一些即席的打诨。观众中不时发出一片笑声……演的看的，都那样认真，那样欢快。

这是解放后第一个春节。

（《晋察冀日报》1946年3月10日、3月17日连载）

老崔转过弯来了

葛文

四月十日，是个好天气，居在五里高山上大水村的柳树才发芽，但山沟背阴处还有深厚的积雪。今天，在这个村要开群众大会，一早，钟声不断响着，武委会呐喊着："走啊！男女老少齐到金盔院里开大会咧！"

金盔院里像滚了锅，人们喜气洋洋的，会还没有开，问题提了一老堆。就是抗联主任崔福庆没说话，他离开群众悄悄地蹲在金盔屋里，拼命地一袋烟又一袋烟地抽着，当男女老少分队坐下时，他也没插进去。随着大会激烈地进行，他的脸上一层又一层地压上了愁容。

窗外，大会已进行到"干部反省检讨"一项，村长和治安员都谈了不少，群众不满足的热烈的掌声，还在要求着谁反省，这是最紧要的关头。在群情压力下，崔福庆慢慢地移近炕边，声音低到几乎听不见，用无限恳求的眼神和区委老孙说："怎样……"老孙也实在难过，友爱地望着崔福庆同志。在炕沿上，他盘着腿，蓝棉裤、青马褂子、黑缎小帽上的红磁疙瘩，在春天的阳光里是那样刺人；还有胸襟上那红绳扎的小铜钩和铜针，与大水的穷光景是万不相称的。老实说，这种穿打，在大水是头一个。大水村穿着麻片过冬的有好几户，六十户中有三十户吃救济粮。这一二年来，崔福庆似乎把这些同志忘了，强种孤儿黑小子三片地，非法夺了老焕的佃……都被群众响亮地提出来了。为这问题，老孙已和他单独谈了三晚上，希望他能在思想上反省后，再依政策去解决。可是现在，崔福庆的脑筋里，仍然拐不过这个弯去，精神不振地，爬在炕上呼哝呼哝睡着了。

大会上，斗争审察进行着，骚动像山尖上的硬风，在群众中传播着，滚旋着。

"撤抗联主任职！"第二小组在叫喊。

"坚决不要他！"有人在响应。

"选他当别的干部！"谁在提议。

"不要！不要……"积极分子们从这组钻到这组，组与组在交流融合急剧变化中。在这个场面里，国特王万顺，他表现得很安静，没说话，抽在墙角里，像一座黑凶神。

黑凶神王万顺，很有办法，这两夜趁崔福庆他们开悄悄会的时候，谣言就从黑夜里散开：

"不坦白不行！"

"非换不行！"

"大水合作社叫他们给闹了个狗吃屎！"

散会时，天色黑得仅仅能看见四周群山的轮廓，群众一伙一伙地散了。崔福庆很伤心，孤单地落在后面，像只离群的雁。当他跨上街台时，隐约听见王万顺的声音："今儿个可把他斗倒了。"

崔福庆躺在炕上，滚油焦心地睡不着，想着斗争了七八年落个这下场，一阵心酸涌上两眶热泪。"男子汉，流血不流泪。"他用这种意志抵制了自己的感情，不禁想起了往事。

"三八年，自己头一个参加了共产党，从地委训练班回来后，就组织小组、支部。那时候，谁知道什么叫共产党呢？只知道不折不扣完成上级任务就行啊。四〇年，御枣口和羊马山修起了'华北第二堡垒'，下村中岔口每天送情报、粮食、款子……然而崔福庆带领着贫苦的倔强的大水村男女和鬼子斗争；羊群被鬼子赶走、地土上不上粪、谷子像狗尾草、山药秧爬满黏虫、狐狸满地跑，大水村的人民呢？勒勒裤带，挎上手榴弹下山打鬼子去了。四三年春，一个清早，鬼子一路翻山，一路跟沟进来，杀死了二十余青年。游击组员韩双成，双眼被挖掉也没哼一个字。这块地穷，然而穷得倔强，崔福庆和群众死也离不开这块热土，用血和泪保卫了这块亲爱的土地，也保卫了我们亲爱的同志。区里同志来喽，崔福庆怕岗哨不牢，常亲自查岗，给同志们吃米挨米的饭，上区里背贷粮……"想着想着，崔福庆感到悲观，似乎陷到无路可走的坑里，脑子闷胀闷胀地睡下了。

老孙临走时，和老崔谈了又谈，可是老崔还转不过来，觉得什么也是灰灰的！心想：他妈的斗争了这么几年，到这会儿成了"歪嘴子吹火一溜斜"，落个上级不信任，净听群众的话，下定决心少说为妙。譬如，那天在街上闲聊，国特邢斌说："蔡坪唱大戏哩，政府想叫唱就唱，这不叫一党专政吗？"心眼里明知道挨了一批斗，可是话到嘴边又咽下去了。

崔福庆这些天变得消瘦多了，长方形的脸上，透露出一层暗黄色，尖下巴上，胡茬子黑苍苍地，压上那顶红疙瘩小帽，真成了老球汉了。自打群众大会后，他像一只失群的雁，很少到村公所里转转，也很少和同志们联系，总是天一黑闩上门睡觉。

今年春天，大水村过得好欢喜呵！人民从斗争中走出了苦难的年月，再也不怕御枣口鬼子来包围了。一上到山凹两棵古松那里，就会有一条修补得整齐的弯曲的山路，引你进村子。一排齐整的高耸起的小房，庄严地紧凭着北山坡，晒在春天灿烂的阳光里。今春区社贷给一八〇〇斤小米，劳苦人民吃上点，变工组合伙堤塘，送粪好烘火。山腰里抡起的镢头在阳光里发亮，福庆那小帽红疙瘩也发亮，他丧气地坐在门槛上，看到金生光着脊梁，抹着汗回来，忽然觉到这个黑马褂子穿不住了，将上午的春天有些燥。

"没，没啦动弹去？"金生口吃地，两手把着镢头，扛在肩上。

"没啦！咳嗽……你们回来这么早？"福庆猛抬头，看到后面还有一个二大个子，方头方额，一个大黑布衫搭在肩上。崔福庆奇怪他怎么和王万顺闹到一个组里咧。开头组织变工组的时候，国特他们自己组织了一个组，扬言说："谁也不要，小心他们的腿插进来。"

"光棍忍饥，神鬼不知，妈的，早起就没啦吃的。"金生兴奋地还想和福庆多说几句，可是福庆早想到一边去了。老婆前两天就嚷嚷上没□盐吃。

"金生，社里还有盐没有？"福庆一向说话声音很小。

"没，没啦，也没顾上到区社里背！"

黄昏，福庆听见街上，孩子们争着念黑板报："黄纪云×不呆干，有了半斤小米就捞捞饭……"自己也没去看，在院里站了会，听见街台上嘣……嘣……知道羊群回来了，忙去推门，三只白羊已跳到跟前，在腿边挤来挤去。福庆顺手抚摸松白的毛，觉得分外亲热。回忆起来，自打共产党来了，这几年光景是仰着头过的：买了六亩地，房子么，那年鬼子烧了个精光，同志们七手八脚烧泥上梁，又给盖起一座崭新房子，没有花一个钱。如今，羊也有了，老婆学纺线……他想到这，一股无限亲切和温暖的情绪升起来，觉得世界上共产党和同志们的友爱是像大水山一样高。

"羊毛剪下来，又能换几斤盐吃！"福庆把羊拴好后，嘴上裂着笑纹，觉得共产党好像是山沟里的泉水，对同志们没有结冰的时候。

他坐到炕沿上，老婆掀起锅盖，一股热气熏得小油灯摇摇摆摆。山药钱钱汤拌炒面真香呵！他们这儿，小米是珍珠，玉茭子是金豆子。

外面，一片漆黑，不知觉地闪进一个黑影来。

"盐！盐！给你吃！"一只大手，背面有几根稀疏的长毛，粗糙得像树皮，颤抖地、小心地把一升白盐放在锅台上。

在灯影里，福庆看清楚了这个鹰钩鼻子大方嘴的是王万顺。王万顺浓黑眉毛盖着这副眼睛，现在看来，觉得分外可怕，福庆不禁打了一个冷战。

"吃吧……这可不用……"福庆没动，仍在吃饭。

"我们有，大家互相帮助……"说话时，他已回转身，那个大黑影很快不见了。

福庆端着碗,饭可没吃到肚里,像是处在敌人四面包围中那样可怕,好危险,因为自己一步移开了党,王万顺他们这些国特家伙,就钻进来拉上一把。去年搞国特,王万顺在大会上坦白,包围大水杀死二十几个青年那回惨案是他去勾的鬼子。如今勾到自己头上,意志不坚定些,跟上他们走……这成了什么啦,几年来,不求进步,自私自利,犯了政策还不接受。听说老孙他们也在整风坦白,这是党员的光荣。王万顺,好厉害啊,他们像隐蔽在墙洞里的老鼠,专门等机会跳出来,出来啃上一口,这时他觉得王万顺比鬼子还凶,是敌人。自己再和党抱两条心,不关心群众,老鼠将会拉得自己更紧!

福庆躺在热炕上,对老婆刷洗锅碗的声音,似乎完全没听到,在思想里寻找着亲人。大水村一年交一千多斤公粮,但政府就救济二千斤。今年社里又伴喂给七个猪仔,二四〇只羊,地土也能使上些粪了。光景啊,像早晨的太阳。

而自己呢,像一只贪饿的狗,年上老爹在坡里点种大烟,自己并不是不知道,区里问时,硬一推六二五,说是老爹的事,区里原谅过了。又夺了老焕的佃,这不是割人家的肉往自己身上按……福庆被惭愧绞割着心,觉得对不起党,对不起同志。

这一夜,他没合眼,鏨鸡叫头遍,就摸索着到区里,向党坦白自己的错误。

区委老孙的话,像钟声一样,敲在他心上:不要以为革命了七八年,有了功,就该享受着点,敌人留给大水的灾难,还得自己双手克服,你应当耐心地领导着这些同志,把大水工作做好,像培植一棵树,看着他们开花、结果,这是老党员的责任!

一九四五年十一月三十日

(《晋察冀日报》1946 年 3 月 10 日)

虎 什 哈

史松北

　　虎什哈,是热河西北边境的一个大村子。

　　村子的四周环抱着高低起伏的山峦,山里有良田,种着大豆和高粱。山沟里有灌木林,人民砍去当柴烧。川里终年不断长流的河水,川道平坦种满了稻田,山坡绿色的松柏中有鸟啼。

　　民国以来,人民依然受着熬煎,几年一换的统治者军阀,一个比一个凶,粮款也一个比一个重。阚朝玺走了,宋哲元来,后来汤玉麟的队伍又驻在这村庄,催粮要款要大烟,又拉兵。人民在皮鞭底下过生活,一年辛苦到头还是吃不饱穿不暖。最痛心的是,人民养了几十年的兵,受了几十年官兵的苦害。在民国二十一年,鬼子兵来了,汤玉麟一枪未放,几万大军逃向关内,扔下人民下了汤锅。

　　虎什哈自从来了日本鬼,人不敢出气,狗也不敢咬,夹着尾巴溜着墙根。

　　虎什哈变了天。

　　鬼子参事官一到县公署,便下令"集家"(注一)建立部落。住在山沟的、住在山坡川里的三五家的人民都限三天搬到虎什哈去"集家"。留恋自己房产地业的,便被鬼子一下烧光,东西也拿不出来。男女老少哭着扔下祖遗房产搬进虎什哈"部落",祖遗的房子成了狼窝,土地看着它去荒芜,没有亲戚吃烧都困难,日本鬼子又强迫穷人"迁民"远去北兴安岭去垦荒。

　　虎什哈"部落"的大围墙从三月修到六月才完成,整天村里男女老少被赶着去打一丈二高的围墙,挖一丈深的外壕,搬石头砌碉堡,忍饥挨饿在日本鬼子和汉奸的打骂下修造自己的监狱。修好了这座"人圈",设立了警察所,人民要想逃出这座牢狱是比上天还难。

"部落"里一月要有几回"防共"演习。半夜里钟声一响,全家男女老少便得齐集在圈子的码道上、炮楼的转盘上。在码道和转盘上都钉着每户的人名,检查出来有一个人不到便说是"通八路,给八路送粮食的有",关进"留置场"(注二)灌凉水抽皮鞭。

鬼子成立了"兴农合作社",它是伪政府收粮的税卡,是政府"配给"日用品的机关。庄稼人一年辛苦的收获,除了拿官粮"粮谷出荷",还有无数次的"报恩出粮",剩下的粮食不够吃。眼巴巴地看着自己血汗的粮食堆在仓库生了芽,一火车一火车地载向东边,人民把所有都"供出"给"合作社",却只能在"合作社"领到一点点"配给",一年一人能领到"配给"的二两面,糊窗户打浆糊也不够。三年才能领到"配给"的二寸布,几人合起来才能缝成一副腿带子。小铺关了门,远近的集市都停了。摇鼓的货郎担也被关进"留置场"当了"经济犯",偷着去口里换几尺布,警察抓住便说是"密输犯"(注三),关进警察所皮鞭抽打,没有钱还赎不出"留置场"。

各种各样的储金直把家里的一斗一升的余粮都拿光。

经济统治,村里的人家有一盘小磨,偷着磨几斤豆腐也犯私,抓住了也是"经济犯"。自从有了"康德"这个年号,人民便没尝过白面的滋味。过年吃顿大米饭还得在除夕夜里偷着煮熟,等大年初一,天不亮便偷着吃了,晚了一点让查户口的警察查到便被拿到警察所,关进"留置场"。就是过年几家合杀一口猪,在警察所登记领下了许可印,还得把杀了的猪整个的皮剥下送交皮毛组合,不然还是犯私。

青年的被编了讨伐队,被抽了去当"国兵"、当"团员",还有一年不断的劳役。所有的男人都去"勤劳报国"了,只有妇女下地去种田。

整年整月挨着"满洲国兵"的打骂还不算,村里的警察官更活像一个阎王,他讨了三个小老婆都是霸占的良家妇女,老百姓大气也不敢出。

山里的灌木林被鬼子搜山烧光了,人民无处打柴烧。耕牛被杀,种地没有拉犁的牛。吃光了鸡子,村里几年听不见鸡啼,几年不见一个鸡蛋。

虎什哈被列在伪满洲国的"国境线"上。蜿蜒的山道上,碉堡林立,哨岗密布,走亲戚的、走错路到"国境线"的"不住地带"(注四)的人民不知有多少被"国兵"和鬼子用刺刀挑穿。

虎什哈的人民像猪肉案上的肉,任凭鬼子汉奸的宰割。

虎什哈部落的围墙是一个大监牢,人民被关在这没有太阳的监牢整整十三年。

去年九月,"国境线"外的八路军开进虎什哈,打走了组织伙会的假中央军韩大胖子的股匪,缴了"国兵"的枪。

虎什哈来了八路军,见了太阳,开了这关了十三年的牢狱的门。

碉堡拆了,码道平了,关了十三年门的双义成小铺重新开了张,村子时常有货郎的摇鼓响。姑娘们的头发绳换了新的,卖饼子花生的迎出村子二三里地等着卖给八路军。卖零食的老百姓都喜笑地说:"从没见过八路军这样公买公卖的队伍,连价也不还,嫌贵顶多不买,没说过一句吓唬人的话。"

村里川地鬼子在时种的几百亩稻子官田,八路军一颗也未要,都发给老百姓,救济了穷人。过往的八路军看没有衣裳裤子穿的百姓,便把队伍上的烂衣裳送给了穿,村里人都纳闷,怎么八路军这么好?不笑不说话?

八路军来了,发下救济粮,多年未动的碾盘重新响起。

八路军来了,发下救济衣裳,锈了的针重新缝补旧衣来过冬。

八路军来了,封锁线取消了,没有了经济统治,商业自由了,人民自由地赶上牛去口里换回洋火和布匹。

八路军来了,村里成立了清算委员会。过去挨打受骂的穷人都直起了腰,人民不断地去找清委会去告发、去诉冤,要报仇,十三年的冤屈,这下可要见青天。在清算大会上,人民大声地发言,向事敌的地主、向鬼子狗腿子的恶霸大声控诉,谁打他一个耳光,谁抢占了他的田地,谁奸污了他的妻女,他们都记得清清楚楚,枪毙了三个有小老婆的警察官,人民都说:"这才是真正的人民的官呵!"

过年了,人民欢天喜地地吃着饺子和大米饭,扭秧歌,庆祝他们虎什哈的解放!一个穿起放在箱子里八九年没敢穿的老箱底蓝的大褂的老汉笑着拉着八路军的区长说:"你们八路来了,这下可把虎什哈的百姓救活了!鬼子今年就要把百姓打的粮食全交给'合作社',到明年开春,家里一颗粮食也不敢存,存一颗就要枪毙,每天家几口人拿着配给票去领……你们来了,这没有尽头的苦日子可算熬过来了!你们来了!今年过年吃了两顿白面饺子,吃了大米饭……这回村子百姓又都要养鸡啦,只要有一个春天,满虎什哈街就都会听见鸡打鸣了!"

虎什哈从十三年的牢狱中解放复活了。连几年前被鬼子强迫"迁民"赶到兴安岭去受罪的人民,熬下来的也被红军解放了,被八路军护送着,回到了家乡。

孩子们唱着:"八路军,八路军,八路军打仗为老乡!"

雪化了,河冰消了!这暖的阳光照在送粪车的牛背上,微风吹着绿色的松柏林,燕子又返回旧巢,虎什哈的男女都喜洋洋。

春三月,虎什哈的风光,今年分外的美。

三月二日东山坡

(注一)"集家",即是并村,这是日寇统治东北行防共的一个最毒辣的政策。

(注二)"留置场",即拘留所。

(注三)"密输犯",伪满洲国"国境线"上偷着买卖的百姓,抓住即当密输犯。

(注四)八路军进入热河后,日寇在边境上驱逐百姓,把很大地区地屋荒起来,防八路军活动,敌人称为"不住地带"。

(《晋察冀日报》1946年3月10日)

太 原 行

程予

一、先到大同

二月七日，记者怀着兴奋的心情，随中共代表许光达氏到太原中心执行小组，准备把那里的情形随时报导给热烈关心时局的全国人民。

我们一行十人，由丰镇出发，乘着大同方面派来专门接我们的汽车，在宽阔的公路上平稳地前进着。这时我望到大同，这晋北唯一的都市，这次使我有机会瞻仰一下，实在是和平赐予的幸福。我过去没有到过大同，心中想象不出大同可能是什么景象。但是脑子里已有了一个和平都市的轮廓，这轮廓是根源于解放区城市那幅和平繁荣的面貌发展而成的。这轮廓使我兴奋，使我由此想象到其他都市，想象到全中国在民主团结的基础上发展起来的和平繁荣气象——我笑了！

这时，汽车驶进一个村庄，开得较慢，隔着玻璃我望到街心站着两个八路军战士，正凝神注视着汽车（原来这村里是驻有队伍的）。他们手里都拿着一个毛线团团，等汽车过去，他们又低下头来安详地编织着自己的袜子。直到汽车出了村口，也没有看见一个哨兵。

丰镇距大同九十里，又是下坡路，比较快些，只有孤山附近一段山路，稍微费了点劲，孤山一过便隐约望到大同了。

远望大同，没有一个高耸的烟突，城北有一个钢铁厂，走近一看早已破烂不堪了。走过钢铁厂，迎面是几个碉堡，建筑在公路近旁的山坡上，我没来得及细看，汽车便疾驰而过，但刚刚过去便突然停下了。左前方下来两个哨兵，挺起刺刀赶到这里，左一个，右一个，拦住去路。这时前面坐的那位联络官下车去和他们讲了几句，他们把车上的人仔细打量了一番，接着汽车又前进了。这时，公路□□一丈多高的丘岗夹在中间，显得特别低凹。丘岗上布满了密织的铁丝网，向远方伸延出去。网里密布着高出地面不到一尺的地下碉堡。再往前走，就是两三层铁丝网围住的火车站，站上那日本人的军事建筑依然未动。一过车站便看到城墙了，城跟前一段公路特别平坦，汽车很快地开进城去，但进城以后，又慢下来，特别是几个拐弯抹角的地方，要进进退退好半天才能过去，因为这里都筑有直径约一丈的地下碉堡，占去街道三分之一的宽窄，往来交通，当然要受点"委屈"了。

这时，我忘了方才那种幼稚的兴奋，心头只觉得一阵阵紧张！

不一会，汽车停在棋盘街——大同执行小组的住址。我们下车后径奔中共代表李波所住的房子里，大家坐下谈了一会。政府代表温天和、大同领导组参事赵明雨先生来访，他们和许光达氏寒暄一会，辞去。当晚，许、李住在一起，其余我们八个人又被这辆汽车载回北大街人和旅馆。大同领导组派来两位先生，专门招待我们，一位姓姚，一位姓姜，大家闲谈起来，我们打听大同市面的情形。

"萧条，萧条！市面上没有货呀！"那位姓姚的说。

"全等着恢复交通呢！"姓姜的说。

"对了！只要交通一恢复，货就能来了！"姓姚的又说。

说来说去总是"恢复交通"四个字。交通是要恢复的，但交通本身并不是货物，货物是生产来的呀！

当晚我们就住在这里。据说这是大同最大的旅馆，但设备非常简陋，只有三排平房，围拢着一个四方院子，院里每天泼洒许多脏水，冻在一起，覆盖了将近半个院子。我们住三个房间，其余都住满了邮差和外来的军人。旅馆里的茶役，我看到只有三个，两个四十多岁，一个十几岁的孩子，他们都穿得破烂不堪，面容憔悴，伺候旅客并不殷勤。大概每天事很多，旅客经常喊不到他们，但喊来之后，做事还是很朴实的。整个旅馆每天进出的人很多，但大半都是军人，总也掩不住那一幅衰颓的气象。

第二天听说李波去北平，大同小组中共代表由许光达暂代，果然上午飞机来到，他就走了，这样也决定我在大同还要逗留几天，给我以机会仔细看看大同。

在这里最惹人注目的首先是日本兵，他们七八成群，在街上来来往往，随便什么时候都会遇到。这些人虽说是缴了械的，但的确不像在战胜国收容下的俘虏，他们衣服崭新，神色高傲，有的乘坐漂亮的军用卡车来往穿梭毫无顾忌，一如仍旧踏在自己的殖民地上。其次是日军打扮式的中国人，这里面据我看到的有军人、官吏、公务员和新闻记者，他们都穿着短小的黄呢军装、黄色马靴，不注意时使你分不清是中国人还是日本兵，至于穿者的用意是否就在于此，我不敢妄加断定。但这种装束出现在光复后的国土上，定会给人以不悦的刺激，看惯的人当然例外。至于他们的兵士倒还是灰布军装，只不过破烂一些。街上的商店虽大部分都还开着门，但不少店里货架上全是空的，我曾走过几个建筑华丽的百货商店，结果连一副化学□子都买不到。

关于此地的物价，我访问过本县商务会长王翰臣先生，他说："昨天（二月十日）黄金每两十二万法币，今天飞涨到十三万元。"百物随之飞腾，现在一般市民每天只能以高粱面果腹，连小米也吃不起了。此外，我还访问过此地唯一的复兴日报社、大同中学和天主教堂等机关，在这些访问中，除给我印象里肯定了大同市的萧条以外，更增加了一种浓烈的战争气氛。

大同中学初中二年级一个十七岁的学生（姑隐其名）告诉我：从去年九月国军开到这里，就挨家要民夫修筑碉堡工事，每间每天至少出六个民夫，每户两天一个，有时一天一个。连学生也不能避免。他自己就当过五六次民夫，有一次还被一位监工的排长无端地打了一顿。他天真地说："那家伙一喝醉了酒就想打人！"这种征派一直持续到去年十二月底。现在呢？还有少数的没有修起，正由大同领导组雇人秘密修筑。另一个学生又告诉我：这里的日本俘虏，说是完全缴了械，但每个中队现在还保有十支步枪，作为"自卫"之用。至于暗藏的短枪更不知有多少了。

直到我离开大同（三月十三日），仍看到城门前四个卫兵，在严厉地检查行人。有人用手帕提着一包梨子，也被那卫兵一个个拿出来看了又看，难道梨子里面还藏着什么违禁品？

汽车驶出南门，在城外看到的依然是碉堡、壕沟与铁丝网……我怀着极端的失望离开大同。

二、一路上

十三日下午四时，我们离大同南下，刚到怀仁（距大同八十五里），汽车的电瓶坏了。另一辆汽车开进城里，想借个电瓶装上，结果没有借到，汽车又要开出来把那辆坏了的拉进城去，但城门已关闭上锁。这时太阳刚刚落山，时间不过是六点多钟。

汽车夫着急了，他一面和守城的卫兵交涉，一面埋怨城门为什么关这样早。一个卫兵说："怕八路进来啊！"

"八路军？汽车上坐的就是八路，你敢把人家怎样？"汽车夫更着急了。

两个卫兵一愣，四下里围着的老乡，也大吃一惊地马上把眼光转向我们，仔细地打量。汽车夫继续和卫兵交涉，卫兵说这城门非有团长的命令不准开，可是团长去了大同，副团长也刚刚出门，别人做不了主。汽车夫又跑回县政府，一直又等了一点多钟，县政府才跑出一个人来，说了半天，城门才慢吞吞地打开。汽车临出去时告诉□立刻还要回来，但开出去后，马上又关门上锁，汽车回来又叫了一会再得进来，前后耽误了两点多钟。

我们今夜不得不宿在这里。县长为了欢迎许代表特别炒了几盘肉菜。我和几个汽车夫坐在一桌上边吃边讲，大家不拘束地闲谈着：才

知道他们过去都是伪蒙疆汽车公司里跑长途汽车的,每月除吃穿外,还有一千多伪币的薪水,自从日本投降,汽车被国军接收下来,到现在没发过饷。他们说张家口的汽车夫生活好,伪蒙疆汽车公司原来就在张家口,那里尽是新汽车。我问他:"大同不也接收了很多汽车吗?"

那个汽车夫翻着白眼说:"大同!大同只接收了一百辆破卡车,全是那些日本银行、公司、洋行里用剩下的。日本的军用卡车都是新的,到现在也没有缴呢!"

这时另一人马上告诉我,方才汽车第一次进城来时,他们在城外看到朔县方向开来三十多辆新的军用卡车,车上满载日军,在夜色苍茫中向大同驰去。

当夜给大同打电话,叫连夜派汽车把电瓶送到;并决定明天早三时出发,准备十二时以前赶到宁武,再转乘火车到太原。不料第二天上午十点多车到朔县又坏了一个零件,汽车夫也算有办法,他们又把我坐的这辆汽车开进城外日军营房里借零件。在这里,再一次证实昨晚汽车夫的话:日本营房那辽阔的大院里,并排停着二十多辆崭新的卡车,我们这辆车开到近处一比,显得格外的残破可怜。汽车夫说着半口日语和他们交涉着,那日本司机气势凌人带理不理的,汽车夫跟在他屁股后头转了半天,最后才拿回一个零件来。

我们继续前行,到宁武城已十二点多了。此地阎□萧师长和县长都来迎接,老乡们知道共产党代表到了,便集在街口探头注视着车里,但两旁的军队马上把他们驱散了。

在宁武用过午饭已到下午两点,我们原计划今天就赶到太原恐不成了。

黄昏时,火车停在忻县,大同派来送我们的那位王参谋给城里打去电话。一会儿,阎部二十三军参谋长马骥及县政府秘书长到站迎接,他们和许代表握手寒暄,显出很亲切的样子。大家由车站步行入城,

一路谈笑,行至城门前,突然,马参谋长大声喊住前面那两个卫兵:

"小心哪!别踩到地雷上。"

"地雷?"我大吃一惊,正怀疑怕是自己听错了,接着又是一声:

"把那个拉雷改一改线!"还是参谋长说。

幸亏没有听见爆炸声,我们安全地进入城里。城内每一街巷都有卫兵把守着,各家店铺紧闭门板。一路上除我们以外再没看见一个行人。

是夜,我们宿在县政府,次日晨五时半登车,预计上午十二时以前定到太原,我希望太原不再有这么紧张的战争色彩。

三、太原——"对不起!"

我们在太原南门外车站下车,就住在附近复兴大饭店那座高楼上,这是太原中心执行小组的驻地。

第二天,没有进城,我就尝到太原的滋味了:太原还不如大同,在大同我还能出去采访,到太原连这点自由都不许存在了。早饭后,我和许代表的随员白副官一同出门,刚走下复兴饭店大门外的石阶,一个宪兵马上就跟在我们后面,他说:"咱们一起走。"走到南门,只见四个卫兵气势汹汹地站在那里,行人走过时,老远就先掏出那一张嵌在玻璃纸里、上面盖着好几个手印的身份证(这还是敌伪统治时发下的),递给他们检查,然后才许入城。我们当然没有这个,于是又一个宪兵拦住去路,首先问:"你们是哪儿的?"

"执行小组的!"白说。

那宪兵马上端出一副虚伪客气的神色,但并没有丝毫笑意,只是说:"对不起!上面有命令,你们这样是不能进城的。"

白说:"连执行小组的人都不准进城吗?"

"你们预先通知一下,坐汽车一块进城可以,这样不行!"

白说:"我们两个还不是一块出来的,非执行小组的人都出来不行?这后面又有你们的人跟着,还怕什么?"

宪兵再也没有话讲,只是说:"对不起!上级的命令。"

再问他,还是"对不起!""对不起!"。这就是他们的"理由"。

我们再不愿和他讲下去,回来后立刻找交际处的邢课长,他是专门负责招待我们的,昨天来时还表示十分殷勤,但此时却不见了。茶房说:"邢课长进城了!"

下午我们又找他,茶房说:"邢课长去飞机场了。"我们又急又气,接着又找了几次,茶房只淡淡地说:"邢课长不在!"

这样"不在"了五天,我们就五天不能进城,采访当然更谈不到了。最后我们不得不离开太原,再不敢有什么幻想了。如果有人问我在太原住了六天为什么对太原没有报导时,我只有:"对不起!……"

这就是我的报导!

一九四六年二月底于北平

(《晋察冀日报》1946年3月11日)

北平街头（一）

千一

一、报架下

报架下挤满了一群人。

"足金继续上涨，昨日开盘为十五万，市场投机分子对时局揣测杞忧，遂不免有造谣者乘机蛊惑。中午金价涨至十五万七千五，收盘时价稍微降低，以十五万四千收盘……"

这条新闻似乎是看报人的众矢之的。本来所谓"足金市场"跟这些挤在报架下看报的人是没有什么缘分的，可是他们知道足金行市的涨落会直接操纵他们的生活命脉："棒子面又涨了！""唉……"唏嘘的声音是从这个人群发出来的，你不能分辨出它一定是发自哪个人的嘴。

于是陌生的人也就交谈起来了。

"昨儿晚上还五百四呢，隔了一宵就六百二了！"

"六百二？别让七百听见吧，一千的行事也出不了这三天！"

然而问题是："哪儿挣去呢？"——说话的是一个像是小公务员样子的。

"涨吧，涨吧！"一个中年的像是个买卖人恶狠狠地看了一下那条新闻，□一下脚，走开了，嘴里嘟囔着："横竖人得要活呀，早晚得……"

---

① 本文原标题为《北平街头》，因书中与其他标题同名，故改为《北平街头（一）》。

二、停车口

中央医院停车口的几个洋车夫高声地谈论着。

"车份打今天起又他妈的涨了!"

"就没听说过,多会儿也是官家压着不让涨,现在他妈的是官家提头涨!"

"官家?"说话的人没说话先向四围扫了一眼,"官家他妈的还管老百姓吗?都饿死了也碍不着他们呀!"

话头又转到了"三年内废除人力车"。

"说他妈人力车不人道,都饿死了就他妈人道啦,废除人力车让这些人都干什么去呀?"

"人道?——我瞧少涨点车份比什么都人道!"

"×他祖宗才愿意干这个呢——不是没法子吗?"

一个将近五十岁的车夫仿佛忽然想起了一件事:"眼看他妈的晌午啦,还没开车哪!"

远处走过来一个穿皮大衣的女人。

"这个摩登要是坐了我的车,也许……"他自言自语地,抱着蛮大的希望。

可是这个"摩登"走过去了,没有理会他的招呼。

"他妈的!"他使劲往车簸箕里一坐,接着是一声"唉!……"

三、另外一个世界

走过几家大饭馆或者戏园电影院的门前,马上会给你一个完全不同的感觉:那里是另外一个世界。

长安大戏院门前马路旁边停着各色各样的华丽的汽车,流线型的、黑的、绿的、绛色的……在霓虹灯光照耀下发着炫目的光芒,这个行业一直伸展到新新电影院,然后又向东一字摆开,填满了半里来长的西长安街。

"今晚坤伶大会串。"

"楼上下客满。"

这些五光十色的广告夹杂着几家饭馆里的刀勺乱响,仿佛在向饥饿线上的人们示着威。

四、两种摊

繁华的闹市也好,比较僻静的街道也好,相隔不了半里就准有一个卦摊。据说这个现象是随着物价飞涨而日益发展起来的。

每个卦摊都围着一小圈人。坐在小桌子两旁的问卜者,用希望的神情等待着宣判自己的命运,希望从那个江湖人的批示里给自己舒展一下愁苦的心。

假如你连续走过几个卦摊,就会发现问卜者们的命运大体是一致的。虽然"子午卯酉"各有不同,可是推断起过去的遭遇来,一般的都是:"您这几年的运气一年不如一年!"这些江湖人的聪明的推断使得问卜者点头赞赏着,于是丢下卦礼带着"求财西北""谋事五成"一类的"神机"走去了。

和卦摊的增加率不相上下的是书报摊。不过那里可听不到这一类宿命的论调。

太平仓电车站旁边的一个出报摊的主人给一个雇主介绍着几种刊物的内容:"《集纳》,新出的,跟《民主》它们好像是一路,也是反对一党专政的。还有延安的社论呢!《文华》十四期,刚来到……"他很熟习地一样样介绍着,或者也是"生意经"里所谓"迎合顾客心理"吧,不过这个场面倒不妨算是一个民意测验。

一个洋车夫送还了他借看的一份新闻评论,用一句对这个刊物的

"读后感"来代替了对书摊主人的谢意："话说得真痛快——尽是公道话呀！"

主人也仿佛听到别人夸奖他的货色好一样，很得意地说："花几十块钱买这些东西看，就是赚一个痛快！"

那个洋车夫最后叮嘱一句："《民主》十八期来了，您可告诉我一声！"

二月二十日夜

（《晋察冀日报》1946年3月14日）

北平街头（二）

洪右举

国民党的报纸把最近许多反苏反共的丑剧描写得非常"轰轰烈烈"，我就把北平看到的二月二十四日的"东北同学游行"和二十六日的"大中学生游行"情形谈一谈。

二月二十四日那天，我正在西单商场的门口站着，正是这"东北同学游行"的队伍从这里经过。有二百多人，都穿着黑色的与蓝色的学生服，三个一排、三个一排，踏着齐步，间或队头有人回转身来突喊了一声，队伍里也回应以含含糊糊的回音。有些女生喊完了，还偷着看看路旁参观的人群，她们的脸上都有黄色的尘沙（那天风沙很大），脸上没有什么特别表情，像在学校里出操时那种神气。路旁参观的人脸上露着笑容，好像对于他们那种含含糊糊的喊口号感到可笑。队伍一过，参观的人群又若无其事地随着散了。二十六日那天，游行是比较热闹，上午特别冷，有些学生们，都穿着单衣，有些被冷风吹得发抖。队伍整整绕着城里的四方大道转了一圈。队伍也许是长了一些，精神非常散漫，开头一路上是嘻嘻哈哈，女生呼口号，男生捏着鼻子学。沿途有些学生追赶着玩，女生一群群地跑出队伍在找厕所，男生一群群地跑到小摊上买花生米，有的站着仰头望着戏院的广告。呼口号的时候，有的喊，有的吃花生米，有的靠后头的听不清领头的喊了些什么，也就随着随便发出一长声。"反对雅尔塔秘密协定"，领队的人举着小旗喊，队伍里却应以"反对雅雅雅雅雅协定"，看不见什么愤恨的颜色，更体会不出他们"爱国"的情绪。有

---

① 本文原标题为《北平街头》，因书中与其他标题同名，故改为《北平街头（二）》。

些小学生走到王府井大街，就有些累，想走出队伍回家去，两旁警察又把他们赶进队伍里去。街上戒备实在森严，游行队伍在街中心，两旁就是持着上了刺刀的枪杆的警察，警察的外围有带驳壳枪的宪兵，宪兵外围有警官，骑着带小船的摩托车，驳壳枪都是张着机头靠在大腿上，而把路上行人都哄到墙根里去了。有些同学走得实在累，想坐在地上歇一歇，也没有机会，所以有许多同学都互相抱怨着说："讨厌死人，这简直是充军到西伯利亚了！"

　　游行的第二天，临大四分班学生要求学校放假休息，因为走了一天，实在太累了。校方的回答是"学校为这些不便出布告，你们自动不上课好了"。无论军警当局和校方，这次态度实在和蔼，只要参加游行，什么都好办似的，否则"不爱国""思想嫌疑""不爱国就是汉奸"的帽子就来了。

　　据一些参加了这次游行的朋友告诉我，这次游行示威的特点是：（一）不用学生自己筹备，有人替他们筹备。二十五日学校墙上出布告，第二天就游行。各校学生不必自己起草传单，不必写标语，到时就有大捆的传单标语满街飞。有许多学生不知道"雅尔塔"是人名还是地名，不知道什么叫"变相帝国主义"。（二）游行时有军警保护。虽然有个别学生不明真相，用大衣领子包着头，走路时把自己身子夹在两人中间，怕挨手榴弹炸，但是一路都是平安无恙。（三）单是临大补习班主任所拨给学生游行经费是二百五十万元法币。（四）临大的第四分班的教室黑板上还写着"谁不去游行是王八蛋！亡国奴！""不喊口号是王八蛋！"。游行队伍走到中途，有带佩剑的军官模样的人问学生们："你们敢捣毁中外出版社和新华社吗？"学生们对这提议是引起了很大的惊异，他们背向着这个发问的人，拒绝了这一无耻的要求。但是这一天北平的许多家报纸都用最大的篇幅来登载它。《华北日报》自然也是吹了一阵，称之为"震撼了宇宙的呼声！"。

　　就在这游行的同时，街头巷尾的报摊上都围着成群的青年，他们要买《解放三日刊》。他们如渴如饿地读着中共发言人对于东北问题所提的主张。警察曾经殴打报贩，抢走报纸，但是学生们还是成群地找到解放三日刊临时办公处去买。我清清楚楚地记得，那是《解放三日刊》第二期登着华北联大招生的广告，千百个青年学生都被这广告真正地打动了心房。有许多参加了游行的学生，随着喊"匪区的人民是怎样惨死的"的等等反苏反共口号，但是他们却愿意到解放区去。解放三日刊社的门铃整天地响，有一天天才亮，门铃就响了，来了一个十四五岁的小学生，带着书包，要买全份的《解放三日刊》，门房答说卖完了，他还迟迟不去。他们来打听的是青龙桥那里让过不让过，路上安全吗，到那里联大要是考不上怎么办。他们——男女青年学生，看他们的举止、表情，是早就把游行丢到脑后，甚至有许多在后悔，那是上了人家的当，做了反民主反人民的工具。而对于当局所描画成黑暗屠杀的地区，却全神向往！现在北平街头的报贩都瞪亮眼睛，看见警察过来就喊"《华北日报》！《建国日报》！"；看见青年学生过来就喊"看报，张家口的《晋察冀日报》！共产党的《解放日报》！"。

三月十日寄自北平

（《晋察冀日报》1946年3月15日）

沿着四百里长城线

田雨

从怀来下车,走过宽旷的延庆川、永宁,由此而开端的里程,尽是狭仄不平的山路,漫长的途中,山脉起伏蜿蜒,古长城历历在目,我们就此踏上了日寇统治十二年的伪满境地。

十二月,塞外天气严寒,山上、边墙底下都留着积雪,风沙迎面。一天的道路是寂寞的,村庄稀落,人烟稀薄,相距十里八里,一个大"部落"。这就是日寇"集家""并村",统治热河人民十二年来,血腥的建置。当地的居民把它叫"人圈"。"人圈"四围的边墙、碉堡还是崭新的,使我们顿时想到,多少个农民的生命都埋葬在这"人圈"的边墙下!

走过一个叫杨树底的"部落",村民们见到队伍进村,都带着希望,跑到街上来看。风雪三九的严冬,孩子们都光着屁股,女人们用一块破烂不能掩体的布片围着身体,脸是那样黄瘦不堪;穿破棉袄的,在围挤成堆的人群中,仅仅有很少的几个。经过询问,才知道这些棉袄还是我政府第一批救济所发的。十多年来日寇实行封锁,在口外,住在"满洲国"的人,不准到"华国"(即长城里);打下粮食,除交付敌税捐之外,不够吃;即便有些剩余,如果拿去换布,就是"秘输犯"。尤其在伪康德七年,敌"集家"之后,"人圈"的居民,行动更不自由,出走十里之外,就要出祸,只好困死于"部落"之中。现在,我们的队伍,每走过一个"部落","部落"里的居民们,都载道而迎,最初我们以为是他们稀罕好奇的心情所致,待看到有的老乡不调和地在身上穿着黄军衣和政府救济的棉袄,才知道他们每天都在等待政府和军队来拯救他们。三块石"部落"的老乡称八路军是"天下第一军"。一次,我们的队伍住下,战士看见一个五十七岁的老汉赤着脚,把自己的鞋脱了给他。老头子感谢不能报答,叫他的儿媳妇帮助队伍烧水，年轻的女人不愿下炕，老头子把她骂哭了，最后老汉才想起是自己喜欢得忘却了媳妇没穿衣服。战士们看到这种情形，立时全队发动了一个募衣运动，每个人从身上脱下一件衬衣，捐给全村，全村的老乡都感激得不能说话了。

我们的部队给"部落"区人民捐衣的事在很多的"人圈"里，都被感激地称颂着。我们的战士虽然衣服单薄，却都热爱人民如同自己亲人一样。

在长城线上，我们所走过的辽阔土地，那黄土壤的耕田，都变得贫瘠枯竭，张北湾一个开小店的拐腿人告给我们，敌寇并村之后，牲畜被赶到"骡马组合"了，车拉到"大车组合"了，牛羊同样集中到"组合"。农民的牲畜完全做了公差运输，耕畜肥料，家家奇缺。人赶到"人圈"里，离地远者在十八九里，从"部落"到地里去半天才能走到，为什么会不使良田荒芜，人民生活饥寒万分呢！

四百里的远行军，我们望见了潮河的滚滚激流。住在下甸子，这个接近古北口的小"部落"里。夜间，村长梁文亮叙述了十二年来热河人民的血泪生活，使我们惊喜的是五年以前，这里的人民就开始了抗日的斗争。他精神健旺地说：五年前，吴二郎开地皮（即姓吴的干部开辟工作），我们这里就有自卫军、抗日村长、抗日会。他还清楚地记着：七月二十八，天不亮，"满洲队"围了村，四十四个年轻小伙子、两个老汉被抓走了，有的枪毙了，有的当苦工病死了，一直到今年，总共才回来三个。他们的亲人，谢斌亮父子俩，谢斌汉哥儿俩，梁文成他媳妇，日夜愁肠，死在家里。明杀、暗刺而死者，在"部落"里实在算不清，他们都是为抗粮、抗铜，在秘密抗日活动下，被敌人杀戮的，他们的脑子里把一切事情认识得非常清楚。化吉子的父亲，他住在那因牢似的"部落"，仍联络了上甸子、下甸子、永兴庄，好多村庄的青年，五六年不断地就地反抗，共捕杀了十三个特务，并且常常夜里偷出"部落"，给周旋在长城线上的八路军送情报，也不断地把区干部从关里带出关外的"人圈"，组织人民的抗日斗争。他临到被敌人提去枪毙时，曾给孩子留下遗嘱说："化吉子，牢牢记住，八路军来了，咱们才能跳出'人圈'。"这聪明的十三岁的化吉子，现在露出得意的神情对我说："爸爸的话说灵了，八路军救了咱们了，同志！我刚懂事的工夫，就听爸爸说八路军围着长城救热河老百姓哩！"

孩子的话引起了我的回忆。的确，热河"部落"里的人民，都会记得，六年以前，邓宋支队就打进了热南，辗转于长城线和潮河两岸，为了解放人民，曾无数次地在那里坚持苦战，和热河人民不停地共同斗争着。

现在，八路军所到之处，"部落"解放了，"人圈"的围墙推倒了，堡垒摧毁了。农民们都愉快地谈论着："鬼子打走了，国家和平了，今年要好好种庄稼。"今年的旧历年，我们所见的巴克什营子、滦旗一带，许多的"人圈"里，都闹着秧歌和高跷，虽然他们的生活近况有恢复之气，而他们的心情却头一次舒展。复仇清算的火焰，也在"人圈"里掀起。红什哈"部落"发动了反部落长张秀山的斗争。西河庄等十七个"部落"，联合发动了稻田斗争，向部落长和粮食"组合"的经理讨回了五十顷"归公"稻田，交还各村农民（原地归原主），他们稻田□量中历年的贪污也都清算回来了。同样的，我们也看到从张家口到承德的路上，几百头毛驴、胶皮双轮车，不断地送来了数十万套的棉衣，救济那些穿不上衣服的人民，解放后的"部落"里，人民生活逐渐改观了。

但，沿着四百里的长城线，我们深切地感到，"部落"区的人民经受了敌寇长期压迫搜刮，民生枯竭殆尽，普遍的冬季无衣穿、无饭吃，春季耕种肥料极其缺乏的问题，应引起各方重视，使他们能首先得到救济，从速恢复"部落"人民的经济生活。

（《晋察冀日报》1946年3月16日）

欢迎你，亲爱的叶挺同志！

萧三

当陈炯明反叛孙中山先生的时候，叶挺同志从漳州回到广州，打垮了陈炯明，挽救了国民革命的严重危机。

叶挺同志做了孙中山卫队团的营长（团长为邓演达）。

一九二四年廖仲恺送叶挺同志去莫斯科学习，他入了东方劳动者大学和军事学校（和聂荣臻同志同班）。

一九二五年叶挺同志回国，值五卅运动爆发，他作了李济深部的参谋处长。

北伐开始，叶挺同志担任了当时号称铁军的第四军独立团团长。北伐中叶挺同志总是打先锋，屡立奇功。在湘东南攸县的谢文炳和方本仁的队伍被打垮了之后，叶挺同志又出平江，打吴佩孚部陆云的一个旅，陆云也被打死了。叶挺继续前进到汀泗桥，打吴佩孚的主力。吴佩孚亲自来指挥作战，但是挡不住叶挺勇猛的攻势。那时汀泗桥一带发了大水（当是黄塘湖的水涨了），北伐军增援不上来，在后面四军军部正非常着急哩！但叶挺打垮了吴佩孚的主力，使得那位吴大帅仓皇倒车回转，吴兵争着爬上车去。车又开得急，那些爬车的吴兵被斩手斩脚的不知多少！

叶挺一直打到武昌城下，吴佩孚一退再退，一直退到洛阳，在火车上闷闷不乐，终日饮酒消愁……

北伐军攻打武昌城多日不下。但叶挺同志英勇之中非常沉着，他用火车头装砂包，用车箱作装甲车往前冲，终于先攻入武昌城。

北伐军攻入武汉，声威大震。叶挺将军的英名使得反革命发抖！但叶挺同志非常谦虚，他还是那样沉默寡言，对革命、对人民的一片赤胆忠心，不曾染上一丝儿尘埃。他知道，此番北伐，主要的还是靠群众力量。（当时的国民革命军只有五六个军，每军最多只九个团，第四军只七个团，总共不过三四十个团，但每一个团能打垮反革命的一个师，就因为民众的力量大）那时中国共产党与国民党合作，广大而深入地做了工农运动，动员了成百万成千万的工人、农人，配合着北伐战争。北伐军每到一处，总是几十万的群众如同水潮似的涌到群众大会来。群众有了组织，这力量就不可抗拒。这些叶挺同志都亲眼看见了。

叶挺同志以这样大的功劳只作了新编二十四师的师长，兼任武汉卫戍司令。

夏斗寅叛变，武汉危急。叶挺同志率领所部和中央军政学校武汉分校的学生及一批工人，打垮了夏斗寅。

宁汉合作，国共分家。大地主大资产阶级中途背叛革命。白色恐怖猖獗，共产党迫不得已，举行八一南昌起义。起义主要靠叶挺将军和贺龙将军的军队。

汕头失败，叶挺同志（和周恩来同志、聂荣臻同志同道）乘一叶扁舟，冒着大风浪，漂流到香港，赤足褴褛，吃洋车夫馆子的饭……但他一点也不气馁。

广州起义，叶挺同志当晚刚到，饭都没来得及吃，又担任了指挥。这退兵的一战，结束了中国一九二五年至一九二七年第一次大革命。叶挺同志便是这次大革命自始至终积极的参加者和英勇沉着的战士。

第二次伟大的民族革命战争——抗日战争，叶挺同志又积极地参加了。他受命作了新四军军长。这一支和八路军同血缘的姊妹军，经无数艰难困苦终于建立起来了，在日寇深入我腹心的当儿，坚持了江南半壁山河，保存了大块干净土地，更进一步地实施了民主改革，广大民生得以改善。大江南北敌寇畏新四军如狮虎，老百姓称道它为菩萨军或王者之师。这一支人民的军队之所以特别艰苦，是因为一面要不断与民族敌人搏斗，一面又要遭受顽固反动派不断的包围、袭击。

苦了我英勇的新四军，苦了我坚贞的叶军长！

让我们简要地回忆一下记得远不完全的经过吧：

一九三九年六月底，苏北李明扬七个团企图歼灭江都新四军于郭村。同年十二月，汤恩伯部围攻新四军在平江嘉义的留守处，处内男女老幼眷属全遭活埋。豫西新四军确山办事处亦遭薛岳部大屠杀。一九四〇年×月，李品仙部围攻新四军皖东江北指挥部；六月、十月，几次向新四军进攻、追击，其中的一次是韩德勤十万大军企图歼灭新四军于黄桥……

这一连串的反动，到一九四一年一月达到最高点，让我们在痛定之后的五年也再回忆一下：

一九四一年（民国三十年）一月四日，皖南新四军部约万人遵从国民党中央军委会总参谋部"全部北撤"的命令，从云岭山出发北移。六日，行经泾县茂林一带，突遭预伏之国民党军第五师、第十师、第一四四师、第四十师、第五十二师、第一〇八师、第七十九师共七个师，由顾祝同、上官云相指挥包围，命令是"一网打尽，生擒叶、项"。最高当局那时一面伪称电令顾祝同部队撤回放行，一面密下"聚歼计划"。

一月十三日，国民党七个师围歼皖南新四军，该军血战八昼夜，终因粮尽弹绝，叶挺将军被俘，项英副军长战死，最后被围于茂林大□山而消灭，尸积满山，赤血满壑。重庆《新华日报》说："千古奇冤，江南一叶，同室操戈，相煎何急！"

一月十七日，国民政府军委会命令："新编陆军第四军抗命叛变，逆迹昭彰，若不严行惩罚，何以完成国民革命军之抗战使命，着将国民革命军新编陆军第四军番号即行取消,该军军长叶挺即行撤职交军法审判,依法惩治,副军长项英着即通令各军严缉归案讯办,借申军纪,而利抗战,特此通令。"

这时汤恩伯、李品仙二十余万军队,大举进攻新四军。

这一年的五月,又有几万人向苏南新四军进攻,提出"不打皇协军,只打新四军"的口号,的确,他们和武进、金坛的敌伪是打通了关系的。此后四二年五月、十月,四三年二月、三月、七月、八月、九月、十月、十一月,四四年一月、五月、六月、七月、十月、十一月,四五年一月、二月、三月、六月……呵,真数不清顽固派他们同汪逆军和日寇向新四军进攻、围攻、袭击、追击、"清剿"的次数!而在这五年悠长的岁月,我们亲爱的叶挺同志身陷囹圄,备受虐待。但任统治者如何威胁利诱,叶挺同志终不屈服!

日寇投降了!理应全国和平,开始民主建设了。无奈好战之徒又掀起了规模空前的内战。新四军在代军长陈毅同志等指挥之下,五年以来坚决抗敌,坚决自卫。双十协定,新四军北撤。由于中国人民的努力、我党的坚持、全国民主人士的声援、盟邦的帮助,政治协商有决议了,内战大体停止了,整军方案制出了。在这些好消息不断传来的当中,又有接连发生的两件令人欢欣鼓舞的事:

三月四日夜叶挺将军出狱!三月五日叶挺将军向中共中央要求入党,三月七日中共中央接受他为共产党党员!

这使得人们不能不深深感动了!欣喜之余,愿和读者谈谈,笔者对这件事的感想,并向亲爱的叶挺同志致以热烈的欢迎之忱!

在某些党政,因为党内一部分自私自利、苟弊捣糟之徒胡作非为,使得"党与民众脱节",使得党员有自请"把我党籍开"的时候。叶挺将军毅然请求加入共产党,这是有非常重大的意义的。

叶挺将军加入中国共产党,和大科学家居里、名画家皮卡索、名诗人阿拉贡加入法国共产党，名作家德莱塞加入美国共产党，是东西相辉映的事，和民主文化战士邹韬奋临危时要求入中国共产党及最近威海卫参议会六十七岁的梁宗瀚议长入党要求，是后先辉映的事。全中国、全世界最优秀的人士，头脑最清楚与眼光最远大而具有一颗真正为人为世的心的人士都有加入共产党的要求。这是因为什么呢？因为共产党是世界各国一切政党中最进步、最革命、最能代表最广大群众利益并且为它坚决奋斗的党。共产党是全心全意为人民服务，除了人民利益而外无其他利益，因而最能获得广大人民拥护，与人民打成一片，因此也是最有力量的党。共产党是有着古今中外一切哲学科学理论中最科学最完善的理论——马克思主义——为基础的党。共产党是不仅能认识世界最清楚，而且是能改造世界最彻底的党。共产党是能够实现中外古今无数哲人的高尚理想的党。这种高尚理想是几千年来无数志士仁人不惜牺牲自己性命，英勇奋斗以求之的。共产党是人类的救星，它使全人类出水火而登衽席。共产党是最实际、最踏实、最能掌握时间与空间（时代与国情），使普遍真理与革命实际相结合，因而能在革命的发展中改造现实，使之日益合理、日益进步以臻于至善的党。共产党是思想最能一致、步调最能统一、组织最能严密，因而行动最能坚决、最有力量、最能克服一切困难、排除一切障碍、不顾重大牺牲、务必达到远大目标的党。

这样的党，所以七十三岁的名作家德莱塞加入了。看他自己说吧："近年来深为共产党在全世界反法西斯斗争中的英勇业绩所鼓舞"，"对于人类的伟大与尊敬的工作，已成为我生活与工作的逻辑，这就引导我加入了美国共产党"。

这样的党，所以叶挺将军"决心实行他（原文为'我'）多年的愿望加入……"

在他致中共中央的电文里说："我决心……加入伟大的中国共产

党……为中国人民的解放贡献我的一切，我请求中央审查我的历史是否合格……"

中共中央审查了他的历史——

"为中华民族解放与人民解放事业进行了二十余年的奋斗。"

"经历了种种严峻的考验。"

"全中国都已熟知他（原文为'你'）对民族与人民的无限忠诚。"

——是很合格的，所以立即就批准了他的要求，答复他：

"亲爱的叶挺同志！……接受你加入中国共产党，并向你致热烈的慰问与欢迎之忱。"

是的，叶挺同志的历史，作为一个共产党员，是完全合格的。党有这样一个党员是非常光荣的。每一个要加入共产党的人都应该首先有"为中国人民解放贡献他的一切"的决心。每一个共产党员都应该学习叶挺同志对民族与人民无限忠诚，为民族及人民解放事业奋斗并且经得起种种严峻考验的精神。

我们慰问你，尊敬的叶挺将军！我们欢迎你，亲爱的叶挺同志！

(《晋察冀日报》1946年3月17日)

四十八岁的妇联主任杨老太太

石以允　陈英

杨老太太,河北三河人,家里有八口人——丈夫杨昆和六个孩子,五亩地。前年,兄弟张□因为参加抗战工作,被敌人活活地填冰窖害了,吓得他们才逃到张家口来。三河县在敌人未统治前,八路军住在他们家里,她的孩子们和八路军的战士一块玩一块学唱歌。敌人蚕食了三河县后,八路军退走,她再也看不到八路军了,她正渴望着八路军的到来。到张家口又是敌人的天下,只好忍耐地过下去,两口子跑点买卖来糊口,东西常常被没收,人还要挨打受气,吃吃不上,穿穿不上。他们整天念道(说):"什么时候八路军来了就好了。"终于盼到八路军来了,给了她家吃的,给找了房子住,又给了钱做生意。杨老太太说:"这下咱可还了阳啦。"心里就特别的痛快了。

"我身上就这一百块钱了……"

杨老太太说:"八路军救了咱们一家子,咱也得出出好心眼,报报人家的恩情!"

头年里,前线下来些伤兵,区里商谈要募捐慰劳,她头一个就说:"我一天不吃饭也得拿点钱!"于是出了一百块钱,又跑到她街上各家去募捐,她说:"人家八路军抛家舍业的,为咱老百姓挂了彩,任凭大家的心吧,出多算多,出少算少,就算出咱们一点心……"众人一听,各自拿出许多东西,才十来家人家,就捐了七千块钱、三条毛巾、十三块胰子,还有一斤白糖。

她又动员了四个老太太,一齐到附属医院去,慰问伤兵。看到那些伤兵,像看到自己的孩子一样,觉得谁都痛得慌。她看到战士们为国为民受了重伤，感动地流了眼泪，给这个盖盖被子，给那个抚抚伤口，问他们冷不冷、饿不饿，想吃什么吗。一个同志说，他想吃真热火的东西，杨老太太就把身上仅有的一百块钱送给了他，说："我身上就这一百块钱了！你想吃点什么，叫护士给你买点好了！"伤兵们感动得不得了，都舍不得让她走，她走了好远，他们还在喊："杨老太太，杨老太太，以后再来呀！"

她回家以后，就把伤兵的苦处讲给众人听，劝大家拥护军队。过大年劳军，光他们后三合店巷就捐了将近两千元。

"能干什么就干什么！"

这样，她就作了西沙河街的妇联主任，开头她说："咱连个瞎字不识，能干得了啊？"张秀英同志对她说："不识字不要紧，只要能为咱老百姓妇女办事就成！"她说："那就行，反正我能干什么就干什么吧！你看，除了八路军，谁还把咱妇女举到头里哩！"她挺高兴。

妇联的同志有事要到谁家去，不管多远，她都要跟去，她说："我带上你们，老百姓不害怕，你们说不懂的，我可以给他们说！"

一回，她害了病，连饭都没有吃，还要跟妇联去开会，赵辉同志劝她不要去，她说："不要紧，溜达溜达就好了。"

她一发现了谁困难就帮助谁，譬如抗属萧德玉家，就是经过她报告给合作社救济，生活才有了保障。

看到我们工作人员事情忙，她就要帮着缝袜子、洗衣服，她给咱们队伍缝了件衣裳，连一个钱都没要。

她把别人的事就当做跟自己的事一样办，附近的群众说："杨老太太心眼实在，不说虚话。"有了困难就跑去找她谈。

积极生产

空闲的时候，她就进行生产，还帮助别人生产。

过阳历年的时候,她从区里领来二十件大衣,自己留下了几件,还分给别人几件。可是有的人不愿做,有的说不会做,她并不灰心,她仍以老妈妈的态度诚恳热心地帮助她们,并且说:"别说不会,慢慢地学嘛,你一天做不成一件,两天做成也可以,挣几个钱自己零花也方便嘛!"她亲手帮助别人做,不会挖扣眼的她帮助挖扣眼,不会"刹"的她帮助"刹"。在她的热心帮助下,蔡大嫂也做了五件,赚了三百多块钱。

过阴历年的时候,她又拿去二十件,别人忙着准备过年,都顾不上做,她就和她女儿两个,白天黑日地赶着做,忙得娘俩四五天连头都没梳。

现在没有大衣做了,她准备组织妇女来纺毛线、打毛衣。

"我觉得我还不算老!"

区里开街干部训练班时,她的病还没好,就带病受训,每天晚上,从三合店巷跑到新华街八校来听课。她说:"八路军的事应该多知道一点!"每当丈夫送她来时,都劝丈夫也听听讲,她说:"你也听一下,别白送我!"

受训以后,她说:"我长了四十多岁,到现在才知道八路军尽量为咱老百姓的好!轮着我的孩子们长大了,也要叫他们照我的派头(样子)走!"她经常督促孩子们要好好学识字,现在几个孩子都已经送到了学校里。

她家自己订了一份报,每天叫她丈夫给她读报,她说:"现在不受训了,听不到咱们公家的事,心里就闷得慌!"

她还计划办个识字班,她也要参加学习。她说:"人家说我老了,我觉得我还不算老,我今年才四十七(年前说的),再学上两三年,才五十哩!这三年还不能学一些字啊!"

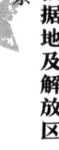

(《晋察冀日报》1946年3月17日,《每周增刊》第7期)

口试场上

付克

一

一个面孔瘦削说话文雅的青年，他的口试本来已经结束了，但他仍坐在我的对面不肯走，好像有很多话要说似的。

"你还想说什么？"我问。

他咽了口唾沫，降低了声音说：

"先生！我能考上吗？"他带着一种希望看着我。

"还不知道，卷子没有看出来，将来看榜吧！"

他望了望门口等着口试的男生们，回过头来，声音更低了些：

"先生，同志！过去我是读过中学的，可是鬼子到了张家口，我失学了，因为我同一个伪人员的子弟吵了一次嘴，他告发了我，就是这凭空地被开除了。失学之后，在父亲强迫之下当了学徒。哎呀！那种痛苦的生活，早上打扫铺店这倒没有什么，最怕人的是在严冬天我每天都要伸手到冻了冰的腌菜缸里捞萝卜，冰水侵到我的热手上，血立刻冒出来。唉！比刀割还疼呀！掌柜的一不高兴又是打又是骂……这种生活过了三四年，黑夜白天我都在想着求学，可是这都是空想……现在我做梦也没有想到这样幸福的日子终于到来了，我真感到又要回到母亲温暖的怀抱了。但我不知道收我不，考上考不上……"几颗眼泪含在他的眼眶里，他无声地望着我，望着我的笔，似乎我的笔能决定他求学的命运。

"八路军民主政府办学校，就是专门为了失学青年和贫苦子弟的，什么人都有就学的机会，只要程度够，不会把你关在学校门外的……"

"先生！我相信，我相信，不然我怎么会脱开那种黑暗的生活来考咱们的学校呢？这都是咱八路军给带来的幸福啊！"他满意地离开口试场走了。

二

"你从哪儿来的？"

"从北平。"

"从北平？你为什么不在北平读书呢？"我故意带着惊奇的口吻问。

"先生，你哪里知道，不要说旁的，光是学费，一季就是几千元，我是个贫家子弟，怎么能读起呢？……"

"因为拿不起学费，所以就来到这里，是不是？"我插问了一句。

"这当然是一个问题，但还有比这更使人痛苦的事，就是在学校里不自由，受限制。只要你稍微读点进步的书报，就有人在背后议论你，或者在你的桌子里递'黑条子'。条上写着'小共匪''看你能再捣几天鬼！'……有的甚至公开揍人、拉人。穷人的子弟是更吃不开的，受气更厉害。那些做官的儿子和有钱的阔少爷，作威作福，挑拨是非，真是逼得人走投无路，跟他们走吧就得做坏事，不跟他们走他们就给你造谣生事。不讲话的人说你是'心里捣鬼'……你看，怎么能生活下去呢？"他讲得兴奋起来，脸红红的。

"学校就不管他们吗？"

"管？好的先生不愿意管，也管不了，坏的还鼓他们的劲呢！要这些人都去捣乱。"他气得瞪着两只大眼睛，拳头握得紧紧的。

"你到了张家口怎么样？"我换了个话题。

"张家口和北平简直是两个天下。我来的时间虽短，但就在这短短的八天，我便看到了这里的人是自由民主的；工人、农人都可以随便开会说话，生活也大大地改善了；公务员和军队也不欺压老百姓。在北平可不同，军人老子天下头一份，拿个最小的例子吧：你到饭馆里去吃饭也得先让那些大兵老爷们，盼了多少年的国军，就是这样横行霸道。这还只是一些肤浅的印象，将来我进了学校，生活学习，我想一定更美满的。"他说到这里忽然又提出了一个问题。

"北平的学生是否可以来这里念书？我有很多同学整天想着来这里呢！"

"当然可以，我们十分欢迎。"我肯定地答。

"唉！可惜北平当局禁止他们，如果他们知道这么着能进学校，那把他们急死了。"

三

这个脸发黑胖胖的孩子才十四岁，他一坐在我的面前就笑起来了，他没有一点拘束和害怕。

"你年纪这么小，家里放心你吗？"

"为什么不放心，不放心就不会叫我来了。"他的答话很坚决。

"有人说到学校里学不了好事，你说对不对？"我故意这样问。

"这简直是胡说八道，那都是坏人造谣。说真的，早先俺爹妈就不叫俺弟兄们出来念书做事，因为鬼子在这里，尽糟蹋人家的子弟，谁敢出来念书呢？可是八路军到了这里，可就变了。俺爹这样说：'世道又变好了，孩子大人都不要闲着，能做事的做事，能念书的念书。'你看，俺的哥哥就参加了八路军，俺爹也参加了工会工作。参加八路军家里都放心，何况出来念书呢？读书还不是好事，谁家的大人不叫自己的孩子念书，那就真是太傻了。俺们邻家的几个孩子，都是我劝他们来考的。他们的父母开始都不大愿意，后来我说哪里还有这么便宜的事，受了教育有了知识，好替国家办些事，如果念不起，公家还要帮助，这一来才答应了。"

"嘿！你是个小宣传家呀！"我开玩笑地说。

"哪里，这也算是做了点好事情吧！"他抿着嘴笑了。

一九四六年二月

（《晋察冀日报》1946年3月17日，《每周增刊》第7期）

我 的 申 诉

模范女童工 朱惠芬

我是张家口烟草公司的一个小女工，叫朱惠芬。敌人在时，我已经做了五年工。每天天不明就上工，天黑才下工，喝冷水、吃冷饭，做错了一点事，就是脚踢手打。名义上每天做十个钟头工，实际上还要多，因为事务科早晚要拨表，故意拖长时间。工钱呢，男工就不多，我们女工就更别提了，半个月最多开一百块"蒙疆票"。家里五口人，就靠我和我妈做工维持，所以只能吃高粱面、豆腐渣、菜叶子。我们是外路人，没有亲戚朋友，借不到钱，只死挨饿。腊月三十，也顶好吃顿棒子面窝窝头。记得三年前，我妈抽烟，上工前剩两根，忘了装在口袋里，晚间下工检查出来，硬说我妈偷的，任你怎样哀求最后还是开除了。有一个多月，我妈找不到工作，一家人靠我一月二百元工资过活，所以每天只能喝一顿高粱糊糊，小妹妹饿得直啼哭。我上工时饿得头昏眼黑，没有做完活，脑袋就挨板子打，痛死也不敢哭。在敌人统治时这当然算不了什么，我们的一个小工友才死得惨呢！因为做错一点小事，就被日本人缚在柱子上打，直打到鼻子流血，还强迫着把流出来的血喝了，立时他的头就肿了，回家没有三天就死了。还有一个女工，因为工作劳累，得了肺病，躺在家中不能动，厂里硬叫她自己领工资，结果她扶着手杖，坐着洋车来了，没有半个钟头就昏倒了，抬回家去当天就死了。厂方不但不给欠的工资，连入厂时缴的保证金也不给一文了。像这类事情，实在一天也数不完。日本鬼子把我们工人不当人，我们至死也忘不了对他的仇恨。

八路军解放了张家口，没有人再来压迫欺侮我们。我们的工资增加了，童工每天只做七个钟头工，还有两小时学习。工厂里对我们像一家人，工厂有了食堂，我们不用再吃冷饭，开水也随便喝，我和我妈、妹妹每月要赚两万块边区票，所以我们吃上了白面、小米、高粱面。今年过大年还吃了四顿饺子，白面、大米、猪肉连吃了好几天。头年里厂里选举模范，大家都说我工作勤快，节省材料，又不好吵嘴、打架，选了我个模范。大家对我都很好，我以后一定更努力工作，才对得起解放我们的共产党、八路军。

(《晋察冀日报》1946年3月17日)

李杰三先生访问记

程海洲

李杰三老先生，今年五十七岁，曾历任顺直省参议员，察哈尔省议会议员及北京市政府（段祺瑞时代）参政院议员，为察省有资望人士，日前被张家口市政府聘请为张市选举委员会委员。记者特前往访问，承李老先生热诚接待，畅谈数小时。

李先生住在明德北大街辘辘把巷一所偏僻的小舍里，家里一切设备都很简陋，生活清苦。当记者问及李老先生的生活状况时，李老先生说："在日本统治的八年中，就是在过年的时候也没有吃过肉和白面，一年到头以高粱面和棒子面度日；房租一天比一天高，后来简直就拿不起了。"这时李老太太用伤心的声调插嘴道："这亏得八路军来了，不然，恐怕早就没有我们啦！"接着李老先生说："就是饿死，我也甘心，无论如何绝不能给敌人去做事，中国人这一口正气一定要保持！"李老先生沉默了很大一会，对我说："要是我想给敌人做事，那是很容易的，而且一定是特等汉奸，因为我同德王在参政院的时候是同事，与伪蒙疆政府政务院院长卓世海、最近枪毙的汉奸文画君等，都是熟人。他们要是知道我住在张家口，不用我去找，他们也一定要拉我出来。"他接着说，"我本来不是张家口人，当敌人进来的时候，户口册上又多报了十岁年纪，八年中没有到街上去过，轻易不走出屋门一步；再就是我自己早就有了准备，假如他们发觉我一定要拉我出来的时候，我就打算牺牲这条老命！"他在说话那时那种严正而倔强的表情是不能不使人敬佩的。

这以后，记者提了这样一个问题："李老先生从什么时候就不参加政界活动了呢，当时的原因是什么？"他很详细地回答说："当民国十四年中山先生北上时，我正在北京参政院工作，我是赞成孙先生的联俄、联共、扶助农工三大政策的。在北伐时代，我在察哈尔省议会，对大革命抱有很大希望；但自民国十六年中山先生的不肖之徒，背叛了革命，把共产党清出去，叫一些腐化堕落之徒充当官吏，这时我就决心隐退，想把几个孩子好好培养一下，使他们将来能给国家民族多出一些力量。现在我的四个孩子总还算不错。大孩子李希圣十二年前即参加共产党的革命队伍，现在绥蒙军区政治部任组织科科长。第二的在市立医院当医生，第三的在市政府工作，第四的现在商业专科求学。我隐退的原因是不愿意参加黑暗政治活动，进步的政治活动我是愿意参加的。九一八事变后，冯玉祥先生在西北组织抗日同盟军的时候，我就参加了参政厅的工作，失败以后我就又隐退。现在共产党来了，张家口真正有了民主，这是我几十年来所想望的事情，愿尽我这一份老力，为民主事业服务到死！"

  李老先生多年来生活虽甚清苦，但从来都是很用心研究问题，在敌人统治时代，他专心研究中国古代各家学说，尤其对孔孟仁义之说别有心得，他说："孔孟思想是封建思想，但'仁义'二字我有新的解释，'仁'即是要爱人民，这是一个革命者的品质；'义'是要公正，仗义执言，为大家办事。如果中国人都能有杀身成仁、舍生取义的精神，日本人绝不能把中国人欺负得如此厉害！"张家口解放以后，他对毛主席的著作和《晋察冀日报》皆阅读甚详，记者与李老先生几小时的谈话中，深深感到李老先生虽已白发苍苍，但其求进步之心，比起一个青年人来有过之无不及。他热情，他留心事物，他能在很小的事情中发现问题。比如他说："现在张家口有些人看着八路军穿的衣服不好，土里土气，因之看不起八路军。其实这些人是最不懂事情的人，他们只看表面，他们不知道八路军干革命，不顾个人利益，这是最光荣的。"他又说，"要是光看穿衣服的话，北伐以后全国穿中山服的人到处都是，但他们虽然穿着中山服，许多却是中山先生的叛徒。"

李老先生有很丰富的历史知识，记者在谈话中很惊异他对许多新问题见解的精辟透彻，这些问题都是为现代很多老年人不容易接受的。比如他对中苏关系这个问题有其独到见解，他说："最近中国的反动派挑动反苏，说苏联是赤色帝国主义等等，其实这骗小孩也骗不过的。不说别的，张家口我知道得很清楚，在帝俄时代这里有俄国领事馆，与中国订有不平等条约，但自十月革命后，我亲眼看到，苏联撤销了俄国领事馆，取消了不平等条约。其他的帝国主义，却还是同样的欺侮中国。抗战初期苏联帮助中国枪炮，这一次出兵几天内即使日本投降，救出了东北几千万同胞，难道这不是事实吗？无论反动派怎样挑拨，谁是朋友，中国人是明白的。再说，中山先生主张联苏，他们自称是中山先生信徒，却来反苏，真是给死了的中山先生丢人。"

当记者告辞的时候，李老先生谦虚地叫我替他找一些新的书籍，我答应了，他热情地送记者到大门口，他说："过去我一年到头不敢出这个门，现在我没有什么可怕的了。"

一九四六年三月十三日

（《晋察冀日报》1946 年 3 月 21 日）

工人之家

张望

黑石坝是张家口苦力居住的地方。当敌人统治时,因为"妨碍卫生",棚屋被拆毁!由于领不到"户口证",他们在坟地里挖起窑洞。吃的是喂牲口的黑豆饼、高粱饼,啼饥号寒,在棺材坑里熬了三年!八路军解放了这座城以后,他们得到救济,大大地翻了身,他们向民主政府倾吐八年的酸楚。

焊壶工人乔顺说:"八路军来的那天,我们赶忙送茶水去慰劳……八路叫我扛上几根木料,又派了三个同志帮咱修起房子……现在生活好啦,过年、过节包饺子、烙饼子,把父亲从北京接过来,每天让他老人家吃好的(白面),全家五口再不受熬煎了……"

(《晋察冀日报》1946年3月24日,《每周增刊》第8期)

"革新"论

王子野

"革新"一词《辞源》上的解释如何我不知道，如果让我编辞典，我会这样下定义：革新者，革旧而立新之谓也。不用说这是两□好字。

可是那些带卍臂章的角色竟然叫起"革新"来了。先是日本有个什么"革新派"，他们是怎么个"革"法，事实俱在，有目共睹。这一派人物现在已被人列在战争罪犯的名单里去，有一部已被关在监牢里，也有自己剖腹而死的。

同样是带卍臂章的角色，现在又在国民党二中全会中大叫"革新运动"。这批角色也要"革新"吗？论者不免怀疑，其实怀疑是多余的。正是他们才需要"革新"啊！

东北人民在日寇奸伪的统治之下，过着牛马以下的生活，经过共产党和东北人民十四年的奋斗，再加以苏联出兵的援助，摧毁了敌伪的政权，建立了新政权、新生活。"革新"者大不以为然，带着大队兵马、装备——美制的飞机、大炮、火箭炮，一路喊着"铁血收复东北"，去实行"革新"了。新的所以出现是由于有共产党和苏联的扶植和援助，因此"革新"就一定要反苏反共，这是天经地义，不许怀疑。

共产党领导人民在八年的残酷斗争中所建立的各解放区，这和旧的国民党政权比起来，诚然也是新的东西。"革新"者之不喜欢它，必欲"革"掉它而后快，也是必然的。

政协会的决议对于国民党的一党专政也是新的东西，无怪"革新"者要用一切方法推翻它。

照这么说，"革新"的解释原有的定义决不够用，在编新术语辞典的时候，切莫忘记加上一解：革新者，"革"掉"新的"之谓也。

"革新"者抬出了"革新"的口号，这是极对的，可惜是打了埋伏，"革新"之下还有"复旧"二字才完满。这两个字不知是他们无意漏掉或者有意不说，不得而知。恕我冒昧，把它补充了起来。

（《晋察冀日报》1946 年 3 月 24 日）

矿山杂记

李军

童工队

一九四六年正月的中旬,我们搭车到庞家堡龙烟铁矿去。当火车驰行在将近庞家堡的时候,因水柜的水不够机车上山之所需,于是,我们便将行李搬下车来,准备自己扛上山去。这时,忽然有十四五个年轻的小鬼蜂拥而来,他们说他们是接我们来的,说着便将我们的行李背起来。我们因他们年纪小、个子矮的缘故,谢绝了他们的好意,但他们哪里肯呢?这时,一个小鬼发命令道:"喂!咱们抢吧!"这么一说,我们的行李、皮包、挂包等便在他们争先恐后动手之下,转移在他们手中了。一个小鬼因没有拿到东西,感到扫兴,而硬要将我的大衣脱掉背上才算光荣。之后,他们排着队,有次序地往山上前进。他们为何这般亲切呢?为何要抢着做事呢?难道拿着东西比赤手空拳轻便吗?不是的。这是由于敌人在时,他们受冻、挨饿、作苦工;八路军来后,他们有吃、有穿、叫上学,得到了真正的好处。所以,他们见到我们时,好像见了亲戚朋友一般亲热。这种诚挚的亲热,就是他们无形中对我们的报答。

一个十二岁的小鬼问:"同志!你们从哪儿来?"我们说是从张家口来。

"那么,你们为何不让我们给背东西呢?"我们说是因为他们年纪小,背不动。

"背不动!"他们诧异地说,"众人拾柴火焰高呀!敌人在时,我们推车子、下洞子,什么事都干。别说这一点小小的行李,就是再重、再大的,我们也有办法。"

是的，只要人多就有办法，只要团结就有力量。

不一会儿，就上山了。听顾主任说，他们都是矿山的童工队，有的没有父亲，有的没有母亲。现在矿山已办了学校让他们学习。

如此而来

敌人自开设龙烟铁矿以来，工人总是不够用，于是就命令伪政府派呀、皇协军派呀、将俘虏押来呀、自己动手抓呀、招工的骗呀等等鄙污手段。这样工人便由数百人增至数千人，由数千人增至万余人，但工人仍是供不应求。

据怀来工人张振起说："我是挺身队，是伪政府派到这里做工的，期限是三个月。但做了三年，他们还不让走，每夜都由组头、班头看守着，想跑也不成。要是稍有不对劲，他们便说你是八路军。随便可以灌凉水，或者关在'沙子地'的囚笼里。"

苏起程说："我在天桥卖馒头，日本人叫我将它挑在车上，谁知一上了火车，不但一文钱未给，而且不准走了。就这样白白地将我载到此地做工。"张明旺说："当我正在耙地的时候，一辆飞快的汽车忽然停住了，他说我像八路军，打了两个耳光后，便将我装在麻包里用汽车载走了。过了两天，又将我弄到火车上载到这里，从此，便倒霉了……"

陈子健说："我在中央军当兵不到两月，枪还不会放，即被派遣到中条山打仗。被俘后，鬼子兵便将我们运到黑龙江的边境上挖战壕。挖战壕时，都在夜里，因为白天害怕苏联军队知道。以后，鬼子兵说汪精卫要我们回家，说'你们要苦力苦力地干活，死了的，汪精卫要向我们要的'。不久，便将我们派到此地做工。"

还有一些工人是因为天旱歉收，连遭水灾，难以度日，不甘饿死，被鬼子的走狗（招工的）用花言巧语招来的。这些招工的，都有相当的报酬。他们来到这里后，所过的生活，亦仅可以延以短期内之不死，但因不服水土，苦工劳累，加之受冻挨饿，积劳成疾，随之而死。

人间地狱

由于鬼子、组头、班头，重重的盘剥，工人的生活简直连牛马都不如。他们住在又矮又湿、整日见不到阳光的土洞里。这些土洞是很危险的，住在里边的人，时刻有牺牲的可能。马成章，因不堪地主虐待，带着一家六口来做工，未及一月，他们便被压在这窑洞里。待工人们挖出时，他们鼻腔出血，舌头突出，浑身发紫。鬼子说："中国人大大的有，死了死了的没关系。"随即就强令工人，将尸体从山腰间投下□谷去。

他们吃的是高粱面、混合面和小米，卖店里的肉是吃不到的，除非它臭得没办法了，日本人才强迫你去买，不买不成，买来不能吃，等于白白给钱。如果稍有怨言，日本鬼子的走狗便报告你是八路军，这样就可为所欲为地将你上刑拷打或关进监狱。污辱和捆绑则是常事。

高粱面、混合面、小米都是由宣化曹老二、傅老二掺了土、沙子、花生皮等以后再配给他们的，所以工人最怕吃它。特别是高粱面和混合面则更难吃。当你嗅着它的时候，就想发呕。不吃的话，肚子饿，吃了的话，肚子胀，少吃没劲挨日本人揍，多吃难受亦挨揍。喝开水没有，喝凉水泻肚，不喝水拉不下，真是难受。

冬天，他们为了御寒，为了不至于冻死，于是就将从家里带来的破被和拾来的麻包片披在身上，束在头上，包在脚上，远远望之，真是红红绿绿，五光十彩，面孔像青砖，瞪着两个小眼，露着几个白牙，哈手的哈手，发抖的发抖，形状悲惨已极。他们到坑道里，挖红、推车、打眼、放炮。一不小心，骨碌马就会将你撞死，电会将你电死，炸掉的红石块会将你炸死，真有"旦夕之祸福"。要是你伸一伸腰，出一口气，休息一会，日本人便可以拾起石头或其他东西朝你任何一个地方打去。有一次,一个姓张的工人因站起喘了一口气,竟被日本的"现场"用石头将他的头打了个洞,至今,这个伤痕还印在他的头上。

想跑也跑不了,白天有监工的看守你,黑夜有组头看守你,只有等着死。

万人坑

工人们由于挨饿受冻、打骂、没有休息时间等,致使多数工人都陷于恐怖的死亡中。仅民国三十二年正月十五日至七月十五日这短短的时间里,死亡的工人就有四五千。这些已死的工人有的埋在山腰间的旷野上了,有的□在山谷里了。而埋在山腰间的死人区就叫做万人坑,或乱人坑。这是个可怕的场所,是数千工人尸骨堆集的场所,也是狼豹于夜晚会宴、呼啸争夺的场所。这场所就是血债。当提起这个恐怖的万人坑时,工人们会即刻回忆起他们门口堆着一堆又一堆的冻硬的来不及掩埋的尸体;又会回忆起臭气冲天、苍蝇聚集的山谷。死亡笼罩着整个矿□,血腥荡漾在每个角落,但日本鬼子及其走狗,并不为此而怜悯。他们总说:"中国人大大的有,死了的没关系。"

工人死得更多了,日本人就命令他们在山腰间挖了很多很多的坑,准备来埋葬工人自己。今天这个工人在此挖坑,明天,说不定挖坑的人就会睡在自己挖的坑里。一个十三岁的童工哭着说:他家从山东来时是六口人,但不到一年半,他们便相继而死,孤苦伶仃地剩下他一人了。

万人坑这笔血债永远是明显的,当你步入这个区域时,你就可以看到死者的脚、腿、头、腰、胳膊和颜色不同的衣服在各处狼藉着,有的骨骼上还带有干肉。再往上走一下,你就会看到那密布在山边的矿坑,这矿坑是敌人准备将来用的记账簿。

日本鬼子迷惑工人,欺骗工人,把这大量的死亡,归咎于触犯神

圣之故。于是，就在山上盖了一座山神庙，建了一座戏台，提倡烧香信神，宣传迷信道德。

妓院和彩票

鬼子在山坳间盖了一所工程浩大、式样新鲜的妓女院，可惜当他们花了二十余万元的资本到北平买姑娘还未买来之际，他们已经滚蛋了。这栋院落的门口画着红绿的花草，院子里有三十余间厢房互相对峙着。房子也布置得极为阔绰，俨然似一座剥削的好场所。只要有钱，都可以去，而且鼓动你去，日本鬼子称它为"收钱处"。

另外，鬼子还竭力提倡抽大烟、赌博、"串暗门"、偷、骗等坏作风、坏习惯、坏嗜好。有的工人赌博时，一输几千元，无钱偿还时，只得日夜班的做工。而赢钱的赌户则可抽大烟、下饭馆、"串门子"乱七八杂地花一顿。

"增产周"是鬼子惯用的剥削方式，每一月或半月就有一次，在这期间，生产数量要提高一倍至两倍。产量超过规定额的话，则发给馒头、纸烟以示慰劳，不够的话，非直至达到定额后，则不准下班。工人们因日夜劳动，精神疲惫，虽愤慨填胸，但当他们接受鬼子的小小恩施时，那种愤怒的情绪也就减低了。

同时，鬼子又用彩票的方式来蒙蔽工人的仇视心理。每年端阳节或者是春节，抑或其他时日，鬼子就发彩票一次，每次只许每个工人拿一张。彩票所得物的最高额是二千元，余下的不是香皂，便是纸烟或手绢等物。开彩时，很热闹，工人们拿着彩票去取奖，而日本人在这时便乘机宣传增产和建设东亚共荣圈等来麻痹工人。

英勇不屈

鬼子虽企图用恐怖的手段和蒙蔽的办法来达到镇压和剥削的目的，但终归是不中用的，他们不会忘掉这笔血债，也绝不会被他们蒙蔽,且看工人们英勇反抗的事实吧!

一天,两个工人因给组头家属挑水,上班较晚,鬼子不问青红皂白,即各打他们两个耳光,他们极为愤恨,遂于黑夜里潜进经理科将办公桌椅、门窗玻璃、电灯电话打得粉碎,以报仇恨。鬼子目睹经理科被打的惨状后,很想报复,但因查不着祸首,所以对工人也无可奈何。

一天上午,一个日本人在火车站监视做工,一个工人因有病,所以搬的木材较少,可是鬼子却说他偷懒,遂拔出腰刀往他头上砍去,幸而他一躲,未得砍上。当鬼子又用刀去砍第二下时,数十工□□不约而同地将木柴、石头、洋镐向鬼子打去,并说:"我们工人有的是,你鬼子打死不完的。"说着,又拾起木柴、石头向鬼子打去,鬼子见势不佳,遂仓皇而逃。

看电话的小鬼明知假传电话、捏造事实是要挨揍的,但他们并不怕。有一天夜班,他们竟然给鬼子打电话:"八路军来了来了的。"鬼子听到这个消息后,战战兢兢地骚动起来。结果八路军并没有来,鬼子将电话员们揍了一顿。

又有一个夜里,天下着小雨,一个工人将汽笛拉得响了好几个钟头,鬼子又以为是八路军来了,于是就到碉楼里架起机关枪,准备应战。谁知天亮后,一个八路军也未见到。

有时工人对工具则大量施行破坏和掷弃。今天的工具是新的,明天就会变成坏的,后天就可能掷进山谷或抛进石丛,并且用磨洋工的方法来对付鬼子。鬼子说:

磨洋工,磨洋工,

拉屎尿尿三点钟。

以后,鬼子见工人的消极情绪日增,于是便实行了包工制来提高产量,结果也破产了。这时,产量日益减少,而工人的斗争情绪却每日上升着。谁压迫他们,他们就向谁作斗争。历史证明:被压迫的人终究是要推翻压迫者的。

亘古未有

去年八月间鬼子跑了后,工人们拿着缴获的枪械,光荣地保卫了矿山的设备,自动攻下了敌伪的据点赵川。政府接管矿山后,工人的生活大大地改善了,首先给他们发了大批的救济粮,继续着又开了工资,发动了清算斗争。现在,他们已大部分穿起新衣盖起新被了,并且还可时常吃到大米、白面和猪肉。过年时他们出演了高跷会、小车会和工人自己所创作的话剧《八年前后》等节目。这个话剧是写他们在敌伪统治时悲惨的生活和解放后所过的快乐日子。行政上为了鼓励他们的创作天才及表演技术,特组织了一个评判委员会,给他们发了奖。他们还给毛主席写了拜年信。元宵节时,三区和五区的小车会曾分别到附近的村庄里拜年演戏,各区都成立了俱乐部。工人们都说今年是他们一生中最热闹的年。

在未开工前,共产党的民主政府对工人是真正负责的。工人虽无工可做,但工资却仍旧照发,真是亘古未有,并且还有人给他们上课、教歌。工人们都很感激,他们说他们将以加倍的劳动热诚,来报答政府对他们的恩典。

现在矿山正积极于整理工作,准备很快的开工。

另外,我还要附带介绍一点:那就是这矿山有几个为新中国工业建设的日本人,他们是从天津跑回来的。我们很熟,差不多已成了朋友。他们说中国共产党领导的干部有三个特点:一是思想客观,二是态度亲和,三是大公无私。由此可知,狂妄的诽谤造谣是不能掩盖真理的。

三次送行

时间过得真快,不觉将近一月。这时,我们已应当返张垣了。工人知悉我们要走的消息后,有的饯行,有的挽留,对我们是现出无限的热情,说着许多□□留恋的话,而特别使我印象深刻的则是那位三次送行、聪明过人的小姑娘,她名叫李淑慧。记得,当我们告诉她明日要离开庞家堡的时候,她好像要失掉什么珍宝似的来挽留我们,并买了一些洋糖来请大家的客。翌日,当我们刚起来床时,她便空着肚子来送行了,待用过饭后,我们决定明日走。到了第二日,想不到这位小姑娘又早早地来送行了,可是我们又不走了。但第三日早她却又冒着寒风来送行了,这次我们真走了,她抢着提上我们的口袋,挂上我们的挂包,一直送到火车站,并又买了一些果子分给我们。

这种毫无虚伪的工人子女,这种真挚朴素的工人感情,令我们永远也不能忘记。

火车蠕动了,她开始挥着小手,带着留恋的情意,再三地说着:"再见!"而我们也挥着手,带着与她同样的心情说着:"再见!"

随之,许多不相识的工人,也挥起手来,亲切地说着:"再见!再见!"

不久,他们的影子便不在我们的视线之内了。你这出产丰富的庞家堡呵!诚挚、朴实的工人们呵!我们何时才能相见呢?

三月十日于东山坡法政学院

(《晋察冀日报》1946年3月24日)

大牛村炮楼

笑白

太阳已翻过了村边的树林,这时从牛村的西边远远地走过来两个人,一个腋下夹着算盘,一个手里提着杖杆。离村还有半里拉地便转弯向南走去,走不到□十步便在一块地头□停下来。

他们像是撒尿,束了束腰带,耸耸肩,于是拿杖杆的人,便顺着地边一杆挨一杆地量下来。拿算盘的人也低着头跟着看杖杆,走到地头另一头,两人便蹲下来打算盘,不一会又起来量,就这样量了三个来回。接着两人就像冬天的麻雀,喳喳地吵起来。

"你为什么把界石搬动了,来占我的地。"

"我的地还不够呢!你向别人地里去找。"

"我到王八蛋的地里找!"

"你骂哪个,你不要看我软,好捏。"

说着两人像斗鸡样地扭做一团。

恰巧北面有个拾粪的和一个割柴的,看到他们打架,就慌忙跑来劝解。可是他们不但没有扯开,反而吵得更凶了。连四外做庄活的人也都惊动了,纷纷来凑拢。大伙把他们拉开,接着就评理,可是谁也不服气,大伙也就都瞪眼了。

"走!"拿算盘的气愤地说,"你有种,咱到炮楼找队长讲理去。"

"讲理就讲理,我还怕你,队长也不能拨头喝脑汁。"拿杖杆的说着也走了。

大伙也随□连拥带□地向大牛村走过来。

炮楼上的哨兵,早就看到是老百姓在那里闹地,就没管他。现在又看到他们到炮楼里来讲理,便连喜带叫地喊起来:

"队长！出来吧，打官司的来啦！"

队长一听说是打官司的来啦，好像迎财神似的慌忙跑出来，一看是一群穿着抉屁股袄的老百姓，像老牛样踢里趿拉地走过来。

大伙离炮楼越近，也就越吵得凶。

一群伪军也出来看热闹。

这时大伙心里有些惊慌，以为他们发觉了，一看伪军们都没有带枪，又马上吵起来。

队长便笑嘻嘻地迎上前去，还未等队长致欢迎词，卜壳枪一闪，就逼上了胸口，队长一见就呆了。

哨兵正要举枪，割柴的跑上去扭着他的脖子，狠力往下一按，哨兵啃了一嘴泥。

看热闹的伪军可着了慌，吆喝一声就往回跑。枪响了，子弹像蝗虫似的飕飕向他们屁股后飞蹿，大家也跟着子弹冲进去了。

这样全部把他们俘虏了。

（《晋察冀日报》1946 年 3 月 24 日）

东北抗日游击战争的领导者李兆麟将军

冯仲云

李兆麟同志九日下午于哈市被阴谋反动分子所杀害。现将二月十八日《哈尔滨日报》载冯仲云先生所介绍的兆麟同志坚持东北十四年抗日战争的历史发表于后,以纪念兆麟同志。

——编者

今日哈尔滨中苏友好协会的会长李兆麟先生,就是东北鼎鼎大名的抗日联军第三路军总指挥张寿篯先生。十四年来他纵横哈东山地,驰骋龙江广原上,深受哈尔滨人民的爱戴和景仰。我和他在一起作过战,一起受过冻,长期地共同甘苦,他的确是我患难的同志,也是我们三路军中将领和战士们所最爱戴的领袖。

李兆麟(即张寿篯)将军原籍辽宁省辽阳县,幼年的时候境遇很苦,从小学毕业后就未能升学,在家里当过牧童,做过"半拉子"。但是他虽然处在这样的困难和贫苦的境遇中,仍是偷着闲工夫,手不释卷地刻苦求学。

在一九二五年五卅惨案事件发生的当时,中国反帝的大革命浪潮,不仅波动了关内的革命青年,而且也煽起了东北的革命青年。他从这时起,接受了革命思想的洗礼和理论上的教育。

九一八事变前一年即民国十九年,故乡已不能使他再立足了,于是他不得不跑到北平去求学。这时他从多方的探讨中,在理论上认识了马列主义思想,并认识到它是中国走向的理想目标,认识到只有中国共产党才能领导中国革命走向胜利,于是他就加入了共产主义青年团,不久便成了共产党员。

那时他虽然在大学读书,但他经常出现于北平西郊的农村中,或门头沟的煤矿中,去告诉"煤黑子"和庄稼人,要他们知道如何求得生活的真理。

九一八事变的那年,他正流亡在北平,他深深地感到现在是拿起武器的时候了,于是他就加入了北平的抗日救国会,不久,被派到辽西抗日义勇军耿继周的部队里去。他们一行共有六个学生,路过赵大忠部山林时,他们就被当人票看押起来(当人质),同伴们都消沉颓伤起来了,可是他反而大声地吵起来,此事被耿继周得知而调他们去讯问时,他便侃侃陈述来意,耿很为感动,遂把他们放了,并收留在一起进行抗日工作。

他们在辽西耿部里曾于新民一带作过多次英勇战斗,耿部失败后,他们返回了北平。

次年,他又被派到辽西李春润部当抗日义勇军,不久李部又遭到失败。他便到了沈阳,中共奉天特委派他到本溪湖煤矿去团结煤矿工人抗日救国。他虽然在幼年当过"半拉子",总是没有干过苦工的人,但是,他毅然决然毫不犹豫到了本溪湖,舞动了丁字镐,挥起了大铁锹苦干起来。他下过煤洞,他的脸也曾乌黑得像煤黑子一样,只有眼珠发亮。他受过日本监工的气,挨过工头的打,也曾啃过腐面的窝窝头。

八个月的煤矿工人生活,使他经历了整个中国煤矿工人悲惨的暗无天日苦痛的生活,但并没有消磨了他的意志,还更加鼓舞了他。在这个短时期的埋头苦干中,他组织了约三四百人的煤矿工人抗日救国会,发动了反罚灯的斗争,反对"把头"克扣工资的斗争,也曾有过爆毁日寇在南满生产力的企图,因为爆炸未成,他不得不离开本溪湖。

他回到沈阳是一九三三年春,在沈阳参加了中共奉天特委的军事委员会,努力于奉天城内的伪军工作,对象首先便是靖安军。不久奉天特委被敌人破坏了，他几乎被捕，但他幸而脱险逃到了哈尔滨。

我就在哈尔滨认识了他。那时他还是个青年，他的英俊和诚恳，在我脑里立时留下了一个深刻的印象。从此以后，他就在北满各地进行抗日救国会的工作。他到过海伦、巴颜各地，洒遍了抗日救国的种子。他的谈吐很能动人，能吸引人们去倾听，并且他的言论立即会使人钦佩和信服。所以他的号召，就成为发动人民起来抗日救国的号令。在哈尔滨，他也曾经在游击警察队里组织起来抗日救国的秘密组织。一九三四年后，他被派到抗联三军去做政治工作。他虽然是政治工作人员，但是他也是军事干部，常常和赵尚志将军一起作战。有时赵尚志和抗联主力失去联络，他就亲自率领部队与敌人血斗，或者从容地退到安全的地方。他善于找敌人的弱点去袭击敌人，使敌人受到奇重的损失。假如他率领队伍退走，那么敌人就莫想追上他，因为他的计划和行动是相当周密的。

他曾经率领抗联三军到过满家店，接近过哈尔滨的近郊，使哈尔滨的敌人感觉到万分的恐慌。他也曾率领队伍，深入到榆树的大岭一带，开展过平原游击战。他在延寿县的腰岭一战，曾经击毙有名的延寿日寇指挥官泽立，曾击溃过伪军的第三八团。

他在军事上的天才，政治上的聪明头脑，曾使当时的抗日义勇军山林队等敬服，而和抗联三军结成了统一战线，团结起来反抗日寇。哈东的人民没有不知道伟大的抗日领导者李兆麟将军（即张寿筏）的。无怪当"八一五"东北被解放不久，他回到哈东一带时，各地人民都列队欢迎他，甚至于有跑来抱头痛哭的。他们认为李兆麟，这次再出现在他们的面前，是安慰了他们很久的怀念，并感到他的确是他们的有血肉联系的领袖。

抗联三军在深入松花江下游时，李兆麟将军到了下江，当时汤原抗日游击队正处于非常困难的状态中。日本人在汤旺河沟里成立极大的采木公司,采伐小兴安岭的森林,在小兴安岭山脉利用炮手、猎人组织了森林警察队,以出名的炮手于四炮为队长,使一切抗日部队不敢进入小兴安岭一步。汤原抗日游击队当时是非常弱小的一支游击队,不得不踌躇于小兴安岭的山边。同时日寇又利用当地的走狗警察队廉方平四外出击。当时一般说来,打日寇是容易些,但是和这类的地头蛇(警察队)作战却有相当的困难。

当兆麟同志到达松江下游后,看到汤原抗日游击队这样的情形,立刻率领一支战斗力很弱的小部队(当时他的主力已远离该地区),以轻骑快速战深入汤旺河四百公里,给森林警察队以奇袭,全数将他们都解决了,获得了日寇积蓄的大批粮食。这时小兴安岭遂成为松花江下游抗日游击运动高涨中最重要的根据地之一。他旋即又返回山边,给予廉方平以严重打击,使汤原形势为之一变。

他曾经担任过抗联总部政治学校的教务主任,在汤旺河沟里领导学员学习爬山、渡河、瞄准、射击,实际学习战术。他也给学员上过政治课,提高大家抗日救国的意志和政治上的觉悟,这对于保证抗联战斗胜利起了巨大的作用。

他还率领抗联在木兰、依兰、富锦、萝北各地活动过,也曾经在绥滨一带打过仗。其中,在富锦的平川地有一次他离开了自己所率领的部队,只带了一名传令兵到四军的某部去解决某种工作问题,归途中遇到日寇宇佐美骑兵旅袭击,他立即返回四军,指挥部队,击退了敌人。

在绥滨一带沼泽地带的活动,更是极端困难。为了躲避敌人的优势兵力,他们不得不涉过四十五里水深没膝的沼泽。

兆麟(即寿篯)在绥滨沼泽地带写的露营歌中有:

"铁岭绝岩,林木丛生,

暴雨狂风,荒原水畔战马鸣。

围火齐团结，普照满天红，

同志们！锐志哪怕松江晚浪生。

起来哟！果敢冲锋。

逐日寇，复东北，天破晓，光华万丈涌。"

一九三八年敌寇残酷地"肃正"松花江下流，抗联三路军成立后便决定将主力转移到小兴安岭的西麓，开辟龙江广原和嫩江流域的抗日游击区。这个指挥责任便落到寿篯的身上了。他指挥三路军主力之一部，到达小兴安岭的南麓，但是正值隆冬白雪纷飞，一下雪便没膝，朔风透骨寒，战士由于敌人的烧杀和封锁、极少棉衣、又无给养、敌人又尾追甚急，情形非常困难。在这种万分困难危急的客观条件下，他动员了汤原抗日游击区的同胞，捐助了自己用以过冬的破烂棉被，才进入了小兴安岭。

战士们披着破棉被，或者以树皮为线，用棉被改为棉衣，杀食他们那形影不离的征马，穿越了小兴安岭，不顾冻饿，竭尽一切力量，终于达到了目的地，而保存了联军的实力。

他们突破重围后，三路军便部署于小兴安岭西部沿山一带，在他们的指挥之下展开了龙口广原游击战，而一直坚持到去年"八一五"东北解放的时候。

(《晋察冀日报》1946年3月27日)

日寇口中的东北抗日联军

中国共产党所领导的人民抗日武装,在东北进行了十四年的英勇战斗。但是法西斯反动派企图掩盖别人的眼睛,造谣撒谎,不顾事实,狂叫什么"东北从来就没有共产党军队""民主联军是哪里来的"等等。现在我们从日伪的报章文件上,摘录出一些挨打十多年的日寇和汉奸对于东北共产党人所领导的抗日武装的记载,作为揭穿法西斯反动派造谣的一点材料。在日寇口中,自然对抗日运动只能是歪曲的报导,但我们都照原文录出,只在必要时附加一些按语。这些日本法西斯和汉奸们的文件,把中国共产党人和爱国的人民武装,都称之为"匪"。这是当然的事,爱国的中国人,被法西斯匪徒诬蔑为"匪",这不是耻辱,正是一种光荣。所以这里,我们也不加更改,只在这类词句之上,附加一个括号。从这些文件,可以看到日本法西斯匪徒们和汉奸,虽然对东北的人民武装百般辱骂歪曲掩饰,究竟还是不能不透露出一些无可隐讳的事实。从这些文件也可以看到中国法西斯分子们的否认东北抗日人民武装下流无耻、信口雌黄到了什么程度。

日寇一踏上东北便遭到了有力的打击

民国二十九年五月七日,伪满《大同报》社论《全面和平》中说:

"新中国政府当前面临的极端严重问题,便是'灭共',若不铲除'共祸',安能得到全面和平……国内(按指伪满洲国)之'共祸'亦有相当历史,'匪众'之骚乱,由来已久,往者事变(按指九一八事变)以来,即有小股'匪众'扰乱民心,游击活动经常予我以巨创。此为昭昭在人耳目之事,毋庸讳言。其后因我国经济统治政策之强化……反满抗日思想之武力斗争趋势渐增，终至酿成蔓延形势……对于上述趋势为特赋之思想运动，彻底取缔，及治安工作之积极强化，是本年内司法与军事之首要设施……确保国内治安，确是实现全面和平有力之一翼。"

民国二十二年后在中共领导下成立了东北人民革命军

民国三十三年五月，伪满警察协会出版伪满警务总局警务科长岗部善著《满洲国治安小史》一书中说：

"治安工作，这时（按指民国二十二年六月之后）渐入正规，其中值得注意的是'匪团'分成小股，盘踞在偏僻的山地，盛行袭击县城、列车等事件。同时作为共产党一翼的'共匪'，逐渐抬头。

"这些小股'匪团'，当进行'讨伐'时，便逃入高粱田或山中，一旦'讨伐队'离开，便又集合起来进行袭击，以二千至三千的'匪'力袭击无日军驻屯的县城。

"特别值得记述的是满洲事变后，在盘石附近活动的中国共产党县委组织之武装游击队，并称为红军。到大同二年（民国二十二年）九月，成为全面之险的东北人民革命军第一军（军长杨靖宇）在盘石首先暗动。同年十月，南下侵入奉天省金川、柳河、清原各县。

"吉林省方面，大同元年末，有着很长历史的间岛方面的共产党，拉拢'乱匪'取得了武装□药，编成反日游击队。次年十月，在靖安军大'讨伐'下，王德林'匪徒'逃往宁安。东宁方面，吴开成'匪'逃往宁安，额穆方面残存的'共匪'便和间岛方面的'残匪'合作，广收'土匪'。于康德元年（即民国二十三年）三月，在延吉县组织东北人民革命军第二军团第一独立师。同年五月末，更组织第二独立师……

"这一期间内（按为民国二十三年四月至二十四年八月）由于肃

清工作的渗透，'政治匪'（按指东北军及其他抗日部队）没落，'土匪'（按指人民自发组织的抗日武装）灭亡的现象非常显著。相反的，'共匪'的势力，却继续扩张，对前者具有领导作用，最后终于统一了抗日战线。这一期间的'匪团'，虽在数量方面比过去有所减少，但在质的方面则愈益进展，行动积极活泼，而且带有思想问题的性质。

"康德元年（民国二十三年）冰解期以后，'匪贼'渐形活动，到高粱繁盛时期，数达四万。第二期治安工作以后，东满地带奉吉省境东边道等地的残存'匪徒'，在数量上是比建国以来的时期少，但在质的方面，有了飞跃的变化。'残匪'中不论'政治匪'（按指各种抗日军队）或'土匪'（按指人民自发组织的抗日武装），追之愈急，也就愈抱有过激的思想按照正比例发展□□反国家的行动，也就更为高涨。康德元年三月，依兰地方农民因不满收购土地，发生暴动，使一般士民及'匪贼'的抗日思想，更为高涨……

"成为'共匪'中心部队的东北人民革命军，除第一军、第二军外，更于康德二年一月在珠河县编成一军，以赵尚志为军长，以后由于日'满'军警的不断'讨伐'和各种治安工作的进展，使各'匪团'不得不分成许多小股，同时处于困境，结果遂使具有对抗思想的不同'匪团'，以至在本质上根本不相容的'匪团'也促成了因自卫而建立的相互协助。'共匪'的思想便浸润到这些'匪团'的干部以至队员中，同时'共匪'则致力于以下层统一战线为目标的联合战线，努力争取其他'匪团'的下层。

"康德元年（即民国二十三年）春，南下侵入省内的'共匪'，曾使东边道的治安感到忧虑。当时以杨靖宇为首的'共匪'驻在东边道东北部的柳河、金川、辉南各县。此时在各地的'土匪'有王凤阁（三零零，通化、临江、辑安）、王殿阳（一零零，临江、通化、辑安)、×兴山（一□零，临江县西北郊、金川县南部）、苏子余（一五零，兴京、清原、柳河、海龙）、仁义军（一零零，恒仁、兴京）、大善人（一一零，临江县西北部、辑□□北部）、老长青（一五零，兴京、桓仁、柳河、通化县境）、四季好（□零零，辑东、金川、蒙江县境一带）、赵旅（二零零，辉南县东北部），其他尚有梅瑞凤率领的朝鲜革命军，盘踞在兴京、通化两县。到康德二年（民国二十四年）九月，以上'土匪'除王凤阁以外，皆成'共匪'或在'共匪'的支配之下。

"吉林省方面，康德元年春，在延吉县成立的'共匪'东北人民革命军第二军，该年春，因'讨伐'而转移至安图县。康德二年春，中共东满特委发表新指令，命王德泰收拾残局。王德泰另以原来的人民革命军的残党为基础，编成东北抗日救国军第二军，在延吉、和龙、安图各县，以及汪清、珲春两县的一部进行游击。此外，吴成义在王德林的指示下，由宁安方面潜踞汪清北部，纠合各地的'共匪'及人民革命军的残党，编成半共半兵性质的'匪团'，东北抗日军和王德泰相呼应，在东部国境的东宁、穆棱两县及汪清、珲春两县的北部进行活动。密山虎林方面，有东山好、徐司令、李司令等一千五百人盘踞着，在王德林的指示下活动。又松花江沿岸地带，自康德元年春依兰暴动事件以来，成了从来未有的混乱地带。宾县方面，有赵尚志统率的东北人民革命军第三军。拉宾县方面的王德林、西来好、剑红南等'匪'则与'共匪'合流。"

敌人加强毒辣的"治安"工作，只有中共领导的抗日武装能继续存在并且继续发展

在那本《满洲国治安小史》中又说：

"事变（按指九一八事变）以来所发生的'政治匪'和'土匪'

都凋落了,只有全国的中共'匪团'仍然残存着,并企图进行激烈的抵抗。(民国二十四年)九月中旬,以关东军为中心,日'满'军警和有关机关结成一体,决然实行了划期秋季'治安肃清'工作。这一工作以滨江、吉林、间岛、奉天、安东五省为重点,尤以国内共产分子和反'满'抗日分子的潜行暗跃,不可轻视。故欲将彼等思想分子消灭……秋冬两季'肃清'工作之结果,遂使已于上年度开始显露之'匪团'倾向日益显著,而成为不可避免之事实,倾向之一即为'匪团'不能不结集于警备力脆弱之特定地域,以致形成'匪贼地带'……其二,从来主义主张相同的'匪团',不用说很厉害;完全相反的'匪团'也不得不互相接近,团结于反'满'的口号之下,联合起来与警备机关对抗。其三,由于工作(按指敌伪治安工作)的渗透,'匪团'绝对不可能作为纯粹的'土匪'或'政治匪'而继续存在。如果不与'共匪'合流,则必须归顺或解散潜伏,此外别无他途。"

东北抗日联军的成立

《满洲国治安小史》中这样记载东北抗日联军的成立:

"……(一九三五年)八月一日,在中国苏维埃政府人民委员会和中国共产党中央委员会名义之下,发表了《关于抗日救国告全国同胞书》。在这个所谓《八一宣言》上面,要所有愿意抗日救国的部队,即红军、东北人民革命军及各地反日义勇军,组织单一的全国抗日军——抗日联合军。中共如此的指导转换和我国内肃清工作之进展,卒使国内'匪团'酿成统一战线之趋势。如是,东北反日联合军政扩大联合会议,便于一九三六年一月下旬在汤原县境内召开了,出席'匪首'有赵尚志、李延禄、夏云阶、冯治纲等,结果在同年二月二十日,以第一军长杨靖宇、第二军长王德泰、第三军长赵尚志、第四军长李延禄、第五军长周保中、第六军长×××以及汤原游击队、海伦游击队的名义，发表了'东北抗日联军统一军队建制宣言'。

"如上所述，共'匪'统一了抗日战线之后，其行动日益尖锐化……对民众的宣传日益活跃，同时在整个南北满，积极袭击警察署、森林警察队、兵器库等，强行抢夺武装……"

抗日联军成立后转战南北声势浩大

《满洲国治安小史》中说：

"……关东方面，拟定了从一九三六年四月到一九三九年三月的《满洲国治安肃清计划大纲》三年计划，我国政府方面，也根据这个大纲，拟定了《三年治安肃清计划大纲》。

"……其第一年度，一九三六年春季以来，全国治安的概况如下：从安东省南部以至奉天省境一带的地方，以第一军长杨靖宇为中心，其部下有程斌、于满利、万顺等，他们盘踞在这一带，与被逐入间岛省的第二军第一师金日成'匪'取得联系，并且也与长久对立抗争的'政治匪'王凤阁以及由吉林省潜入的吴义成取得联系，到处合流，极为猖獗，以至八月间，大举袭击抚梅县城，声势浩大……

"在北满，第三军长赵尚志和第六军长夏云杰合流，十一月以后，以'三江省'汤原县、滨江省铁骊县以及滨江省通化县境附近之森林为根据，奇袭萝北县国军兵营，袭击同县金厂。十一月三十日更袭击佛山县城，不断进行最凶恶的'匪行'，滨江省东部地方的第五军长周保中，与由间岛省向北方移动的第二军第二师王德泰，编成混成部队，暗跃于宁安县一带。三江省内饶河县方面有第四军长李延禄，以及同年六月之后成立的第七军陈荣久，同时依兰县境内的第八军，以及汤原县内的第九军也组织起来了，其他尚传闻同年秋天，第十军（汪雅臣），以及第十一军（郭致中），在滨江省东南部组成（实情不详）。总之……，这一时期暗跃的'匪团'都是赤色匪团，从前有相当势力的其他'匪团'或瓦解或归顺投降者辈出，以至于可以说全国都看不到'土匪'了，这是值得注意的。"

七七事变后东北抗日联军更趋活跃

《满洲国治安小史》中说：

"民国二十六年是多事之秋……青纱帐起，正是匪团行动最活跃的时候，在北京郊外卢沟桥爆发了日华两军的冲突事件，战线逐渐扩大，遂成了中国事变，国内'匪团'认为良机已至，利用事变作夸大有利的宣传，动摇民心……活泼地行动起来……

"上年度，滨江、间岛、吉林各省工作的进展使'匪团'不能在此盘踞，如是各'匪'相继退入三江省。从此作为新的地盘，随即开始了活泼的行动，对警备机关进行了士兵工作、怀柔工作。'通匪'、'叛逆'、无抵抗解除武装之□甚为不少，这种治安情势之下，甚至发展了半农半'匪'的土匪……被迫分散为小部队的'匪团'再度合流结集起来形成大集团，而其行动颇有计划和积极性。

"这一时期三江省境内治安最坏的地方有方正县东部、桦川县、依兰县、汤原县和勃利县。依兰地区有东北抗日联军第八军、第九军、第五军周保中等；富锦地区有第六军，系马德山、李延禄，以及继陈荣久之后的李学万等；汤原地区则有夏云阶死后担任军长的第六军长戴洪斌，第三军长赵尚志，一度转移侵入滨江省海伦方面后，又回至三江省萝北、绥蒙两县境内……

"东边道是次于三江省的治安不良地区，从一月开始实施综合肃清复兴工作以来，逮捕了王凤阁（盘踞于抚松到蒙江两县的第一军长，系曹国安'残匪'）及金日成、崔贤、王团长等，突破了'匪

区'封锁线,向金川、辉南、柳河方面遁走。第一军长杨靖宇则侵入兴京、东溪、漆原县境,其势力渐次扩大。

"吉林省境内则有第二军系方振声、牡丹江省境内则有陈翰章之'蠢动'……

"民国二十七年共产党毒辣执拗的后方'扰乱'愈加激烈……三江省内二月袭击萝北县城,五月袭击勃利县城,九月在饶河县西凤嘴子又发生了日军支队事件,震动了社会的视听……老爷岭地区尚有第九军,饶河方面有第七军的主力,桦川、富锦县境内有第三、第六军之一部,汤原地区有第六军长耿殿君、依兰、黄安县境内有第五军之一部。

"龙江省和滨江省境内因受了江省肃清工作之影响,'残匪'窜入:七月由□清地区南下,第四、第五军系'匪'于滨江省境内之同宾、延寿、玫河、苇河、五常各县乘虚侵入;通化、海伦地区的张广迪、李振达'匪'九月四日强袭滨北线的列车,又窜入克铁□、庆城、穆棱、海伦各县;以王铭贵'匪'为中心的第三团、第六军的合流'匪',在同地区广泛地进行侵犯。

"牡丹江、吉林两省境内有第二军系有力之'匪'首陈翰章、崔贤、金得范……

"通化省境内由于'枭雄'杨靖宇'匪'之跳梁,辑安县境内成为该省第一之癌肿地带,时常发生袭击集团部落事,或邀□讨伐队的事件,随着军警肃清工作之渐次渗透,盘踞于该地已不可能,遂向滨江、临江地区遁走,巧妙地潜过严密的警戒网终于进入目的地滨江县……另一方面,金日成'匪'在临江县中部地带出没无常……

"除上述以外,黑河、间岛、锦州、兴安各省境内,均有小事件发生……"

民国二十九年前后东北抗日联军的艰难苦战

民国二十八年后，抗日联军在极端困难的环境中，艰苦不拔的战斗情形，《满洲国治安小史》中这样泄露了：

"……'共匪团'之再策动，进行强力活动，纠合残匪并扩大之。一九三九年初，组成如下部队：第一路军由东北抗日联合军第一军、第二军的'残匪'组成，总指挥杨靖宇，副指挥魏极民，以通化、吉林、间岛三省边境为活动区域；第二路军以旧第五军、第七军的残党组成，总指挥周保中，副总指挥赵尚志，从东安、三江省边境，以至牡丹江省之南部地区为其活动区域；第三路军以旧第三军、第六军为基干编成，当初由赵尚志当总指挥，后由张寿篯接替，政治委员为冯仲云，盘踞于北安、三江、黑河、滨江各省边境之小兴安岭山中。

"一九三九年三月十一日，杨'匪'早就强□袭击桦甸县木箕河森林警察队，四月七日袭击同县、满江河，六月三十日第一路军系崔贤'匪'袭击天宾山矿业所，等等，行动积极，特别是就前往招安的吉林省濑户警备科长一行之殉职事件看来，第一路军系之暗跃颇为活泼……属于第三路军之王铭贵、周主任、朴主任、冯志刚、姜福荣、张广迪等以通化、北安两县为根据地，'蠢动'于北满一带……赵尚志'匪'七月突然越境进入满洲，袭击了黑河省佛山县乌拉嘎金厂……

"一九四零年随时局的紧张，'匪团'的活动更加活跃，县城、森林警察队、开拓团、铁道等之袭击或士兵工作、民众工作之实行等陆续发生……

"第一路军同年二月二十三日，总指挥杨靖宇在蒙江县被击毙，魏极民代彼指挥，□袭击安图县红旗河、五常县拉林河之森林警察队，及五常县冲河镇以外，甚至还全□消灭了我前田讨伐队。但是三月击毙了第一方面军指挥曹亚范，□月逮捕了警卫旅长朴得范，十二月在宁安县内击毙第三方面总指挥××，等等，他们最高干部相继丧失。同年冬季他们的残部分散潜入间岛、牡丹江□省边境附近。

第二路军于一九四零年六月将军队改编为支队，第一、二、三支队在东安、三江省边境；第五军在牡丹江省南部山岳地带，但是他们也和第一路军一样；同年五月七日第七军长景乐亭被击毙；五月二十七日前第七军第一师长及其后的第二支队长王×起被击毙；其他第七军补充团长李平、政治主任□□岩，第五军第三师长李文彬及张振华等'巨魁'及其部下或被击毙，或被逮捕。可是到了九月十三日，他们又向宝清县七星河驻屯国军进行士兵工作，十月二十日袭击密山县东二道岗开拓团，更于八月及九月炸毁图佳线。

第三路军是行动最活泼的'匪团'，以北安地区为根据地，进行游击战。四月中在朝阳山开'匪'首会议，改编支队，设陆军总指挥部于通化县南北河附近。各支队分布于北安、龙江、滨江、兴安东各省，积极展开了所谓平原游击战术。第□支队王铭贵所率'匪团'，七月十七日袭击嫩江县科洛警察署；八月二十四日袭击克山县通宽警察署；九月十一日袭击讷河拉哈站；九月二十五日和第九支队协力在张云叶直接指挥下袭击克山县城；十月十三日进袭霍龙门站之后，侵入兴安东省，在该省内各地游击了一个半月后，北上停止于老盘踞地嫩江县朝阳山附近，但因讨伐队的追击，再行北上。第六、第九支队也甚为活跃，特别是第十二支队戴洪宾、徐泽民'匪'，从一九四零年三月左右起，在滨江省肇州、肇东、郭后旗（肇源）的平原地区，做地下工作。到了八月下旬，遂由北安大举南下，潜入滨江省。九月十二日袭击肇县丰乐镇，掠夺了中央银行支行的现金。其后戴洪宾北上，徐瀚民、许享植等指挥'残党'游击于三肇地区……

十一月八日袭击郭后旗城，将其占领。由于我'讨伐队'的急袭，十二月末向北方北安省庆城县方面遁走，在追击战中渡边滨江省警备科长壮烈战死。"

八路军挺进东北，建立了冀热辽解放区，与抗日联军东西呼应

民国三十年敌寇文件《"剿共"指针第六号》中说：

"民国二十七年八路军在山西省五台山建设根据地以来，以萧克为司令的一百二十师的一部，编成冀热辽挺进军，开始进行热河省南部冀东地区、察南地区的'赤色'工作。热河地区的'赤色势力'和冀东同样是在冀察热挺进军第十三团长包森的管辖之下。在宣传方面，尽力诽谤'满洲国'政府的统制，反对蒙地整理、劳工募集等政策，并巧妙地利用当地的'在家里'（红枪会）等组织。有很多对整理土地感到恐惧的人便在他们的诱惑之下参加了反'满'反日的工作。

"八路军利用红枪会的办法，就是使之成为民众的武装，渗透其内部使之进行暴动，或使之与自己的武装部队合流，进行游击活动。红枪会的领导者、老师傅几乎都受共产党的影响和指示。"

日寇外政协会出版，民国三十三年七月号《外交评论》中载《热河省印象记》一文说：

"在接近华北的热河省，共产军的活动是很恐怖的，故采取断然的治安来处置。"

民国三十三年出版的《满洲国政指导综览》中说：

"×边地带的满洲共产党，进行民众工作，努力于获得民众及组织民众。盘踞在华北的八路军及其领导下的'匪徒'，则在我西南地区不断扰乱治安。"

《满洲国治安小史》中说：

"……虽然经过多年的努力，付出了莫大的牺牲，但还不能说'匪贼'已经绝迹，在东部、北部的国境山岳丛林地带，尚有'匪徒'掩过进行'讨伐'的日满军警耳目而潜伏，以来继续顽强的'蠢动'和群众工作。还有南方热河省国境地方共产八路军系'匪团'，则越境而侵入国内（按指伪满）。"

抗日联军在东北团结民众顽强的战斗，敌寇被迫承认"无法摧毁"

"赵尚志'匪部'冷师长率'匪团'三万余名，分布于北安省克山、庆城、绥化等县，实行游击战。'匪部'枪械齐全，甚至机枪均有，化整为零，以连排各别骚动，到处发挥'赤化'宣传工作，并加强破坏我军事交通建设。'匪部'到处悬挂重庆旗帜（按当系指青天白日满地红国旗），故无知之愚民以为共产党已侵入国（按指伪满洲国）境，以是'匪部'所到处，'不稳分子'请求加入者日增……'匪部'对加入者……严为选拔，然后发给枪弹。"（伪满《盛京时报》一九四零年四月二十日北安讯）

日寇出版《偕行记事满洲事变八周年纪》中（伪满治安部参谋司发表）《满洲国治安现况》说：

"在五六月的时候，大'匪团'的活动顿然猖獗，各'匪团'都不是分散行动，到了夜半则举其全力实行不意的袭击，使你无暇抵抗，悠然掠夺而去，经常是在救援部队来到之前和拂晓时撤退。他们入夜就开始行动，大概在夜半一时左右就到达目的地的附近，开始准备袭击。他们不是随便的杀戮，除了日军的抵抗顽强者外，余不杀害，有时还给予食品及宣传共产主义（按日寇把抗日民主的主张都叫做'共产主义'）。对未被杀害者进行思想宣传，夺得的物品叫老百姓搬运。"

民国二十九年十二月伪满宣抚班发表《三军于北安地区实行宣抚工作记录》中孟少校感想说：

"国军（按指伪满军）出动讨伐，原为肃清'共匪'，确保治安，促进人民安居乐业之幸福，而人民方面对于国军讨伐之深意多无彻底了解，故宣抚班来克山一带宣抚时收效甚微。"

民国二十九年出版除日军将校外皆不准阅读的《偕行社特报》中说：

"现在满洲'反国家分子'的反满抗日策动及共产分子的暗地活跃，虽经屡次地检查和逮捕，但彼等目前仍有巧妙的活动，希图抗日战线的统一，并且他们现在不只在'不良地带'活动，而在各大都市里亦正在进行着工作。"

民国二十九年伪满《盛京时报》载敌军参谋长岩永汪谈话一篇，其中称"共产'匪团'无论在军事上，还是政治上都计划巧妙，富有组织性，对于组织民众极有功效，实为不可忽视的敌人……以现时之'讨伐'部队尚无法摧毁"。

（《晋察冀日报》1946年3月30日）

天亮了吗？

上海通讯

吃人的物价

【新华社延安二十九日电】春天上海人在过着烦恼的日子。

虽然救济面粉源源不断地从外滩美国的轮船上卸下，但是出卖劳动力的上海人，却是没有福分消受的。平价的面粉、白糖、油类都被规定了发售的地点和时间，可是不少按规定时间前去的人，常常是垂头丧气地回来。因为发售的时间很短，价格只低于市价百分之十，而且还要二十包面粉才起售，那些买不起二十包的和没法挤上前去的人们，只有自叹命薄，落不到"救济"的份儿了。

市场上百物腾贵，苦力们的饭食价格飞跃着。单说油条大饼，二月十日还卖法币十元一件，到三月五日就卖十五元，二十日就成了二十元。这样一个车夫每天至少要吃伪币六七万元才能吃饱。

因为投机家的操纵物资，上海的物价真是"一日千里"地飞涨。蒋主席到上海的那天，物价曾经跌了一下，可是第二天就跳回原位，第三天就飞得更凶。记者摘录今日（二月二十五日）上海的一般物价如下：

米一石三万四千元（合伪币六百四十万元，较上周狂涨百分之八十）

煤一担四千五百元

生油一担五万七千元

被面一条十四万元

……

但是□上海的夜总会，以及数十家大舞厅门口，却经常停满了各式的汽车、吉普车，高挂"请君明日早临"的客满牌。"香艳绝伦"的"巨片"《蛇蝎美人》和《花开谷蒂》等，居然有黑市。南京路某大食品公司"银丝幔上市"的彩色广告，其售价每条法币九万元，合伪币一千万元，却是门庭若市。外滩某洋行出售"舶来品摩登手帕"的广告，标价每方价格为法币三十二万元。据说该洋行手帕生意殊为"闹忙"。足见上海的豪富大人们，仍有足够的余暇来下顾"银丝幔"与"舶来手帕"的兴趣。而手帕一方已足够穷小子数年的粮食了。

亭子间

上海人没有屋子住，恐怕是各大城市中最为严重的了。

如果你要租一所房屋，那么就请先拿出"顶费"押金来。一般的"顶费"，从两三根金条到十根金条不等（一条重十两）。如果你要住旅馆，好的二万元一天，中等的两三千元，最蹩脚的也要千余元一天，而且还得预先讲定才行。

租额不但提高，简直令人咋舌。记者有一位笔友，租住北河南路洪福楼三号三层楼的一间亭子间，以前月付房租伪币九百元，今竟加到伪币五十四万元，然亦莫可如何。此外异想天开的事情也发生不少。例如，在中正中路九十三号，有一个二房东，叫赵文秋的，他把一幢房屋，出租给二十一个房客。最近忽然心血来潮，去警察局领了一张"营业执照"，按照旅馆收费的办法，规定每个房间每日收费一千元，房客莫不叫苦连天。

初到上海的人都惊讶地发问，上海的房荒为何严重到这样。人口增加的缘故吗？战争毁坏的原因吗？不是的。据报载敌伪统治时，上海人口还有五百万，如今加上重庆客也不过七百多万。而且从闸北到外滩，你看不到什么战争毁伤的痕迹来。主要的原因，据熟悉内幕的人说，上海有上千所"高楼大厦"一直被封条紧紧关住，而且不少的洋房又移去"优待"了日俘，再就是那些新贵和新新贵们每日都要抢上一批房子。据说一位官居少将的要员，一个人就占了五座公馆。于是乎小民们只好望楼兴叹，拥挤到亭子间去了。

生存线外

一个月以前，上海十七万工人的罢工怠工燃烧起来，接着小学校教师也进行大请愿。最近听说连大学教授，也为了保障生活，而组织了联合会。

荐头行在各处出现，雇一个庸妇的代价，只要"吃饱肚子"就满足，可是依然没人惠顾。

车夫们也发起愁来了。因为有些慈悲为怀的大人们，为了看不过他们的健康在"不合人道"的奔跑中趋于衰老，以至于死亡，故在一月间订出了"限三年内禁绝人力车"的通令，并决定分期减少人力车的数量，以达到全部禁绝的目的。一个黄包车夫向记者诉苦说："不要我拉车，叫我到哪里找活命的方法呢？"据说车夫们联合给当局写了一封请命书，要求收回成命，至少也要将限期三年改为十年，但是没有得到理睬。

被生活逼得走投无路的人们，很多就铤而走险。上海今天盗案之多，真是历史上所罕见。据报上所公开刊载的，去年十月有盗案六十件，十二月就多到一百六十件；今年一月增加到二百多件。

热闹的马路，如南京路，也有白昼行劫的事。堂堂的陆军总司令何应钦公馆，也发生了巨窃案。不久以前，捉到了一个盗匪，原来是一个"话剧家"。记者手头有一份一月十九日的剪报，内称：淞沪警备司令部，枪决了九个强盗，内有两个是教员、一个是学生，还有一个是印刷工人。

他们是谁

最使上海人烦恼的要算没有人权保障的自由了。工人没有罢工的自由，教师没有讲话的自由，学生没有"助学"的自由，没有参加公祭于再先生的自由。他们到处碰到不相识的脸孔监视着，背后有人盯梢。有时还接到莫名其妙的恐吓信。

比方说英商电力公司的工友怠工，当局想用拖延的战术，打□工友们的团结，但是失败了。一月三十一日，忽然来了四辆卡车，载来了所谓"索夫团"和二百个暴徒，冲进厂内，逢人便打，结果数十人被打伤，内中五名重伤、一人毙命。暴徒还捉了十九名工人代表，送到法院，反而控诉工人"妨碍自由"。这些暴徒和不知谁是她们的丈夫的"索夫团"，究竟从哪里来的呢？他们又是谁呢？

在同一时期里，上海的九十八个学校的学生，组织了助学联合会，进行募捐宣传。但是借给该会会址的建承中学校长，一天就接到好几次怪电话，要他勒令助学联合会搬家，否则"你们是有背景的，当心些！"。联合会接洽的广播电台也蒙受某方人物的威胁，广播到中途，突然截断电流，使之中断。这些人物是从哪里来的呢？他们又是谁呢？

几天后的一个晚上，东南医学院有两位同学从建承开完会出来，在校门外，被两个穿便衣的妇人截住，问他们在开什么会、谁是主席、谁是负责人。也在这时期内，有上海女中的两位女生，在走路时谈论助学运动的事情，突然后面跑出一个三四十岁、呢帽覆在眉毛上穿西装的"朋友"，突然停住，向她们质问：从哪里来的，到哪儿去，干些什么，等等。吓得她们拔步就跑。这些不速之客，他们突然从哪里来的？他们又是谁呢？

最近几天，反动派利用部分学生举行了反苏游行，东吴大学等五十多校的学生拒绝参加，并且在反动分子召集的会议上，全部否决对游行的提议。会后这些坚持正义的学生，纷纷受到来路不明的威胁，甚至强迫打手印，承认"被利用"。这些人物究竟是从哪里来的？他们又是谁呀？

上海的学生回答了这一问题，他们——"上海学生爱国联合会"提出了愤怒的控诉和呼吁："要求实现取消特务""要求实现蒋主席的四项诺言""要求真正的民主和自由"。

"人的管制"

这几天清查户口，在一万多个"留任"的伪保甲长的动员下，积极地展开了。记者隔壁的一家，住着大小二十余口，为了要注明户籍表上的生辰年月日，全家忙了三天。三个老太婆因为不准填某某氏，硬要有名有姓，都临时取了一个"学名"。今天早晨那位老主妇絮絮不休地跑到我的房间里扯话：

"落先生，侬来讲讲道理，又要办保甲，日本人把吾伲老百姓压得气都透勿转来，有啥格好处末。"她的一个在电力公司当司机的大儿子也愤愤地说："保甲、保甲，别人家犯了罪倒要吾伲来连保连座，阿有道理？根据啥格皇法？吾伲在厂里工作，忙来交关，哪有闲工夫来干义务格'特工'。"记者听到这样的怨言，不止一次了。在十二月十九日市政府发表了二十九个区的正副区长的名单之后，房东先生拿了《大公报》来看，我们最不满意的是五十七个区官里面几乎全是从后方跑来的党官老爷。这二十九个区的名单的成分，是这样的：

党部人员十七人，官僚出身八人，军队特工七人，银行兼差三人，商店老板二人，其他投机买卖三人，报馆律师各三人，不明职业的十五人。

上海人不满意保甲的地方,还在于今天居然还留任的二千个伪保长和三万个伪甲长。他们在八年中勾结敌寇欺压盘剥老百姓,真是罄竹难书,今天还是公然立在人民头上。老百姓还不敢对他们说个"不"字,眼看着他们一批批进什么"保甲长讲习会",拿着"生死簿"大模大样地在巷门里进出。

最近还发生市民拒填国民身份证的事情,他们不肯打手印,不愿贴照片,他们的理由是"不作法西斯国民"。据说这件事情官厅还在坚持之中,但是真正的渴望着自由的上海市民,也会坚持反对这管制人民的罪恶的制度的。前几天记者参加了一次上海四十余团体欢迎沈钧儒老先生的大会,大会中一致通过要求政府废除保甲制。当主席团宣读这一个决议案时,热烈的掌声历数分钟不绝。这是人民的声音,我们的"力求民隐"的政府,是否愿意听听这雄伟的声音呢?

二月二十五日季平寄自上海

(《晋察冀日报》1946年3月31日)

龙烟的三月

草明

没有风,难得的龙烟,三月的早上。温暖的太阳升起来,驱散了春寒,驱散了朝雾;朦胧的龙烟脱去了睡衣,露出了她的壮丽、凝重的姿身。

龙烟区入口处,高耸着十个一排并列的粗壮的锅炉,远远眺望,它们仿佛是一队停泊着的军舰。锅炉的对面,是一座兀立着的直径十二米、深六米的水塔。它好像是龙烟的哨兵,严肃地、沉默地监视着它周围的一切。稍稍往南走,便是一座宏大的两层建筑物——工人们叫它"大楼"。"大楼",在敌人统治的时候,它是一个多么可怕的名字啊。人们走过,不敢正眼觑它。在那里,它定下了多少残酷的剥削制度,想出了多少恶毒的刑罚和阴险的怀柔政策;它吮吸过多少中国工人的血,葬送过多少生命!现在啊,现在完全改变了,工人们愿意跑到"大楼"去,他们可以把腰杆挺得直直地通过门岗,不需要九十度的鞠躬便可以和和蔼的工作人员谈论工作和学习,甚至聊天;工属们抱着孩子上那儿找妇联会主任。因为,龙烟铁矿公司的办公厅在那儿,区公所、妇联会和他们自己的工会都在那儿。

在锅炉和大楼的前面有一条铁路的支线,它是联络庞家堡和烟筒山的交通的。急性的火车头,呼呼地从那群战舰的烟突似的锅炉前通过,从立体式建筑的"大楼"前通过。——向来以自己那严肃的长长的躯体自傲的列车,这时候未免觉得相形见绌,脚步也加快了。车头所过之处,冒起了一缕一缕白烟,白烟的消和涨与列车的进行有着协调的节拍。列车隐蔽在地平线下的时候,白烟便像弹棉机上的棉花似的一团一团地从地平线上跳将起来。

炼铁厂的工人们辛勤地工作着，焦炭股的工友们因为以碎屑的炭末烧成整块焦炭的成功而提高了生产情绪。修理锅炉的赶紧工作着。机器厂里面的马达在飞快地转，机械也在飞快地转，机器工人是机器的使用者，他们正竭力想办法使生产品增加。敌人在时，他们想尽办法偷懒、欺骗敌人；现在，他们却高兴把产品增加，竟有增加到一倍以上的。

水道科里三部七十五匹马力的吸水机给全龙烟区运送甜水；电力厂是全区最牵动人心的工作者，它是各部分机器动力的源泉。

上工的汽笛响过了以后，分布在方圆七八里地的工人宿舍区显得清静了一些，一幢一幢齐整地排列着的宿舍，从破窗户传出了孩子哭叫的闹声。户外的母鸡，因为春暖的季节到来，下蛋的报讯叫得更频繁。女人们穿过洒满了阳光的道道，上邻居相好的屋里串门去。这时候她们正忙着国大选举的事。

"过去，敌人在的时候，我们自己的事都不让我们自己来管——工资给克扣啦，高粱面里沙子太多啦，今天冻死十多个、昨天病死二十几个啦……过的是鬼的生活。现在，吃的是小米、白面，穿的是布衣服，过的是人过的光景，还要让我们自己来管理国家大事，娘儿们也有份……熬了那么些年，到底还能享几天福。"一位老太婆说。

"哼，你享的是民主福，享的是八路福。没有八路来，没有民主政府，我看你去享什么福！你没听说吗？重庆工厂打伤几十个工人，用枪打的呢！咱们当家的昨天捐了两百块钱，寄到那边去……"

"孩子的爹也捐了钱，大伙都捐了，听说还有捐五百元的呢。"

是的，前两天工人里面正掀起了一个募捐的热潮：他们知道了重庆中国毛织厂工友被警察和特务屠杀之后，大伙十分愤怒，自动地捐钱出来援助他们，还要通电抗议。这里在民主的地区里愉快地生活着、工作着的工人，并没有忘记那遥远的还在水深火热中的大后方的工友们；他们比以前团结得更紧密，誓死作他们争取民主、争取生存斗争的后盾。

除了工作，工人们拿很高的热情来参加每天一小时的学习，提出许多生动活泼的问题。此外，他们还组织起自己的通讯小组和工人俱乐部。过去在敌人的统治下，离开了工厂便钻到铺上去的工人们，现在他们有充分的自由去说话，和对外报导；有浓厚的兴趣和时间去娱乐与休息。他们还计划筹设一个规模较大的合作社，以清算斗争胜利后拍卖曹老二等的财产的所得充作资本。

工人们辛勤地工作着，"大楼"和各厂部的工作人员繁忙地工作着。他们之间，只有一个信念：以集体的努力使龙烟区内每个高矗的方形的烟囱都冒出黑烟，以集体的努力把龙烟铁矿公司建设成新民主主义政权下的新的企业化工厂的典型。

在远远的那边，围绕着龙烟，围绕着宣化市，有补缀着白雪的连绵不断的群山。它们在早晨，散发那种种迷人的浅紫、淡蓝和乳色的水蒸气。有了它们，龙烟显得更美丽、可爱。这儿的空气是恬静的，清爽的，它随同民主的气息，让人们喜爱地呼吸着。

太阳渐渐升高，整个龙烟浸润在温暖的三月的阳光里。在早饭后一小时之内，至少有二三十队雁穿过灰蓝色的天空，从南方回来。这灵敏的候鸟，这因畏寒冷而一度离开过的候鸟回来了。它们掠过龙烟上空的时候，似乎看见下面那巨大的改变而惊叫起来。它们似乎感染到人们的愉快的生活，因而同情地欢呼起来。

三月二十一日于龙烟

（《晋察冀日报》1946年3月31日，《每周增刊》第9期）

李 绍 贤

付克

　　这是沂蒙冬季"扫荡"的第四天,我们的主力兵团从内线转移到外线包围敌人,使他不可能大规模地活动。在内线各个主要村庄和要点上有我们的游击小组和民兵配合着,东也放枪西也开火,弄得敌人顾头不顾尾,不知道怎么是好。最后敌人决定先集中一些主力,清扫这腹地的祸根,然后再和我们的主力决战。

　　李绍贤同志是一一五师锄奸部的第一科科长,早在敌人冬季"扫荡"之前一个月他就病了,由于身体过于衰弱不能和主力部队一起行动,所以便留在游击小组里打游击。他虽身染重病,但仍想了许多办法,击破敌人的合围圈,争取主动扰乱敌人,有力地配合了主力部队。正因为如此,他成了敌人的眼中钉、肉中刺。敌人用了很多毒辣的手段想捉住他。他们用了两个突击中队来追击与急袭李绍贤同志带的游击小组。过了两天他们和敌人在一个枣树林里遭遇了,敌人用了优越的兵力把他们包围起来。李绍贤同志看情况不可能马上退出去,便凭借了一个由风沙所积起的小土坡抗击敌人。他看了看在他后边还有四个游击队员与敌人猛烈地开着火,他手里握着手枪,沉着而明确地告诉每个人射击的方法。

　　"同志们,沉着些,把子弹数一下,敌人没有接近不要轻易发射。"告诉了大家后,他脸上的汗像黄豆一样大一颗颗地落下来。他疲乏得气都很难透过来,手在哆嗦着。

　　敌人的机枪像雨一样从空中散落在他们的周围,随着一阵激烈的扫射,五六个鬼子兵匍匐过来,四个游击队员眼睛里冒火了,他们立刻瞄准准备射击了。

"听我的话！"李绍贤同志摇了摇手，轻轻地告诉了大家。

几个鬼子越爬越近了，还有一百来米达，大家瞪着眼急躁起来。

"开火！"李绍贤同志坚决地说。四只步枪和一只手枪准确无情地射过去，敌人还没来得及还枪，三个野兽便停止下来了，剩下的几个无目的地乱打了几枪，却没有一个能命中。

"瞄准他们发射！"话刚出口，几颗子弹已经飞出去了。一连十几发集中射出后，前面的几个鬼子便没有动静了。

沉寂了没有三分钟，突然几颗炮弹从空中落下来，李绍贤同志在烟雾里模糊地看见有两个游击队员牺牲了，他立刻爬过去取他们的枪和子弹。"格格格"又是一阵密集如雨的扫射，鬼子从四面八方包围上来了，枪声、手榴弹声响成了一片。

"两位兄弟！现在只有冲出去，没有第二条出路，往北冲，快！我掩护你们。"他用了平生的力气向北投出了三个手榴弹，随着手榴弹的炸裂，两个游击队员冲上去了，但跑了没有十米达，便被敌人的密集火力给射倒了。火线上只留下了李绍贤同志一个人。

枪声渐渐稀疏了些。西斜的太阳光从枣树林里射过来，耀人眼目。呼啸的海风吹得更响了。

鬼子的小股部队一伙一伙地开始在枣林里搜索了。有七个鬼子越过一行行密密的枣树向沙土坡一晃一晃地走过来，疯狗似的眼睛，扫来扫去。当他们发现在不远的地方伏着一个人时，他们好像战胜者一样，狰狞地大笑了。这笑声立刻震惊了由于疲劳和紧张而昏去的李绍贤同志，好像下意识在支配着他，举起枪砰砰砰就是一排子弹，但没有命中一个敌人。他又举枪射击，枪却没有响，他把枪拿回来一看，原来已经没有子弹了。就是这一下空枪，却早被鬼子发现了。

"带手枪长官长官的，要活的！"鬼子们好像发现了什么宝贝似的，一齐向李绍贤同志扑过来。李绍贤同志沉着地在腰里一摸，便把那颗带了一两年的手榴弹（注）掏出来，拧开盖，把导火线钩在手上，这一切都准备好了，他的态度是那样的安闲与平静。

七个鬼子骄傲地扑到李绍贤同志的身旁。"轰"的一声巨响，手榴弹开裂了，一堵黑烟吞噬了这骄傲者的生命，而他自己也安详地长眠在爆炸声里。

一九四六年三月

（注）在战斗紧张的时候，我们的一些干部都备有一颗手榴弹，准备在最危急的时候以身报国家，以免被敌人所俘。

（《晋察冀日报》1946年3月31日，《每周增刊》第9期）

生 活

胡振常

这正是一个二月的好天气,太阳就落山了,马路上各式各样的行人都在挺着胸膛地走着。工厂高大烟筒中还在冒青烟,商人们在所修起的门面里,在金黄大字的招牌旁,正忙碌地招迎着顾客。小商的叫卖声,汽车、马车的隆隆达达声,收音机里的广播声……构成了一个愉快的交响曲。车站上长长地响了一声汽笛,告诉人们五点钟的车要开了。

这个时候,明德街玉带桥下边这个看熟肉摊子的汉子已经很早收了摊,这汉子在旁边小土屋子里吃了饭到小商协会开会去了。

小土屋子里一个三十三四岁的女人,探着头望着汉子走得看不见了,她才看顾着孩子吃饭,直到孩子吃饱了,一溜烟地跑掉了,她才赶紧把桌上孩子剥烂的馒头块子收了收一齐吃掉,把剩下来的那些茶碗大的白馒头藏在橱子里,接着便哗啦哗啦地洗锅刷碗。

之后,女人端着一盆猪食来到屋后边喂这口大肥猪。这猪是两个月以前政府里小商贷款时,贷了五千块钱买的,刚买时它还不如屋里盛白面的那个小瓮子大呢,现在却长得该杀了。不知什么时候大肥猪从圈里出来了,它正像一堆炭似的死睡在墙根底下,一堆粪球子围在它屁股后头。

"圈里去!贼猪!"女人骂着用脚踢它,大肥猪便吱吱地叫着摇摇摆摆地走进去了。女人倒下猪食,把圈口顶好,随后拿起□铁锹来铲粪……

矮墙那边,那个名叫小黑的纺纱工人他媳妇,正从绳子上取晒干了的衣服,她用黑眼睛向这边的女人一闪便开口了。

"大嫂，'清洁卫生'吗？开卫生会时要占模范啦！"

女人向那年轻的小媳妇望了一眼，看见她新穿起的深蓝洋布褂子罩着的饱满稍长的腰肢，剪了的头发，用大白卡子束成的那□鸭子尾巴明滑地在后脑上爬着，水晶似的眼睛正闪着笑光，女人打算喊一声："刚做起的新褂子吗？穿起来怪漂亮呢！"可是不知为什么女人并没有这样出口，她只回答了一句关于卫生的话。

"我们肮肮脏脏的可比不上你们卫生好！"

"没吃没穿的时候谁也没心管什么卫生不卫生的，现在就得讲究这个！"小媳妇用深明世故的神气说，"上次学的那生字你会了吗？明晚上课保不住还叫写呢！"

"我心眼笨极啦！"

"不知哪天选咱个干部呢，不识字办公多不方便啊！"小媳妇隔着墙送来一个微笑便走开了。

女人站在猪圈旁，肥肥的身子顶着一头疏散的头发，望着大肥猪吃食，想心事地呆了一会便回到屋里来了。她打开了今年刚安上的电灯，坐在炕上给孩子做那件未完成的新裤子……

孩子带着一阵风一跳一跳地进来了，他像一个没上过套的小牛犊子似的满屋子乱窜了阵子之后，他凑到了女人跟前。

"这是给谁做的新衣服哇？妈妈！"

"给你做的，爹爹给你买的！"

"做好了穿上到姥姥家去吧！妈妈！"

"唔！"

马上孩子便想起今年年下，同妈妈到姥姥家的时候，姥爷那个不爱吃好东西的穷老头子也居然给妈妈捏肉饺子吃，临回来还给他买了三张有馅的油饼……忽的，孩子便觉得嘴里发痒了，他用小眼睛向女人一斜，小手向屋角的熟肉案子一指，尖叫了一声。

"妈妈！饿……"

"吃僧！馋猫！刚吃了饭就又饿啦！"女人挖苦着孩子。往年家孩子一嚷饿早就巴掌上脸了，现在呢！她明知道孩子并不是真饿，但是，孩子多么可爱呵！只八岁了就每天上学呢！于是女人便顺手取过一把骨头肉来塞给孩子嗔怒道："惯坏啦！"

孩子一面吃着，一面细细地端详着研究着女人手里的新衣服，忽然间他便油着两只小手向女人怀里扑来了："上边还有小白花儿呢，真好看呀！"

"你□该死的！……"女人急忙把他推开，给他说着关于到姥姥家去的事儿，好容易连哄带吓地把孩子安置着睡下了。女人一针针地缝着新衣，直到戏园子里散夜戏了，铁匠房里那个学徒高声唱着《枪毙杨小脚》，同一群看戏回来的人们从马路上"达吃达吃"地走过去了，直到街上高声收音机在唱"轰轰轰……"了，女人才放下衣服重新拿起了识字本和小铅笔。

女人一面在白纸上划着，一面吃力地念着："实——行——民——主——"她的心被一种进取的希望燃烧着，她的稍微粗糙的含情的面孔映着电灯的亮光，不自觉地升起着笑意……

全家三口，经营着一个卖熟肉□小买卖。每天，从早晨一起炕汉子便到街上去看肉摊，家里的里里外外，都是女人来管理，一到杀了猪的时候，女人更要连夜帮助汉子洗肠子烧猪头。买卖真是从来没有像现在这样兴隆过，前三天刚杀了一个百多斤的猪，如今又要卖完了，张家口的人们忽然都变得这么爱吃肉了，连师范街那个拉洋车的穷光棍也是三天两头往家买肉吃。

汉子是个三十七八岁的忠厚男子，有本事有手艺。他懂得煮肉时什么时候放盐味最好，他懂得烧什么火又软快又省柴，可是汉子在过去曾有一种兽性的坏脾气。每当日本人或者穿着日本衣服的中国人吃了肉不给钱的时候，因为没有许可证被敲诈了的时候，或者被"肉业组合"找茬儿罚了钱的时候，汉子的坏脾气便发作了，他常常死气沉沉地走回来往炕一仰，呆一会子便跳起向女人喊口声。

"你装傻！不知道吗？我的肚子闷疼呵！"

于是女人便赶紧不知所措的，来到他跟前给他揉肚子安抚他。往往在这时候，汉子却用脚使劲地将女人往旁边一踹，骂一声："滚蛋！……"就这样，汉子也许老老实实地把女人打一顿，也许是疯了似的哭一顿才算完事。

去年六月里，女人同纺纱工人小黑刚娶的那个小媳妇到河套街旁去拾煤渣子，小媳妇被那个狗巡警照她的露着肉的破裤子上拧了一把。她同着边走边泣的小媳妇回来后，小黑打了小媳妇的第二天，汉子便像猛兽似的骂着糊涂街打开女人了，打完了后还踢球似的踢孩子。女人跪着向他求饶："救命吧！你自己的孩子呵！"

"都是催命鬼！"汉子骂了阵子，后来便睡过去了。

可是，自从八路军赶散了"肉业组合"的大肚们，取消了"许可证"，给张家口带来了暖和的冬天后，汉子也便变得那样暖和了。汉子一天家带着高兴，对女人孩子喜欢得什么似的，好像直到今天他才知道女人和孩子是自己的了。

三个月以前，汉子盘算了一下，确实知道自己的小日子是一天天发达起来了以后，他红光满面地同女人商量：

"他娘的，叫他上学吧！……"汉子微笑着，胡子发着抖。近来在他说话中常常带着"他娘"这口头语，这个含意在他，也许是"痛快"的意思，也许是"爱"的意思。

"说上就上吧！"女人含着羞意垂下了半老的脸皮。

"一定上出个名堂来，说不定把他供个大学呢！嘿嘿！他娘的。"

"什么大学不大学的。"当汉子的得意，鼓动得女人的高兴劲挨不住了的时候，她却往往淡淡的用相反的口气故意反驳他，"能记个肉账就算了吧，卖肉家的孩子还能成什么事吗？"

"成不了事？"汉子的眼中冒着火，"过去成不了事，现今就能成事。你别小看卖肉家的孩子，世道变了，人家那个……首长，从小放牛！……"两人说着说着便都笑起来了。

从那天起，八岁的孩子便由一个河边上、马路上胡跑乱窜的野孩子变成一个干干净净的小学生。

女人自从记事，除了出嫁时爹爹用集了一年的工资给她买了个麻线袄曾快乐过一次外，从来没有什么快乐，可是现在每当她不知不觉地想到了孩子、汉子及一天天往上升的小日子，她的快乐便像扎下了深深的根似的那么强烈地增长着。

大街上开始静下来了，她用心地念着识字本上的字，吃力地划着，偶尔望望孩子，孩子正像磁人似的睡着；望望灯光，灯光用力地向她发笑，心灵中一阵愉快的动荡便不由地唱起来了：

"嗳唉嗳唉哟！实行民主……"

"……"

可是门外边的脚步声突然响起来了，接着门子吱的一声便开开了，钻进来的那个粗壮的男子却正是汉子。

汉子的高大油污的皮帽下，露着一片笑着的大红脸，背着一个刚买的黄色小书包，望着女人把长满了胡子的嘴巴一张，声音便响了：

"我以为开会要和哪个'肉业组合'里的王八算账呢，原来不是……"

"是不是讨论卫生的事情呵……还是又读报纸来呀！"女人追上一句。

"区里的讲话来，那个女区长讲的……"

"她呀！……呵！区长讲什么？"女人听见"女区长"三个字便格外兴奋了。

"她讲……共产党是人民的救星!……民主政府专为老百姓办事……"还没等汉子说完女人便接上了:

"嗳!谁不知道这个呀!"

"哎呀!你听我说呀!——区长说政府里下了道命令,把'小商'的税减了。算了算咱们,她说一个钱也不出啦!"汉子的吐沫从嘴里冒出来,"专心做好买卖,只赚钱,不拿半个税,哼!他娘的,古今少有!"

女人尖着嗓子欢叫了声便用平静的口吻说了:"咱们的税并不多呀!一年还不到一千块钱呢!怎么又……你们小商协会请求的吗?"

"还用请求?□老百姓越好过,上边越乐意,哼!共产党呵!真是天生的……咳……老百姓派!"

接着,汉子向炕上睡着的孩子望了望,把背上的书包往炕上一扔:"给他买了个书包!"女人把孩子那几本有图画的小书装在书包里,把它挂在墙壁上的钉子上。这时候汉子已经又从口袋里掏出了个硬长的纸条。纸条上齐齐整整地爬着一排酱菜丝似的小黑东西,他用一种稍带顽皮的笑脸交给女人。

"发针吗?"女人高兴得少女似的笑了笑,"多少钱?"

"十块!"

女人听了,乘机故意把嘴一撇装了个瞧不起的样子,来掩盖□自己过分的得意……

天晚了,该睡下了,女人和汉子一面进被窝,一面你一句我一句地商量着明天杀屋后那个大肥猪的事。

就要睡下的时候,女人忽然想起什么似的,指着自己的黑袄对汉子说:"你看油得发亮啦!肮肮脏脏的,丢人也是丢的你的人。"

"干的是卖肉的营生嘛!……"

"你看人家小黑媳妇刚做的蓝褂子……"于是傍晚喂猪时矮墙那

边小黑媳妇的影子在女人的眼前似乎又出现了——新穿起的深蓝洋布褂子罩着饱满稍长的腰肢……

"别胡思乱想啦！他娘的，省着点吧！……"汉子猜透了女人的主意。

女人刚想做出个恳求的表情让他看，可是汉子"啪！"一下把电门闭上了，立即屋里成了漆黑一团……

到处都是寂寞无声了，天上的星星伴着张家口全市的点点灯火，安抚着全张家口的人们。这时候，商人经理□已经在自己重加修饰了的屋子里，躺在铁床上睡了，工人苦力们都在自己的土屋子里，睡着新制的铺盖入梦了，一切的人都睡了。

这时候，在张家口，一天的紧张愉快结束了，夜间的安逸甜蜜又来了。

（《晋察冀日报》1946年3月31日，《每周增刊》第9期）

家　长
——堡垒户散记之一

王林

乔敬勉的祖父乔泛舟是兴家立业的劳动农民，八岁上母亲守寡，那时家里才种八亩地。经他手发起家业来，直到民国三十一年冀中"五月大扫荡"时，仍然种着一顷二十亩地。他有两个儿子，大儿子在边区银行工作，"五月大扫荡"前几天因心脏病告假回了家；二儿子在家种地。老大屋里的大孙子、孙媳妇和老二屋里的二孙子在抗战一开始就都参加工作了。男的在八路军里，飘忽不定，一出去五六年没有回过一趟家，孙子媳妇在本地做妇救工作，还经常来家看看。

"五月大扫荡"后，他们家光缴敌差就卖了三十多亩业地，老当家的伤心透了，一看大儿子又回来了，于是把家分开过。虽然分开过，可是喂牲口雇做活的三家还是在一起。老当家的怕小人们过不好，什么事都问，什么事都干涉。

"五月大扫荡"后据点林立，他们村西四五里是子文机动据点，西南是宅后寺岗楼，村东是谷家佐岗楼，村北是黄城岗楼和安深普汽车公路。这时乔老泛的孙子媳妇王香芝和公安科人们掌握这一带点线工作，有时夜间偷偷回趟家讲一套国际形势，坚定一下公婆大姑小姑的胜利信心就赶快又走了，留也留不住，说是没有堡垒不保险。婆母觉得儿媳妇冒着那么大危险成天跑来跑去，辛辛苦苦地好容易走到自己家门上了，可是连住一宿都不敢，怎么对得起儿子？大姑乔敬勉是个进步女子，早就想挖洞，借这机会更向母亲动员。母亲好说，可是父亲不赞成。父亲是个胆小的人，性格上还不如他的闺女和媳妇有男子气。他见天叫敬勉交四两线子，用意也是怕她偷着出去做抗日工作，再遇上危险。在自己家里挖洞更是危险万分，一被敌伪发觉，就倾家败产，全家性命难保，当然他更怕。但是他扭不过媳妇和闺女来，就往父亲身上推。老当家的身体魁梧，七十多了还挺壮实，一看就像勤俭起家的人，又有主心骨，对儿女们又严。于是敬勉就打算瞒着他，好在他住在叔叔院里，虽然走一个大梢门，可是总容易隐瞒住。

挖洞是个很艰苦的工程，父亲不赞成，又有病，光敬勉母女二人还是挖不成。于是敬勉找到了南邻在区公所工作的门顿和西院叔伯哥哥。他哥哥知道敌伪抓捕青年不好应付，可是父亲不肯在自己家里挖洞。在别人家挖自己出点力气倒没什么。于是两个男子在地下挖土出土，两个妇女在上边系土背土。敬勉母女长得真是一模一样，都是枣红色的枣核儿脸，中上等身量，又利落又结实。可是一筐筐的大湿土，就叫壮小伙子来干也够呛的。

地洞挖好之后，儿妇常同县区干部来往，母女喜欢，老当家的也挺喜欢。他们晚上出了湿土，怕敌伪和老当家的看出来，白天就拉车干土搅和搅和。老当家的是过日子人，着眼在过日子，以为今年儿孙们会过日子了，拉了这么一大堆土——"土换土，一石五"，有了垫猪圈、垫头户脚的土了。

他们这地洞的出口是在牲口棚草屋里。发现敌情钻入后，盖上口，蒙上草，就没有一点儿痕迹。用脚踩也踩不出动声来。他三家伙喂着一个黑毛的大杠子牛。牲口棚里有个大炕，来往的工作人员就宿在这条大炕上，为了离着洞口近，如果敌人压了顶也能秘密下去。

六月里有一天夜里下大雨，从老鼠窟窿里灌进水去了，把洞顶泡软了（他们挖洞没有经验，洞顶的自然土留得太薄了）。晚上大牛饿得慌了，挣脱了缰绳到盛草的那间屋子里去吃草，扑哧就陷进去了。大雨如注，牲口棚离住宅北屋又远。第二天早晨敬勉的父亲起来喂牲口时，不见有牛，转身一看草屋，黑杠子牛两条前腿陷在泥洞里，脖子拧拧着脑袋往上仰着，见主人来到只是一白愣眼珠子，连口气都喘不上来了。

敬勉的父亲一见这情形吓蒙了，扭身就往外跑，可是又不敢嚷嚷——怕父亲知道，更怕敌人知道。正想跑回自己院里向老婆、向姑娘撒顿没好气，这是你们办的好事！可是老当家的从西院出来见儿子慌里慌张的，问他怎么啦？怎么啦？他本来胆小，又有心脏病，嘴里哆哩哆嗦的更是答复不上来了。

老当家的脾气大，虽然没有高声发火，可是儿子已经吓得连忙指着头户棚，结结巴巴地说"别……别……"，恳求老当家的别发火别声张。

老当家的虽然七十多了，可是健壮得很，三步合作两步迈向头户棚，一看槽里没有牛了，以为儿子急的是被盗，一转身又看见大牛陷在草屋里，脖子拧拧地仰着头像受刑，老当家是聪明人，可就什么都明白了！

老当家的又三步并作两步急忙出来向长子小声说道：快找绳子来，还有气！又匆匆到老二家去，叫出次子来就用绳子往外拉。老当家的这时突然成了积极分子和总指挥，叫全家人口小声小气，千万别叫外边听见了。拴上前膀子就往外拉，一个大杠子牛少着也得有四五百斤，更不用说陷在泥里，拉了半天拉不动。老当家的又轻轻跑到大梢门口上，听听外边没有敌情，开开门出去叫了几个靠紧的壮小伙子来帮忙，他便立在门外边当巡风的。

牛是拉出来了，可是已经没有气了。老当家的什么气话没有说，立刻吩咐人们把洞口的痕迹掩藏好，把牛身上的泥洗干净。□□□□晚上得急病死的，并叮嘱人们千万不能声张出去。

敬勉母女二人成天捏着把冷汗，□□□老当家的准得有一天发顿大脾气。可是牛当病死的卖了，也没有因为这件事被敌伪发觉敲诈过。老当家的后来也没有再提这件事。

老当家的究竟是老当家的！

（《晋察冀日报》1946年3月31日）

两个女旅客

田雨

春雪，柔白地飘舞着，一层一层撒落下来，像一面灰白色的海，茫茫地展开在遥远的塞地上。沙尘的迷霭中，风雪摇动着踟蹰的丛树。在塞外呵！这是一个没有春意的春天。

白雪压埋的轨道上，从怀来开往张家口的列车在驰进，两个初次来自北平的旅客，她们母女两人，穿着油腻破旧、落上满身尘土的旗袍，挤坐在三等车厢里。看一眼，差不多的乘客，在他们的身边，都偎傍着一个包袱、一捆白菜或是一篮子花生米。

母女俩，身挨身，斜盘□坐在地板上。那约十四五岁的姑娘，润红的面颊上带着呆呆的沉思，青春的眸子闪动着，小心翼翼。她守着一个圆包袱，她母亲是个中年女人，苦愁的神情，瞅着残剩的半篓子花生米，不时在转过头窥探车厢的四处，提心吊胆□好像有一件什么事情□吓着她。

"娘，不叫你来，总要来，花生米给人家送了半篓子礼……"

"不来，在北京等着饿死！"母亲慢腾腾地搭理着。

"青龙桥卡子上不讲理，张家口，谁知道又怎么着！"姑娘愁肠起来了。

"敢许不一样吧！"中年女人把身子微微移动一下，低声小气，怀疑地推测了一句。

列车震动着铁轨，发出金属的响声，从半闭的铁板门里，一阵一阵随着吹进来的风雪，有时响亮，有时又暗沉到风声里去，随着火车头上冒出的烟，像一朵一朵的黑云，留到天空。旅客们横七竖八地坐在自己的包袱上闲扯着，但每个人的心绪里，都有一个一致的渴求：何时通车呵！整个车厢里，除了有几个士兵在谈论复员，农民们盘算买几头牛回去大生产,大部分人都谈些北平生活的事情。

一个穿短袄的中年人,使劲地吸完了烟屁股,把它掷到地板上,沉甸甸地踏了一脚说:

"娘的——粮食定官价,'归粮店统售',干脆在西直门上贴一张封条,不准粮食进北平,那不完了吗?"

"哼!这跟鬼子的粮食封锁差不离。"说这话的是个黑黢黢的小伙子,从他原来坐着的车厢拐角里走过来,挤过人孔,向一个穿大氅的人点纸烟,车忽地摇动了一下,他挺直地跌压到一个士兵的身上,纸烟头上的火按到士兵的脖子里,兵士烧痛着叫喊起来了。那个人着急地道歉着:

"同志,太……太对不起。"

坐在一边的两个女旅客,脸上顿时失色,那个小姑娘,吓得把头缩到母亲后面,却又忍不住,嗤地笑了一声,中年女人紧快捣了姑娘一肘,担心着出了事,她想那个士兵一定要拿起枪柄狠狠揍他的,但是那个士兵却抖搂着军衣领,谦和地向点纸烟的人笑着说:

"没关系,没关系。"

于是两个受惊的女旅客,才抱着不可解除的谜感,偷偷地松了一口气。很长时间之后,她们才慢慢忘记了这件受惊的事。

紧随着,她们想起自己的事情了。

她们母女俩,低声呼息着,痛心半篓子花生米被青龙桥卡子上吃掉了,使她们忧愁、痛恨;前面的一半路,又不知道怎样,她们尤其担心着包袱里的东西,虽然耳朵里听人说过,"张家口,贸易自由",可是这是初次的试验呵,要来一个没收,往后的日子就别想活下去了。

"噢!到了再看吧!"姑娘凝视着包袱的眼睛忽地□转到母亲脸上去。

火车依旧在风雪里行进,逐渐走慢了,入站的汽笛悠长地鸣叫了几声,电线杆、白色的房屋、雪压着枝条的树,一簇一簇,不断地往后面跑。窗户里伸头外看,夹着雪片的狂风,把她们的头打缩回来。

…………

"张家口……"挂黄布袖章的人在喇叭筒里吆喝着。火车逼近车站,穿着羊皮短袄的、绿色大衣的工人们,横过曲线的铁轨,忙碌着,汽罐咻咻放着锅炉里的蒸气。

火车站上,旅客们有次序地走过月台,男女旅客各走一路,收票的人站在走廊下的两个过道上,问一问,就让过去了。女旅客走过的门栏边,这两个女旅客远远地就看到了,有几个穿黄色军衣的女兵在检票,排成长列越过门栏的女旅客中间隔地好像被讯问些什么。这母女俩,着实在害怕。行列地向前移动,慢慢使她俩靠近检票的人,她们的心里越发担忧着包袱里的东西,看看别人,并没有没收,可是有的却被暂留在一边,站住了。她俩前面排列的人,这中年女人数一个,少一个,她俩也跟跄地跟着大家,渐次往前靠近,眼看着前面只剩两个人了,她俩闭着急促的呼吸,紧快地退后几步,把别人让到前面,但终究使她们站立在检票女兵的眼前了,她俩沉着跳动的心,票递过去低头就走。

"大婶,哪儿来的?"车票落到地上,两个穿黄军衣的女同志拉住她们的手。

"噢!女老总,跑光景的——你们瞧——就剩这一点了——"

中年女人向女同志指着篓子里的花生米,结结巴巴地回答,小姑娘背着包袱后缩了几步,她们手脚忙乱,脸变得惨白,心好像是一把攒住了。

"放心,婶子,绝不拿你的东西,是怕有人贩大烟,看看就过去了。"一个女同志解释着。

另一个女同志带笑地走到小姑娘身边,摸那个被她藏在身后的包袱,这娘儿俩,立时脸上少颜失色,女孩子拖住包袱惊怕地喊叫了:

"娘……娘……"

母亲，忽然的用出青龙桥上的办法，愁苦的脸上伴笑了，口袋里掏出一把票子，点个数字，用袖筒塞进一个女同志的大氅口袋去，立刻这些女同志好像是受了污辱似的难过，不高兴地把那只拿票子的手推回："这是干什么！"

"大婶子，真的带大烟了吗？不要紧，先看看，我们这里没有送黑钱的事情。"另一个女同志拍着这母女俩的背，抚□地解释着。

终于女孩把藏在后面的包袱放在地上，旅客们蜂拥过来，人的团越围越大，无数双眼睛盯着这个神秘的包袱。

那个中年女人，踌躇地理着手指，终于蹲下去，颤抖的手最后把包袱打开了，原来里边是一捆洋线，人群里哄然发出一场□声，人们失望地走散了，可是带包袱的中年女人，却依旧苦苦哀求：

"女老总，求求你，要是没收了，就要了我娘儿俩的命。"

"别叫老总，都是同志。"

她们亲昵地拉住她俩的手，耐心地说："不，婶子，这儿贸易是自由的，谁也不敢没收你的东西，收起来走吧。"

两个人的心这才踏实地落下，惨白了的脸上露出笑色来。这两个初来张家口的女旅客，背着包袱，紧着到一家小贩摊上打听了一下白面的价钱，高兴地向一条车马拥挤的街市走去。

(《晋察冀日报》1946年3月31日)

霸县一等战斗英雄贾造成

贺明

只要你和贾造成同志一接触,便可从他的言谈话语的朴实劲中知道他是一个负过苦的庄稼人。因为他短而粗的个子和粗壮结实的手臂,处处显露着农民在劳动中磨炼出来筋骨的特色。

就是他——二连四班的机枪班长、支部小组长,贾造成同志在霸县战斗中创造了不朽的奇迹。当他带领着他们的下半班,随着副排长卜寿春冲进城里后,他们便和四连的战友一起,掏枪眼挖房窟窿。他掏到东□闲院子一座大门,直通着大街。他慢慢地把门开了一个小缝,伸出头去,向大街瞭望。他发觉了,道北便是敌人的一个大老巢——伪联队部,碉上的岗哨,正向看城西南角瞭望着,他很快地缩回头来,对贾正辉同志说:

"唉!这是闹着玩哩?"

"怎么哩?怎么哩?"战士贾正辉同志见他吃惊的脸孔,急忙地问道。

"门外斜对过就是敌人的院子……快点搬坏堵!"

一个坏垒的照壁被他们拆矮了,但大门跟的坏才只有二尺高。

"叭响!"敌人朝着大门上放了一枪,门板被穿了一个小洞。贾造成同志弯下了腰,继续地堵。

"快点!敌人发觉了。"

"叭响!叭响!"……枪放得更欢了,可是土坏垒得更快了!

四连二排长李保森同志,手里托着几张才烙出的热饼,急急忙忙地来了:

"同志们,先垫补点子,一宿了……"

部队是昨天下午两点钟便吃了饭出发的,走了三十多里路才到了霸县,又作了一夜战,肚子早已饿得咕咕噜噜乱叫了,好容易有人送来了饼,贾正辉同志他们拍了拍手上的土,接过饼来便咬,贾班长着急了:

"同志,这是什么时候呀!还吃哩,敌人冲进来了,命在哪里呢?……"

贾正辉他们住了嚼动的嘴巴。小照壁很快就没有了,而大门呢?只堵了不到半人高,子弹还是不断地从门板里钻进来。

贾造成同志抓着脑袋:"这怎么办呢?"忽然他对贾正辉他们说:"你们在这里监视着。"他急促地进了偏门到了西院里,不一会儿,人没有来呢声音可来了。

"闹着了,屋子地是砖铺的,去,就拆那砖去!"

贾正辉他们就一摞一摞地抱着湿砖从便门出来了,两条腿前后紧着动,然而总跟不上垒。敌人已经向院里投开了手榴弹。

"把这墙掏开,这么着过来又快,手榴弹也打不着!"

转眼间地砖从墙窟窿里向外跳了。地砖拆完了之后,便拆开了炕,人们的手全染成黑的。

又过了一会儿,门垒坚实了,敌人再放来的枪子被坯砖阻止了。

敌人集中兵力向我们进攻了,然而除了死伤的外,什么也没有。

★★★★★★

我们把多次冲来的敌人全打垮了,好容易太阳将挂在西南城墙角的碉堡尖上了,敌人更加紧了进攻——企图在黄昏前,把受着步兵、碉堡、城墙三重包围孤立被动的人民子弟兵全部歼灭。

然而不论敌人兵力怎样众多,炮火怎样激烈,而每次的蠢动均被打得头破血流的又退到原阵地去。

敌人变了新法子,采取了火攻——准备把困在城角十数间民房里的子弟兵全烧死。重机枪把我们的枪眼掏得像井口那么大,枪声刚一停止,一束秫秸从房山后的枪眼里插进来。

第一个看见的是贾造成同志。

"吽,放火哩!"屋里的人们把眼睛集中在房山上,秫秸冒着烟,烟窜着房里的顶间向四外滚散。

"快点,搭板凳。"贾造成嚷着,人们便愣着着急的眼七手八脚地把板凳搭到桌子上,贾造成同志上去了,他一抱抱着冒着烟火的秸秆,用力地向里拉,秫秸被扔在地下,火熄了。

又这样三次。

不一会儿,在同一个地方,又插进了一束秫秸,冒着的再不是烟而是熊熊的火焰,这一次是在外边着旺了才插进来的。

"快点扶稳板凳!"叽里咣当,人们扶着桌子上的凳子,贾造成同志又上去了,火秫秸又拔下来扔到了地下。

地上的人们用脚踏,用铁锹拍,火又熄了。

屋子里堆着许多柴草,人们看出了这柴草中包含着不少的危险,大家便动手把柴火从屋子里搬到院外。而敌人的火,第七次又从原来的地方插进来了,紧上着桌子板凳,火便把顶间燃着了,又是贾造成同志的手抓着火,胡乱地向下扔,虽然掉在地下了,火焰仍然冒着,把纸隔扇也烧着了,而房顶间蔓延着的火流更旺,屋子全成了烟的世界,人们打着喷嚏。

"快点弄到院里去!"四连二排长王振山同志弯着腰搓着眼嚷了,战士们用鞍替子捂,用门板压,弄掏枪眼的土盖,王振山递,贾造成同志用捞麦子的罩笭把屋顶间上的火拍灭,下面的人用洗锅的脏水向顶间上泼着。

人们把贾造成同志从凳子上扶下来了,他的眼睛再也睁不开了,衣服上也流着棉布臭的烟味,他的手呢?焦巴巴地发着黑紫。

王振山同志到了敌人放火必经的屋子伸着头看了看,出了一个新主意:

"弄过几根枪来,听见有人再在房上跑就朝上打。"

打了几枪后,敌人再不敢到这个枪眼来放火了,但是我们控制院子外边的孤房,冒起浓烟了,紧接着东南边的一溜民房全着了。烟幕弥漫着天空,由东南像恶风暴雨前的黑云一样,浮向西北。太阳变成了暗褐色,战士们从枪眼里看着东院草棚子里被火烧光秃了的骡子腿一伸一缩地乱跳。

战斗更激烈了。

★★★★★

炸裂了的手榴弹碎皮子,黑黑地铺满了一院子,中间夹着未炸的手榴弹。

太阳钻到城墙下边去了。

贾造成同志在院里转着,他拾起了一个未炸的手榴弹,眼神集中到木把里的丝弦上,他高兴了,他连着拾了七八个,急急抱到屋子里,断了的弦续上了拉火套。

贾造成同志高兴地叫起来:"我们又有了手榴弹了!"

放火失败了之后,敌人又采取了攻击。

——这是敌人最后一次强烈的进攻,机枪子弹在头上炸着,步枪根本听不见了,迫击炮弹从房外边投到了院里,手榴弹像急落的乌鸦群,人们的耳朵震聋了。伤员在房上烟火中爬着,贾造成同志配合着一连固守着高房。他打着手榴弹又机警地避着敌人的炮火,他嚷着下边的快送手榴弹,于是这个一个、那个两个供给着他向冲锋的敌人打,敌人最后一次失败了。贾班长眼里冒着奇异的花圈,耳朵里吱吱乱响,他再不能动了。

贾造成面朝着天躺在房顶上。

★★★★★★

  在兄弟兵团的帮助下,第二天(七月十四号)的拂晓,他们脱离了敌人的重重包围。我们看见这些经过又一次严峻考验的勇士们了!他们的脸个个全被敌人放火的烟、炮火烟,熏得像才从煤矿钻出的煤黑子,而贾造成同志的两眼用焦干的手盖着,还不住地流着热辣辣的泪水。

(《晋察冀日报》1946 年 3 月 31 日)

几个拉洋车的

歌焚

因为小孩有病,每天要到医院去,使我接二连三地接触了几个拉洋车的。

★★★★★

是一个雪天的夜晚,风呼啸着,雪在车轮底下发出"骨抓抓,骨抓抓"的声响。拉洋车的边走边气愤地告诉我:

"过去呀!唉!过去跟这会——那不能比呀!同志!哼!别说好天啦,就是这下大雪天吧,人家不给钱一样不给,不给还是便宜的,弄不对给你两脚,你还不是干瞪眼呀!"

"有一回,我碰见了个特务,醉得一溜歪斜的,叫我拉他,拉吧,惹不起呀!一拉拉了五六里地远,就这天气一样。"他看看白茫茫的街道和飘着的雪花,"路上的人一个个冻得缩着脖子,我这儿可热得敞着怀还觉着喘不过气来呢!好容易人家说'到了',我停下车,刚想着伸手要钱的工夫,劈头劈脸就是两脖拐,'要钱,老爷们坐车多噌给过钱,瞎眼货'。谁敢再哼一声呀同志!唉!过去汉奸特务们恨穷人不死绝呀同志!"

拐过一个小弯到了明德大街,他又谈起来了:

"像这大街,过去夜里谁敢空座走哇?要是碰着了散戏工夫,唉!那你就拉吧,从下往上,从上往下,刚拉到啦又碰上个,刚拉到啦又碰上个,累死你也拉不出一个钱来。过去!——哼!日本人、特务警察们,谁把咱拉洋车的当人看哪。"

"要是这会儿呀!"他特别加重语气地说,"同志!咱们拉洋车的也组织了工会,谁敢欺侮咱?再说咱们八路军也不兴那个……是这样吗？同志？"他突然回过头来问。

到了家了，于是匆忙地付了钱，我看见他没血色的脸上的笑容，我能向他说些什么呢？他不是比我知道得更清楚吗？"拉洋车的也组织了工会啦，没人敢欺侮咱"和"八路军不兴那个"呵！

★★★★★★

也是一个夜晚。

拉洋车的又在我面前左右摇晃着肩膀，两脚不停地向前奔跑，我说不出自己被一种什么样的情感压迫着，反正心眼里非常难受。——虽然我也了解，要使世界上没有拉洋车的还不是一下子就可以解决的问题。

忘记是从什么问题引起的，反正我们是又说起来了。

"一天拉的钱能顾得住生活吗？"

"能！"他的回答使我惊奇了，因为我的确早想着在我的问话后头的一连串诉苦了。

"呵！——你养活着几口人哪？"

"带我六口人！"

"哎呀？那怎么能行呢？"我惊讶了，"你一天顶多能拉多少钱呢？"

"最多的时候拉过一千五六，最少的时候也拉一百，反正怎么也比日本在那时候强，自打八路军解放了张家口，捐税也没有了，车子的租钱也二五眼，拉洋车虽说苦点，可是不受气啦，累倒是比干什么也累，可算起来比当工人还能多挣钱，其实要说还是当工人生活更有保证不是，拉洋车这玩意不可靠，不用说别的，光是看外表也是个压迫人的玩意，可那有什么办法呢？为了活下去，慢慢地改造嘛！"

"怎么改造呢？一下子没有拉洋车的是不容易呀？"

"慢慢来嘛！只要咱们共产党、八路军在这儿，什么事我看都好说。你就拿这一桩事来说吧，不光日本鬼子在这儿没有，就是抗战前国民党那会儿也没听说过呀！工人还能到省府里头当大头目，办公事？开会什么的还能叫个拉洋车的站到台子上讲演？……唉！我看穷人也就是跟着八路军、共产党饿不着。"

"你们家里没有别的人参加生产吗？"

"没有，老的老，小的小，我女人又怀了一胎啦，我说叫她休养休养，往后再说，只要共产党、八路军在这儿，我自己多卖点力，吃饭还是不成问题的。"

是的，只要八路军、共产党在这里，穷人是不会没有饭吃的，一切不合理的事情是会得到改造的，因为他们相信只有劳动才能创造世界，也只有劳动才能改造世界。

★★★★★

小孩患的流行性气管炎，在夜十时半时突然加重，我不得不带他到医生那里治疗。出了大门见路灯底下尚有两辆洋车，我喊了一声，只见他们两个谦让了一会便跑过一个来，坐上去后，我说："希望能快点。"于是飞快地一溜上坡到卫生处，他替我叫开了已经上上的门，请出大夫，我们很快地看完了病，便又一溜风地赶回原处，车子停在屋门口了，当我下车时，我听见他急促的喘气声。

灯光下我慌忙掏出钱送到屋外。"这是一百六十块钱"，我告诉他☐。

"谢谢。"因为比平时给得多些，他弯腰感谢地说了一声，拉着车回头走了。

照医生的盼咐，我赶快把药给小孩吃完，他又昏昏迷迷地睡去了。我正预备坐下松口气的时候，听见外面一个人慌慌忙忙一边擦汗一边进来说："我又回来了。"真纳闷，这是谁呀？我看着来人仔细端详着，希望能从回忆里找出他的名字来。

"您多给了钱了,这是六百一,您应该给一百六才对。"他仍旧拼命擦着汗,上气不接下气地喘,一边却把钱一股脑放在桌子上。

"呵!……"突然的情况反而使我不安起来,然而我已经认出来原来是刚才那个拉洋车的。

"您大概把五百当作五十给我了,刚才我去买烧饼时一看……"

"你叫什么呀?"看着这年轻而诚实的洋车夫,我禁不住这样问。

"周振林,我是六区工会的,同志!"他笑着,笑得那样诚恳而朴实……

★★★★★

这就是我所见到的几个拉洋车的,我能够说些什么呢?我只觉得这个社会的确是在改造着,而且还正在一步一步地改造着,人民是在欢迎这个改造呵!

(《晋察冀日报》1946 年 3 月 31 日)

白旗堡"搬兵"
——东北民主联军和老百姓的故事

宝功

【新华社东北三月十六日电】鞍山东北七岭子有个金守周先生对当兵的不起美感,这是过去扰民的旧军队所造成的恶果。

一月初几的一天,东北民主联军三纵队九团二连六班住到他家里。最初金先生虽然嘴上"是是是"地答应,可是心里却认为家里住了兵,是很倒霉的。

但这个六班既不像"九一八"以前的国兵,也不像那些用美国兵舰运进来的所谓"国军"。他们一住下,首先就把水缸打满了水,家中的东西,连一针一线都不动。第二天早上金先生一出屋门,又发现昨夜下的雪,已被六班打扫得一干二净了。因此,金先生认为自古以来都没有这样好的军队,而改变了他对军队的态度。

他请了个匠人给六班弄炉子,晚上还偷偷给六班烧炕,他说:"这样的军队挨冻,我心里过不去。"

第三天,金大娘到鞍山西北白旗堡走亲戚,把这个消息带到了白旗堡。白旗堡是个一百多户人家的小庄,虽然已经从鬼子铁蹄下解放出来,但成天遭受土匪的抢劫,日子还是不安稳。

这天,他们听了金大娘的宣传,大家认为这样的军队是少有的,应该去搬来保护老百姓。于是全庄讨论了一下,公推金大娘的亲家关远深通过金先生的关系,前去"搬兵"。

次日,金大娘领着关远深到了六班,六班长王永福很客气地把他领到连部。天黑了,戚指导员把他招待了一番,并留他住宿。第二天清早关先生领着排长宋汉珠和一排人前往白旗堡。

白旗堡一见来了民主联军，急忙派出一人说："庄里正有六个土匪在扰乱！"宋排长领着队伍很快把庄子包围起来，土匪打了两个炸弹，回头逃窜，于是在雪地上展开了追歼战，土匪躲到草垛里，老百姓配合军队给翻出来了，一个土匪跑到一家老百姓家里，叫老百姓拥出来，六个土匪被活捉了四个。

老百姓像接"天神"一样把同志们接到家里，军队还有别的任务，不敢在这里久停，想星夜赶回。全庄老幼都来劝阻，硬留他们一夜，为着要仔细看看这些人民的军队。

天明了，老百姓再也挡不住他们了，便拉了六辆大车欢送他们，全庄所有办公人员都跟来，再次请求上级派遣队伍去他们庄里。

团部挤满了各位代表，他们说："不去队伍，我们就永远不回去。"说着，一位五十多岁的老大爷就跪下了，魏团长连忙把他拉起来，答应他设法抽调一个排去保卫白旗堡的居民。

这一排队伍坐了那六辆大车回到白旗堡，全庄老百姓望着同志们又回来了，三百多人的面孔上重又现出了微笑，老大娘们说："您来了，喜得我嘴都合不上。"

土匪又来抢东西了，可是军队把他们打跑了，同志们拿着枪，去追土匪。老百姓赶着大车追同志们，要大家坐车去追。

追完土匪，全庄老百姓把同志们拥到屋里烧着木柴烤火，都夸奖同志们英勇，有个大爷说："你们怎么这样勇？"大家的答复也很简单："因为我们是老百姓的儿子，为父母亲去打仗，当然不怕死！"

三四间屋是盛不下全庄的人的，院子里雪地上也都站满了，窗户上爬的人一个挨一个，大家挤着要多看看，要仔细听。多么惊奇呀，他们几时见过这样的队伍呢！

半夜了，院子里的人一个也没有少，有的小孩子被挤哭了，一位老大娘在外边听得出神了，说："大家闪开点，让我土埋半截的人开开眼界！"她走过去拍着同志们的肩膀说："我快入土的人了，没想到还捞着见这些好孩子。"

天还不明，一群人走了一群人又来了，他们抢着去给同志们倒洗脸水，使同志们很感不安，常常两个人夺一盆水都不松手，最后由老大娘过来说："你们都松手，这个算我的。"

早饭，十几个人给同志们端上大米饭来，说："没好饭，先凑合着吃一顿。"同志们吃一碗，他们盛一碗，同志们不愿这样，他们就争得像打架一样。

饭后，排长向庄上负责人提议，说："以后再不要给我们大米吃了，要吃高粱米，如果再给大米，一定不吃了。"庄上的人简直叫二排的要求给愣住了，连问："为什么？"排长说："老百姓吃什么，我们吃什么。"大家答应了同志们的要求，过午饭做了高粱米饭。这被"搬兵"的关远深先生听到了，他气着找庄上负责人说："为什么叫同志们吃高粱，这算哪一回？"经过解释，他才不生气了。

全庄人对同志们说："在这里住，以后买几匹大马，你们骑着打土匪。"有一位老太太说："过年的时候，我给你们买口猪。"同志们和老百姓的关系，是愈过愈亲密了。

(《晋察冀日报》1946年4月2日)

最会使用民主的是谁？

——记宣化六区国大选举

本报特派记者 草明

国民党反动派说："训政不能结束，宪政不能开始，因为中国老百姓还不懂得使用民主。"

意思就是说，中国绝大部分文化低落的工人、农民不懂得使用民主，而懂得使用民主的却是坐得起汽车，讨得起七八个姨太太，垄断得起中国金融资本的达官贵人们。——也就是，民主为什么不能交给工农大众，统治权为什么操在最少数的特殊阶级手里的最臭的借口。

雄辩哪能胜得过事实，污蔑哪能抹杀真理，整个解放区实行了民主政权的奇迹且不在这里说，只请看看宣化六区的国大选举吧。

宣化六区是个工矿区，里面划分了好几个村选区，分别进行选举，除了个别村以外，其他庞家堡（矿山）、炼铁厂、机器厂、烟筒山、老营盘、化学工厂和大楼等几个村，绝大多数都是工人；其他一部分多是从农村来的工人家属和一部分职员、工作人员。这些选民里面，差不多都受过几年日本人的毒辣统治，直到八个月前才给八路军解放出来的。如果依照达官贵人的说法，他们是不懂得使用民主的了，可是，他们不仅懂得开会、竞选、投票，重要的是懂得怎样去选，和选些什么人。每个选民都因为自己翻了身，获得了真正民主权利而被鼓舞起来，每个选区都充溢着热烈、严肃、快活的许多动人的场面——造谣污蔑者所想象不到的场面。

这里参加选举的选民一共有三千三百余人，工人参选的在百分之九十以上，妇女参选的超过百分之七十。平均参选人数，约为百分之八十。这样的数字，除了在解放区，中国其他的地方，你能找得到吗？

让我们来看看他们自己所拥护的候选人和选出的代表吧！

有从小就背炭、烧石灰，长大后在织布厂做工多年的傅光仁；有当了十七八年的老产业工人，在工人中威信很高的王永明（以上为庞家堡）。机器厂有三代作工人，自己也做了十九年工，善于联系群众、改造工具的唐继山；和在长辛店修理厂做工十八年的王正。屈善亭在四三年曾领导一百多泥水匠向敌人进行暴动式的追击，而解放后又善于清查左右的坏分子；何玉珍（工人家属）努力生产，热心公众的事，尤其是以一个月内能识三百字见称（以上为炼铁厂）。此外，工人们以衷心的热诚为那些领导他们翻身，向张经武、杨品德、傅老二、曹老二等汉奸作无情的清算斗争，和改善他们的生活，提高他们的文化的张监理、马经理、市工会的朱部长、庞家堡总分会的顾主任和吴厂长、赵厂长等作竞选。

他们选出了自己队伍里，经过多年考验，直到现在仍是忠实可靠，且足为工人模范的工友；他们选出真正为工人的利益而不疲倦地工作，和为抗战为人民而赢得了荣誉的工作同志。这样的选举，你能在解放区之外找得到吗？还有比这样的选民更懂得使用民主的吗？

现在我们来看看他们交给代表们的提案吧。

那里面有：要求政府切实执行政协决议；和平解决东北问题；迅速恢复交通，以免妨碍和平生产建设；抗议特务任意屠杀工人，严惩中国毛织厂惨案祸首；改善工人生活……这样地关心国家大事，这样懂得正义，难道还是不懂得使用民主的人能够办得到吗？

有一位厂长希望多选出一位工友，他向工人们要求取消自己的候选人资格，工友们深深地感动了。

有两位十六七岁的学徒向选委会要求说："周瑜都督，甘罗宰相，他们都是小孩，我们为啥没选举权，管不得国家大事？"选委会一方面婉言向他们解释，一方面称赞他们对国家的关心。

他们在黑板报上号召大家："工友们，我们把眼睛放亮些，像二百烛光灯泡一样，选举好人来替我们谋利益……"

"开天辟地第一次，我活了六十多岁就没有见过这样的民主选举。"一位老汉说。

"去呀，去开会呀。"一位妇女动员她的同伴说："在国民党那边，你想去参选人家都不让呢！第一要是个男的，第二要家里有大财产，哼！"

有一位职员，替别人竞选的时候，曾经这样说："……还是选文化高一点的好，不然将来人家在会上说莫斯科、波兰，他也不知道……"工人们立刻用书面语严正地批评他说："他不积极去提高工人的文化，还瞧不起文化低的工人们……"

假如是不懂得使用民主，像大人先生们说的"蠢如鹿豕"的工农大众，能够提出这样尖锐、勇敢而恰当的批评吗？

无论在哪一个村选区，他们都有着鲜明的标语："反对国民党的伪选举""彻底消灭法西斯坏蛋""要求国民政府给人民以选举权——反对圈定选举！"

无论在哪一个村选区里，人们都用热情的腔调唱着他们心爱的歌曲："没有共产党，就没有中国，他指给人民解放的道路……""军队和老百姓，咱们是一家人哪……"那充满农村歌谣风味的调子，使人回忆起在敌后八年，同生共死的八路军和老百姓艰苦奋斗的光辉历史。

这里有的是愉快，有的是自由，和不断地克服困难的蒸蒸日上的生活，这里的国大选举是工人们有史以来头一次的胜利的国大选举。这事实说明，只有在民主政权下，人民才能有真正的民主权利，才能发挥高度的民主精神。

这也说明，最会使用民主的是工人、农民大众，而不是达官贵人们。达官贵人们只会拿钱去贿买选民，只会圈定贪官污吏和敌伪汉奸，只会拿手枪去强迫别人选举。——只会替真正的民主钉上了枷锁！什么工农不懂得民主、训政不能结束、宪政不能开始的论调，在铁样的事实面前给捣得粉碎了！

四月二日

（《晋察冀日报》1946年4月3日）

受苦的日子
——扶轮小学高二班回忆纪要

谷军

郑子璞回忆汉奸"老师"

民国三十三年,我在第一两级小学五年级念书。有一次,因为背不出日语,高老师向窗外校院里望了一下,想出一个奇怪的处罚:他把我拖出课堂,直拖到院里圆小池子旁边,逼我站到池子里,还要把两只手举起来,把左脚抬起来,把嘴张开。这还没有完,他说:"在心里念(日文)!念不会就老站着!"

这个高老师是从市公署介绍来的,专给我们教日语。一天,他问我们:"我要结婚了,你们给我准备了什么东西没有?"我们问他准备什么,他说:"随便随便。"幸好本校孟老师给想了个办法,每人出五十元钱,凑合起来给他送个银盾。从此以后,他就不再处罚我们了。可是不到两个月,他就上"万安县公署"当什么"官"去了。

于淑田回忆挨打罚跪

有一个老师教我们日语,又教我们音乐。他考日语,有好多同学没有及格,就把他们一个一个都打了。打完了,他算全班的分数。算完了,又怪我们这回考的成绩不好,很生气地说:"你们不好好学习日语,将来男的掏大粪,女的补袜底,都没出息!"说完,又打我们全班每一个同学三板子。

他上音乐,叫我们和三年级合唱,有些同学唱错了,他把我们全赶到院里去,都罚跪,跪了一大片,还用粉笔在剃光头的同学脑袋上画王八。

刘观方回忆小日本

那时就连日本的小孩子都压迫我们。我们上学的时候,他们等在路上,等在□□口,见我们上去,就是一个嘴巴,再踢上一脚,嘴里还骂。我们只得绕着路到学校去。迟到了,又受老师的气,挨他的打。我们哭着告诉他路上的事情,他却瞪着眼说:"日本小孩不像我们,人家懂道理。"

下学的时候,要碰上小日本,又倒霉了。他们说戒严了、戒严了,硬不让走过,害我们挨饿。我们如果拿着什么玩具或是吃的,他们就要,不给就打,打完抢走。我回到家里,擦着眼泪告诉父母,父母说:"唉!那可没法,咱们惹不起他!"

樊维强回忆揍小崽子

有一回,我们忠厚里的孩子们,实在受不住小日本兔崽子的气,便团结起来和铁道上来的小兔崽子打架。我们用装上炉灰的口袋打他们,他们打不过了,就吹起口哨,放出洋狗来咬人。我们怕咬,都跑回来了。

王淑龄回忆做苦工

在星期日和课外,我们都喜欢跳跳玩玩,可是日本副校长却叫我们到农园里去。谁要不去,他就把你叫到职员室里,不是打几板子、就是跪一阵子。我们在农园里给他拔草、挖土、搬砖块,一做就是四五点钟。天那么热,我们休息一会都不敢,他连水都不给喝一口。园里长出来的好吃东西,都是他一家子的。

孟昭生回忆高粱面

过去敌人到月底就发粮食，尽是些高粱面、谷糠面、黑豆，吃的人们全都坏了。我家邻居有一个七八岁的小孩，一天我见他在门口路边上大便，直哭、直叫唤，大便不出来。那时他母亲急得往家里走，取出来一支挖耳朵的小勺，给他一点一点慢慢地把粪往外掏。这种痛苦，人人都受过。

刘淑媛回忆祖父被撞死

我祖父是一个铁路上的工人，那个时候，家里实在没吃没穿，才给日本去做工的。有一天晚上，祖父有病，第二天早起，我祖母不叫他出去，他说："这年头不上班，吃谁去！"说着就一摇一晃地走了。到了站上，不知怎的，叫日本人开过来的车头，一家伙撞上了，就撞死了……（刘淑媛讲到这里已泣不成声）

李家胜回忆父亲被抓走

我父亲是当庶务的。七七事变后一个月，日本鬼子闯到我们家里，也不说什么原因，把我父亲抓走了。母亲到处去找去问，都是哭着回来。我们一家子正急得没办法的时候，忽然来了一个特务，问我们要不要父亲，要的话，先给他一万元钱。母亲高兴得马上去到北京，向我四爹借了六千，又在我大姑姑那里借了四千，总算凑齐了。过几天，那个特务又来了，还同一个日本人，他俩都带着车子。母亲把钱给了特务，还来不及问他什么时候可以把父亲放出来，他俩就骑上车子，跑了。我拼命地追上去，他们狠狠地把我打回来。我们的钱连骗带抢地被拿走了，父亲还是不知道被弄到哪里去了。直到解放以后，我家把得来的胜利品卖了，才还清了那一万元钱的债。可是我父

亲……（李家胜是哭着讲的，到这里，他再也讲不下去了）

用高玉龙和彭淑荣的话来结束吧

高玉龙说："从前每天到学校，先念日文，又念日本地理、历史，连国文课本也是日本狗腿子编成的。他们从来不给讲中国书，可是我们要是不知道中国事，哪能算是中国人呢？更说不上什么将来的主人翁了。"

彭淑荣说："现在我父亲在铁路工厂做事，哥哥在裕民运输公司，我家里还有母亲、姐姐、嫂子、侄子、侄女。大家过得很快乐。我每天下学回去，帮父母做些事，有时跟小侄女玩到天黑，有时到近处找任桂兰来我家一块温习功课。"

（《晋察冀日报》1946年4月4日，《儿童节专刊》）

气节模范第一名

——温三郁

沈铭

一九四二年日本鬼子对冀中来了一个"五一"大扫荡，安了几千个岗楼据点，环境很残酷。鬼子成天价清剿扫荡，老百姓真是过不了日子。军队打仗困难更多，军队宿营的安全更成大问题，怎么办呢？冀中的儿童们便成了军队可靠的小岗哨，有什么敌情保准耽误不了事。

武强前西代村有一个十二岁的小孩子，名字叫温三郁，个子小，身体也不强壮，但是他有一双锐利灵活的眼睛，动作敏捷的两只手，他上过三年小学，懂得抗日道理，爱护八路军像自己家里人一样，他是八路军一个最忠实的小岗哨，还有一个更重要的工作是盖洞口。

一九四三年正月二十那天，一清早武强城里的敌人包围了前西代村，住在三郁家的区小队去提水，被敌人看见了，几个队员回去和三郁他爹钻了洞。三郁刚把洞口盖好，鬼子就上了他们的房。鬼子嘟噜问："有八路没有？"接着鬼子下了院，进屋又问他母亲，他母亲还是说没，鬼子恶狠狠地一刺刀就把脸挑破了，又踢了几脚。他母亲就躺在地上连疼带吓地死过去了。小三郁在一旁呆呆地立着，屋里的妹妹弟弟啼哭着叫："娘，起来吧！起来吧！"汉奸瞪着两只三角眼，带着骂腔指着三郁说："你害怕，打死你！"

汉奸们不要他母亲了，将三郁拉到院里问："住八路没有？村长是谁？谁家里住八路？"小三郁沉住气说："我净住姥姥（外祖母）家，不知什么是八路！"汉奸们气冲冲地接着说："净装混蛋！眼巴巴地看见了，你他妈的不说，打死你！"三郁说："不知道。"汉奸们板着凶恶的狗脸,又往下追问:"哪有洞?不说非打死你不成!"这时虽说三郁沉着,但是连打带骂终是有些害怕了。他的面色焦黄,可是三郁下了决心,"怎么也不叫咱们区小队受损失"。他继续干脆地回答了汉奸一句"没有"。"眼巴巴地看见了你还说没有,非挑死你个小狗人的不行!"汉奸虽说着又是脚踢又是枪把打,三郁觉得疼得很厉害,但是又不敢哭出声来,屈抽屈抽地说:"我净在洼里拾柴火,不知道什么是八路。""你们大人在哪里?""在外边做买卖。"小三郁这样回答着一堆鬼子和汉奸。

汉奸们这个一句那个一句还是乱说乱问:"哪有洞?""这小孩子真他妈坚决,挑死他个兔崽子吧!"一刺刀扎在胳膊上,汉奸抄着影子说:"那不是八路的衣裳吗?"三郁说:"那是我爹的大袄。"鬼子嘟噜了几句,一个汉奸又照他胳膊上刺了三下子,袖子里哗哗地向外流血,又一枪把三郁打倒了,疼得三郁在地上打滚,一会就死过去了。

汉奸们到别人家去了,三郁醒过来走到屋里去,见母亲在炕上躺着,脸上流了很多血。母子二人吓得哭,但又不敢出声,他母亲说:"怎么打也别说。"

敌人吹起了集合号,眼看要走。又把一个四十来岁的软骨头武全经抓住了。敌人打了他几下,他就给敌人跪下,对鬼子汉奸们说了洞在什么地方。这时敌人才从街上来到三郁家里,吓得三郁躲在炕角里,他母亲又装了死。汉奸抱着柴火在洞口弄烟,一个鬼子拉着三郁去看洞口,狗翻译说:"你不是说没有吗?"鬼子接着说:"死了死了的有!"翻译说:"让他看看再挑他。"离洞口不过一丈远,洞里窜出一个游击队员来,一枪把翻译打死了,鬼子吓跑了,立时打起仗来,三郁跐在炕沿底下动也不敢动。

战斗结束了,鬼子、汉奸要在三郁身上出气。一个鬼子和两个汉奸拉着三郁到别人家里去，先让他伸出胳膊来剁手，汉奸把刺刀向下一落，三郁一抽，胳膊没有砍着，汉奸踢了他一脚让他跪下，用刺刀挑他的帽子要砍头，三郁一面哭一面抱着头，两眼盯着刺刀，汉奸狡猾地说："你看窗户上是什么？"三郁一看，汉奸照他头上就是一刀，他一闪没有砍着，跑到屋里，汉奸追上去按倒在地，用刺刀向脊梁上乱砍，衣服厚没有砍透。随后汉奸蹬着他的肚子，用刺刀向头上"呵喳"一刀，三郁的五个手指头被砍断了，手指头落在地上，满脑袋浑身都是血，疼得三郁死过去了。

敌人走时，把软骨头打死在街上。

敌人走了，隔房邻舍的婶子、大娘们都到三郁家来看，这时三郁才慢慢地醒过来，人们都为三郁没有死祝福，但是又都心疼这十二岁的小孩子，人们都流下了眼泪。一九四四年八专区群英大会上，温三郁得到"气节模范第一名"的光荣称号和一头牛的奖励。

一九四六年四月一日

（《晋察冀日报》1946 年 4 月 4 日，《儿童节专刊》）

张市十校儿童回忆

陈君平

孩子们安安静静地坐在自己的座位上,都低着头在沉思。

第一个站起来讲话的是一个十三岁的小女孩,她说:"我要回忆我的过去……"刚说了一句,就哭得不成声了,她呜咽着继续下去,"敌人在时,有一天我在街上走,遇到了一个敌人的孩子。他什么也不说,上来就打我的脸,还用石子投我。我不敢抵抗,只好拼命地向学校里跑,希望得到老师的保护,没想到老师反倒帮着敌人把我大骂一顿。当时我只有哭,没有得到一丁点安慰,一直哭到没有眼泪……"其他同学也流出同情的泪来。紧接着又有一个小学生站起来,很激昂地说道:"日本鬼子叫我念日文,我不愿念,日本鬼子就狠狠地打我的脸,两边的脸都被打肿了。老师看着一声也不响,最后还罚我在炎热的太阳下跪了一个半钟头。"又一个小学生站起来哭着说:"我是一个小贩的孩子,敌人在时说我父亲私卖麻子油。在一个早晨,一群如狼似虎的鬼子和汉奸,就把父亲抓走了。那时母亲正病着,父亲被灌凉水、灌汽油,受尽了各种的非刑,死去活来,病弱的母亲,经不起这样大的刺激,在父亲被扣的第三天,就和我们永别了。剩下我们弟兄五人,最大的才十四岁,小的还在吃奶。这时候,我们这群可怜的孩子,只有哭叫,最后把家中的破家具完全卖掉才把父亲赎回来。从那时起,我们的日子更不好过了,我们父子,流浪街头要饭吃。鬼子的狗都在吃肉,我们却在饿肚子,哪还能上学。自从八路军来了,借给了父亲钱,又能做小贩生意,全家的生活立刻改善了,不但能吃饱,而且能吃白面,还能上学。"说到这里,她非常愉快。紧接着又有一个小学生,红着脸,流着泪说道:"我记着有一次,我得了热性病,正在危险的当儿，也不敢去请医生，怕日本鬼子知道了，用汽车运走烧死。恰好赶上日本鬼子和狗汉奸们查户口来了，当时吓得我母亲全身发抖，不知把我藏在哪里好，正在慌张无措时，敌人就要进屋了，母亲把我包在一个被子里，上边压了许多被窝，吓得我连气也不敢出。敌人在屋里检查了一下，最后问被底下是什么。母亲说是厚被，要母亲把被子打开，母亲打了几条，刚要到最底下一条，鬼子不耐烦地走了，当时吓得我满身是汗。"他哭了，接着说道："那时的儿童还不如现在的鸡呢！现在的鸡谁敢随便打呀，打了主人还不让呢，我们儿童太可怜了！"说着全体学生都哭起来，笔者也不禁流下泪来。铃声响了，下课后的教室里，哭声更大更普遍了，笔者安慰了他们后就结束了这一段回忆。

（《晋察冀日报》1946年4月4日，《儿童节专刊》）

我们的幸福是八路军给的

工人子弟学校 王富（秦秀芬记）

我今年十二岁，父亲是个泥匠工人。我现在在工人子弟学校一年级学习。

我在前年十岁时到私塾去念书，私塾××教员嫌我穿得破不叫我上学，后来我父亲在卖破烂的挑子上买了一个大褂，并托了一个人才入了私塾。入了私塾以后时常挨先生的打，受大同学与富孩子的气。有一天先生叫写字，我因没有石板没有写，先生就叫我跪在院里。十二月的天气叫我跪在冰上把裤子都湿透了，后来问我："你买不买石板？"我说："买。"才叫我起来。到家后向父亲要石板，父亲说："孩子，咱们都吃不饱哪里有钱买石板，你入学这几天，不是拿学费，就是要书钱、烤火费……咱们上不起这学，不用上了。"

过了几天，我又到第五校去报名，到了老师屋里，我说："老师我报名来了。"老师就没有理我，说："你报什么名！"我当时就不知道为什么，只好出来了。后来我在路上走才想起来，原来是嫌我穷啊！从这以后再也没有念过书，在家捡煤屑去了。

自从去年八路军解放这里以后，我们的生活好了，吃上了大米、白面，后又成立了工人子弟学校。我从三月里入校学习，我们老师也不打，也不骂，还给我们屋里生着炉子，不讨学费，不拿书钱。该上课上课，该下课了下课，每天快乐极了。过去咱们穷孩子想上学上不起，现在咱们也有了学校，我一定要好好学习。我们的幸福与快乐是共产党八路军与民主政府给的，我一定要跟着他们，永远忘不了他们。

（《晋察冀日报》1946年4月4日，《儿童节专刊》）

我的回忆

张垣烟草公司童工 田有桂

我是张垣烟草公司包装室的一个童工，我的名字叫田有桂，我的老家是在天津，我家共五口人。当我们从天津往张家口来的时候，我们带着四十块钱，来到张家口下火车时只剩下七块钱，吃了三天就完了。在这时房子没处住，吃的也没有了。找到了一个老乡，本想让他给找一个房子住，可是他所住的房子还是住的人家的，结果并未找到房子住，吃的也没有。我们全家无奈便到各处讨了两天饭，在这两天当中讨饭讨到日本人住的院子，不但饭没讨上，反而给日本人的亲娘（洋狗）咬了我妈一嘴。从此以后我们就不要饭了，把带来的新破衣服卖了几件，换了几个钱，便拿这几个钱来度日，每天饿半天饱半天。以后过了几个月就搬到北商务街，找到了一个卧铺和一个土房来居住。后我父亲拿这几个钱跑买卖（跑火车），跑了两天买卖挣了十四块钱。回来之后我父亲就害起病来了，直到现在我父亲仍在炕上躺着起不来。以后我母亲便给人家做活儿，我托邻居亦给我在化学工厂找了一个工作。这时我俩每月可挣工资平均一百元，在这个工厂我做了七个月的工。在这七个月当中因家中生活无法维持便想了一个办法，就是每天偷拿日本的煤炭，以供全家之用。让日本人捉住了，打了一顿，把我开除了。后来我又找到街坊将我介绍到烟草公司工作，每月挣工资三十元零伍。生活还是无法维持，我便又用我以前的办法，每日偷烟，有一次被日本人看见了挨了一顿打。等了两天我还是去偷烟来维持生活，这样一直到日本投降。

自从八路军解放了张家口以后，在民主政府的领导下，我们工人今天才翻了身，增加了工资，我们的生活现在大大地改善了，并成立了我们工人自己的组织——工会,来给我们工人解决一切困难问题。同时又给我们工人成立了一个工人学校,让我们工人来认字,提高我们的文化。现在我们工人每天两小时的学习、七小时的工作。我们的生产效率也提高了一步。但是这些好处是谁给我们的呢?这完全是八路军和民主政府给我们的,我们永远忘不了我们的八路军和民主政府。同时今后我们一定好好地工作,提高生产效率,加紧学习,拿一切实际工作来回答解放了我们的共产党八路军和民主政府,我们永远跟共产党八路军和民主政府走在一起。

(《晋察冀日报》1946年4月4日,《儿童节专刊》)

敌伪统治下的小学生生活

——记扶轮小学高一甲的回忆运动

熊焰

当我推开教室门的时候,室内的空气非常肃穆,却有哭泣的声音,孩子们正坐在课桌上,有的红着眼睛、挂着泪,有的伏在桌上哭泣着,也有咬着嘴唇凝视着前面的,沉默与悲痛的空气笼罩着整个课室。

那位穿蓝旗袍的女教员说道:"小朋友们!不要哭了,我们要记住李凤林的父亲是怎样死的!现在谁来讲吧!将我们所受的气都讲出来!"

悲哀的空气稍为收敛了一下,一个孩子上讲台去了。

"过去我刚进这所学校读书,上日文课,老师说不准讲中国话。我向隔壁同学问了一个生字,老师用粉笔在我头上画了一个圈子。下课后,让我们有圈子的都跪在黑板前面,在我们脸上画猪、猴儿、乌龟;将我们一只手吊在黑板上,这个老师过来打一拳,那个老师过来踢一脚……"

他伤心得讲不下去了,另一个孩子上台说:

"上体育课,老师喊向右转!我转错了,老师'啪'一下给我一个耳光。我因为害怕,慌了,又转错一个,又是'啪'一下,打得我头昏眼花转圈圈,站也站不稳。"

"韩老师在板子上钉了好些钉子打我们,打得皮肉都破了,赵振起头上被打了三个窟窿!一校把学生都吊在树上,院子里都挂满了!"

孩了们都气嚷嚷地闹起来:"过去我们每天要挨多少顿打啊!""我们不被当人看!"纷纷地议论起来,"那一次高老师扯着我的耳朵,要我把地下的土吃下去!""那次……"女教员挥了挥手说:"小朋友们!不要在下面说,这样太乱,还是上来说吧!"

一个叫徐菜坤的孩子说:"那年冬天早晨,风很大,手都僵了,老师让我们拣废铁,拣了几个钟头,也没拣到。回校来,老师给我几个嘴巴,而且当天非缴不可,我只好把家中的铜壶缴给他了。可是过几天,我却看见铜壶在老师桌上放着!"

"我家连锁门的锁也缴上了!"

"我家连箱子上的铜叶子都剥下来缴了!"几个孩子在下面抢着说。

女教员说:"咱们谈了半天需要休息一会儿吗?"

"不休息!""不!""要说!"

一个叫杨生孚的孩子跑上台去:"我每天吃红高粱,拉红屎,日本人看见了说是虎烈拉,要带我走,我回家爸爸妈妈到处借钱,预备买棒子面,这样掺着吃,就不会拉红屎,可是借不到钱,急得全家都……"

孩子咽喉哽住了,跑下来,伏在桌上大哭!

我的眼睛也红了,想哭!幸亏这时一个孩子走上去。

"日本校长家的菜园要我们去拔草,一整天不给吃饭,饿得发昏,偷吃了个萝卜,打得要死!"

"我们给校长去卖韭菜、萝卜,老师看见了,拿了一包自己吃,钱卖少了,校长又打我们!"

"高老师每星期跑北京,买回了水彩颜色,非要我们买,赚我们的钱。我买不起,六月天罚我在太阳底下晒一天,把赵满龙、沈大亭的脑袋碰脑袋,还叫我们穷小子滚蛋……"

"当!当!"的钟声响起了,教员说:"下课了,休息一会儿再谈。"

孩子们都走出课室，我带着沉重的心情走出来："为什么中国的孩子这样苦啊！"然而院子里却像装满了小鸡小鸭似的，叽叽喳喳地闹叫着，孩子们打着乒乓球、霸王鞭，打着秋千，追着跑着……刚才教室内的孩子几乎也全部参加了。

我有些奇怪，然而一会儿我就明白了："孩子们决不会忘记以往的仇恨，可是现在的生活医好了他们的创伤，也正因为他们受过残酷的折磨，新生活才使他们更愉快、兴奋、活泼。"

（《晋察冀日报》1946年4月4日，《儿童节专刊》）

孩子们的诉说

熊焰

十三岁的黄家礼说他弟弟的死：

"我弟弟病了，同院住的巡官张宗扬就去报告，结果查卫生的来了。'呱叽！呱叽！'地响着大皮靴，在门口嚷着：'黄小邦病了的不是？'母亲慌忙地应着：'没有什么，有点不舒服！''虎烈拉的是不是？'母亲急着说：'不是，不是！'弟弟骇得直抖，他们走后病就重了。

"好容易养了半个月，才渐渐地好起来。查卫生的又来了，母亲就将弟弟藏在锅底下，等他们走后弟弟吓死过一次，病又重了，母亲决定把他送到姨姨家去养，一直到快好了才回来。哪知查卫生的又来了，大叫着：'虎烈拉的烧死了的！'要将弟弟拖出去。母亲跪着求，说他已好了。他气汹汹地踢了两脚走了，从此弟弟就给吓死了。"

十二岁的李恩明叙述他家中受苦的情形：

"过去我父亲在天津印刷局做工，生活不够维持，要我去作学徒。那时我才十岁，怕太小不收，报了十二岁，做了几天工我就累病了。母亲说：'不去做工，就没法生活，还是去。'不几天，我连路也走不动了，鼻子流血不止，只好回家。查病的来了，母亲将我藏到箱子里去，他拿出户口本对，上面多一个人，警察就把我父亲押起来，三叔出钱给父亲送饭，警察连碗都给摔了，后来托人求情出钱，才把父亲放出来。因没法生活，三叔要我们到张家口。在清河桥边碰到查证明书的，因为我们刚到没办证明书，又把我和父亲押起来，罚三十元起证明书。我因为是小孩还要十五元，四十五元在那时很值钱啊！我们全家都没法生活，父亲即使每天到工厂做工，我们还是吃不饱。八路军解放了张家口，我们南瓦窑斗争了几个特务，没有了特务，后来成立了合作社，再后来选举了我父亲作街长，我们的生活也好了。过去吃黑豆面、棒子面，现在每天吃粮，棒子面我吃够了，不想再吃。因此我拥护八路军，恨日本鬼子和狗腿子！"

(《晋察冀日报》1946年4月4日，《儿童节专刊》)

悼张寒辉同志

孟华

一、他过着艰苦的学生生活

张寒辉同志,又名张兰普,是河北定县人。他的家不怎样富裕,而人口又多,他很艰苦地度着学生读书时代。当他入保定附中时,家庭不供给他,仅仅靠着同学和本族叔叔一点接济。

他有着坚定求学的志愿,在中学毕业后考入了北平国立艺术学院戏剧系,成了熊佛西的学生。这个大学生活更苦了,他经常拿两个故事告诉我,同时也教育我,并想用这例子以后教育自己的子女。

在北平读书时,一天吃六大枚的饭,是这样分配,早上买一小枚的咸菜,吃一半,三小枚的红薯,晚上一大枚的稀粥,二大枚的棒子面饽饽,再加上早上留下的那一小枚的咸菜,这是他大学生活的伙食。到了冬天,他的被子薄,衣服很少,每夜晚冻得睡不着,冻醒了起来在公寓院子里跑步,等身体发热再睡。可是同院的人骂他"穷鬼",他听不惯骂,而公寓老板又不让他住了。他只好搬到一个同学的公寓里,那个同学也是一个穷鬼,两个人都穷,到深夜冻得不能睡,两个人摔跤,待身体暖了,疲乏了再睡。这样总是抵不住寒冷,天还未亮,就跑到学校去,在教室火炉旁边再睡一小时或半小时。可是那校役太不谅解他了,知道他每天在火炉旁边睡,就偏偏地把火炉生得很晚。寒辉同志如此地过着大学生活,竟因为他有坚强的意志,终于度过了大学,而毕业了。

二、称为平民状元

因为他过着艰苦的生活,大革命的浪潮又教育了他。他在这个时

候参加了中国共产党，走出了艺术之宫，到社会上去服务。在冀南大名中学去教书，他感觉教书太枯燥，对老百姓生活距离太远，他到陕西民众教育馆去工作了，在那里他和老百姓打成一片。有一个老百姓说："张先生真是知道我们穷人的心。"可是统治者却与老百姓做对头，硬把寒辉同志的饭碗剥夺了，他被迫到定县去职业学校教书。我忘了是哪一年，定县中华平民教育促进会招考平民文学研究生，寒辉同志就去投考，被录取了。在那里其他的研究生每天在研究室内，所谓"研究"；而寒辉同志却是每天出城到乡村中去，找贫农、雇农了解他们的生活。那一带的农民很爱戴他，有的农民说："张先生是好人，一点一滴的事都为俺们□算，世界上再没有这样的人了……"一看见他老远地就喊："张先生，别走，抽袋烟；一会儿，卖凉粉的来了吃块凉粉。"他们见到了寒辉同志，就像是吃了块凉粉，这可知道农民们对他是如何的爱戴啊！在抗战后那一带的农民参加战争的很多，那块地方是我们很好的一块根据地，这不能说他没有功劳。在平教会毕业写论文（也可能不是毕业论文，我记不清了），他写了三百个字的文章，完全是用老百姓的语言写的，博得了很多人的称赞。文学部的那些大学教授们评那篇文章，誉之为"平民状元"。所以那□定县平教会的人□说平民状元即寒辉同志。

三、创造了"松花江"之歌

一九三六年，他被朋友们邀请，又回陕西，到一个中学教书。改作文的时候，用了一个欠妥的文字他都指出来，花费很长的时间，左看右看，才算罢了。他是学生们□拥护的教员，他组织了业余剧团，又领导着学生剧团，在陕西搞戏的都知道他。他领导学生们下乡演剧，在陕南的乡间他工作半年之久，才回西安。他帮助学生学费，那个中学有个姓任的学生因为家里贫穷，寒辉同志帮助他读书费用。在抗战发动时，那个学生就参加抗战了。有一个姓都的朋友，失业了，寒辉用自己教书的全部薪金供给着都君全家三口。

说起他写"松花江"之歌曲（词曲都是他作的），我差点没有作一个罪人。当他写完后，交给我看，我大意得很，不知丢在何处，过了几天他向我要，到处都找不到，他恨我急了，骂我，几乎要□我。我很认真地找，过了两天拾掇字纸篓□找到了，欢喜得跳起来，送给他了。他之所以能写出这个歌，是很了解东北军的生活、士兵的心理的。在西安事变后他就参加了东北军，由西安退到邠州，由邠州退淮阴，后因逆流他即离开了东北军到上海去了。以后他告诉我"松花江"太悲哀了，没有想办法来，又作"答松花江"，我们因为分离没有见那支歌。

在上海生活没有办法回到西安，城市不能立足，他就转到乡村，可是陕西省国民党当局知道寒辉同志对抗战太积极、在老百姓和学生中很有信誉，到处找他，逮他，终于陕西没有他立足之地，而不能不来到自己的家——陕甘宁边区。

四、被选为模范文教工作者

他到了自己的地方天才可以发挥。他是到关中分区，那时因为国民党的封锁，纸很缺乏，他即利用当地的树皮、草根等创造纸，建立了关中纸厂。柯仲平同志是他老友，知道他搞大众文化更好，邀他到文协工作。他在文协大部分时间是在乡间。他告诉我在城壕村（边区模范村）做一个识字运动的情形：该村识字的很少，几乎没有，寒辉同志想做一个识字运动，他拿一把锄头，帮助锄地，到休息时，放下锄头，即问老乡"当家子（一个姓的意思），咱们那个张家怎样写着呢……这样写"，上午教会了一个"张"字，下午教会了锄草的"锄"字。如此数天掀起了城壕村的识字运动，组织了识字组。在一九四四年陕甘宁边区文教工作大会上,他被选为模范文教工作者。有一次我与孙志远同志谈起来说,寒辉的文化工作路线始终是对的,他走的是大众路线。

五、最后相别的一席话

一九四五年旧年,他领导着西北文工团秧歌队到东关去,看见我就拉到一边说了句话:愚弟(我俩是愚兄愚弟相称的)怎么不给我拜年去呢?去年生产好,准备了些年货(过年吃的东西)等你,畅谈一番。第二天我去了,畅谈吧!他告诉:"白志耕同志由冀中回来了,他听了一个流言,说我的麟哥(他儿子)当了皇协军,我几天睡不着,我的儿子替敌人战斗,和我作对头,很难受伤心。"又谈到身体,他说,"我的肺病很厉害,活不久了,你的身体如何,如果谁死在先谁给谁写祭文。因为我俩了解地更清楚……"哪知道这是最后的一席话,不久他下乡了,我离延时虽找他数次没见到,因为他下乡未回来,那时听说他到爷台山调查匪徒残杀人民的情形。

寒辉同志!我的老师,因为你指导我走上了革命,你是我的老友,又是我的教员,看到你死的消息很悲痛,写这文章作为纪念!可惜我的笔太笨了,不能写出你终身的革命事迹,我只有加倍努力工作来完成你平生未完成的事业。永别了寒辉同志!

你的愚弟孟华 四月三日于□次

(《晋察冀日报》1946 年 4 月 14 日)

悲痛的悼念

林伯渠

【新华社延安十七日电】我与你们，若飞同志、邦宪同志、叶挺同志、邓发同志，或从大革命期间开始，或从内战时期开始，为中国人民的生存和繁荣、民主和幸福，共同进行持续的斗争二十来年了。你们在大革命、在内战、在抗战中，经过无数次的斗争和考验，你们是一贯坚强坚定、忠贞不拔，专制压抑不了你们，牢狱屈服不了你们。你们是中华民族最优秀的儿女和中国人民最忠诚的勤务员，是真理和正义的保卫者。我虽年长于你们，但因你们钢铁的意志，更使我增加无比的力量。我自信尚能与你们长期共同奋斗，想不到噩耗证实我竟失掉了战友！

我与你，黄齐生先生，民国二十七年春初会于延安，三十三年夏再见于重庆。愤教育之遭摧残，国家之无民主，你奔走呼吁，数十年如一日。我们都虽然年老，但自信为民主奋斗，仍可竭尽厥力。人民需要年轻的一代，以为战斗的骨干，也需要年老的一代，如你者以为战斗的导师。想不到噩耗证实我竟失掉了好友！

我怎能不哭？边区人民怎能不哭？

边区一百五十万人民是在多么迫切地期待着你们，他们正盼望着在反动派牢狱中坚持奋斗了五年的叶挺同志的归来，他们正盼望着为全国和世界工人阶级的团结而斗争的邓发同志的归来，他们正盼望着去大后方为民主奔走呼号的黄齐生先生的归来，他们尤其热心盼望为全国的和平民主、为四万万五千万人民和子子孙孙的和平民主生活、为民主宪法而斗争的若飞同志、邦宪同志带来新的消息。今天，正是决定国家命运和人民命运的紧急关头，边区人民和全国人民多么需要你们。当边区人民得悉飞机失事的时候,他们是多么焦急,男女老少不顾毒虫猛兽的危险,连夜赶赴丛山茂林中找寻你们,声嘶力竭地叫喊你们,他们在祈求着你们的回音呀。想不到噩耗证实边区人民竟失掉了自己最忠诚的领袖与最亲切的友人!

谁迫使你们冒恶劣的气候长途奔波?谁实际杀害了你们?

边区人民从心底里知道得清清楚楚,你们是被破坏和平民主的反动派迫害而死的,是为争取和平民主的实现而死的,是为保护人民的利益而死的。边区人民也从心底里知道应该怎样来哀悼你们、纪念你们,弥补这一无可计数的损失。他们将更加团结,同心协力地继续完成你们未竟的事业;他们将更负责、更紧张、更好地建设边区,推动全国和平民主的实现;他们将从极大的悲痛中坚强起来,为建立和平民主的新中国而奋斗到底!

边区人民从你们身上取得了更大的力量,不管在任何恶劣的情况下,都将坚持斗争,完成革命的共同事业。

(《晋察冀日报》1946年4月19日)

到 康 庄 去

——记张家口康庄的通车

肖白

三〇〇二次临时列车，今天打扮得实在漂亮，像一个新郎一样喜气洋洋的。车头上，两面国旗交叉地扎起来，在晨风里自由地飘扬。红绸缀着彩花，围在机车上，各节车厢贴着红红绿绿的标语："平绥铁路建设模范！""为平绥路全线通车而兴奋！"。其中，最令人注意的一条是"到康庄去"。它有力地概括着无数人的心事，无数人的喜悦。七七事变前，康庄即为平绥路上最有名的车站之一。它和南口遥遥相对，一在八达岭之东，一在岭之西。过去它是察省粮米集散之地，自敌寇盘踞后，实行粮食统制，便慢慢萧条下来。去年八月二十五日，我八路军解放了康庄，遭□蹂躏了八年的康庄老百姓，才重归祖国怀抱。人民刚想换一口气，又有国民党□的进攻威胁，老百姓被逼再度离乡背井。直到今年一月停战命令颁布后，老百姓才敢陆续回来。

二月中旬，我随第五执行小组视察旅行，到过怀来，也到过康庄。我们曾一度察看了怀来大桥被破坏的情形，大家都觉得这桥被破坏得不轻，要修复确得相当工程和时间。当时我曾暗暗估计要修复此桥恐得半年时间，殊不知今天即可坐着新车从修复的怀来大桥上通过，到康庄去。这个消息兴奋了我，也兴奋了张家口的老百姓。平绥路局告诉我早上四点多钟到车站，三点多钟我就跑去了。看到了新装专车待发的雄姿，我不觉高兴地笑起来。车站上的员工们觉得我很奇怪，连忙赶上来问道："同志，你上哪里去？"我才觉得自己有些忘神了。我告诉他们我也是到康庄去的。他们把我请到专车里。专车里面比厢外更漂亮，彩花悬满车厢，真使人有到了花园里的感觉。

太阳出山的时候，专车向着康庄方面进发了。离开张家口，车越来越快了，好像一个离家多年的人往回赶路一样。正午的时候，车抵怀来车站，我们见到了负责设计修复怀来大桥的桥梁专家黎亮教授和负责修桥修路的平绥路工程队孟队长。我们谈起了这座大桥修复的情形，黎教授说："这座桥有四十年的时间了，七七事变时曾一度被破坏，日本来了，只马马虎虎修了一下，此次修复经过试验是相当结实的。"听到这里，大家都会心地笑了。接着黎教授又说道："这座桥要在国民党地区至少也得三十几个月才能修复。"他说他亲眼看到工友们为了恢复交通，有时废寝忘食，特别是最后几天，竞赛突击的热潮达到了极高峰，这样的情形在国民党区是不会有的，因为这里的工友们都明白这是为自己干活！最后他还说："这座大桥的修复，是在民主政府领导下，工程上一个大胜利！"黎亮教授来解放区为时尚不算久，但他用此次修复大桥的事实，说明了一个真相，在民主政府领导下，任何困难都可以克服。

下午两点多钟，车离怀来，马上就要通过刚修复的平绥路上第一座大桥——怀来大桥到康庄去。此时大家感到特别愉快，都觉得马上就要以证人的资格，向全中国老百姓证明，"怀来大桥正式修复，专车平安通过"。平绥路张局长摆弄着红绸彩带，脸上洋溢着衷心的愉快。两点四十分，车到了怀来大桥□头上，人们纷纷地从车上下来，站在桥头上，只见破坏的大桥复原了，骄傲地挺立在人们的脚下，在火车的车轮下，好像在说着："你们过来吧，我有足够的力量来负担这个重量的！"

边区交通局张局长、平绥路局□局长，把那太阳下红光闪闪的彩绸牵□来，彩绸被春风吹得鼓鼓的。黎亮教授站在两条铁轨中间，站在火车前面，担负着光荣的剪彩任务。彩剪开了，摄影记者们把这一个胜利的愉快的镜头摄下（参看昨日本报二版——编者），大家不约而同地笑起来，笑声里好像藏着这样一句话：谁说我们不能修复怀来大桥呀！

火车从怀来大桥上平平稳稳地开过来，人们站在另一个桥头上鼓掌欢迎它，有人不禁兴奋地叫起来："好呀，喂，李同志，快照下来吧！"车过来了，人们都轻快地上了车，望着路旁绿色的柳枝儿迎着春风摇动，和村庄里一片片的桃花杏花，谁也愿□□遥□车上多留一下，饱赏这原野的春色！火车在春风里前进着，要到一□春色漫漫的村庄去。路上的行人望着这列彩色长车向着康庄前进，都自然地流露出一股愉快的笑容，有的人高兴地拍起手来；正在田野里耕种的农民看得出神了，锄头从他手里掉到地下；老太太们用手遮着晃眼的阳光，妇女抱着孩子从村里跑出来，小孩们叫起来了。所有的人都为这一列人民自己的火车，一别八月不见的火车的到来而欢欣鼓舞。

太阳有点偏西了。火车汽笛呜呜地叫着，火车到了康庄车站，月台上挤满一千多人，男的、女的、老的、少的，高跷会、小车会、霸王鞭都来了，热烈的欢呼声、鼓掌声代替了汽车声，他们用比迎接新年还愉快的心情迎接着火车进站，从此康庄车站又要生气勃勃了。

十五日寄自康庄

（《晋察冀日报》1946年4月19日）

哭 舅 舅

——叶挺

廖似光

亲爱的舅舅：三月八日听到你恢复自由的消息之后，我欢喜若狂。

昨天突然又听到你不幸的遭遇，竟如晴天霹雳。我的悲痛心情不可形容，我的泪直向肚子里流，我回想到你对革命事业的忠实、坚强，我回忆你一生为革命事业所受尽的一切灾难和折磨，我要替你向反革命算血账。

大革命时你领导着无数的优秀青年走上革命的道路，号召推翻封建军阀的统治，驱逐帝国主义，成为广东革命的一面旗帜，革命的声浪震动了全中国。中国的大地主、大资产阶级勾结帝国主义来镇压中国革命，你在广东领导着无数青年英勇抗击强大的敌人，终于在敌我力量众寡悬殊之下而失败。你被通缉，祖国没有你藏身之地，而逃之海外。反革命血洗广东，实行所谓"清乡运动"，我们就变成了无家可归的孩子，森林、山坡成了温暖的家庭。幸而有了英明的领袖——毛泽东同志挽救了中国革命的危机，领导民族革命战争，你才有回国的可能，甥舅才有久别重晤的机会。回忆到一九三八年在武汉你和舅母及甫平团聚在一堂的情景，互相交谈别后十年的离情，甫平舅同我们作了别后十年的家乡报告，那时我们是多么高兴。我心里暗想这样团聚在一堂的机会以后会更多的了，我丝毫也没有想到从此就和你们永别了。甫平舅为了抗日自卫战争部队，给新四军输送军用资财，不幸遭遇翻车而丧命。泪水未干，你的灾难又来，不幸的皖南事件又发生了。

你是民族革命的忠仆，领导新四军英勇抗战，建立了大江南北抗日根据地，海外侨胞纷纷捐款助战。反革命法西斯分子何应钦用尽其一切阴谋，配合敌伪企图歼灭不可战胜的新四军，造成了皖南大惨案。你为自卫而负伤，而被监禁，而受了四五年苦辣熬煎的生活，失去了自由，你抗日的权力暂时被剥夺了。反革命对你用尽最卑鄙下流的手段，威吓、欺骗、引诱等等无耻的行为，要舅母替你写悔过书，也被聪明的舅母拒绝了。你坚强的革命意志冲破了反革命的一切阴谋。你不屈不挠的精神我永远也忘记不了。哭、落泪是不能弥补损伤的，只有踏着你的血迹努力向前冲破一切障碍。你安息吧！承继你的事业的有千百万的人民。

(《晋察冀日报》1946年4月21日，《每周增刊》第12期)

哀悼若飞同志

毛铎

十一日晚上，曾恍惚听到叶挺等同志遇难的消息，但我认为那不过是不确的传闻；十二日晚上，讲的同志更多了，并说有若飞、邓发等同志。这时，我希望那不是事实，至多是受了轻伤，不致有性命的危险就好。因而我一心一意地期待着延安发出若飞等同志安全的报导，但是希望终竟变成幻灭。十三日上午，党中央以最大的悲痛发出讣告，若飞、博古、邓发、叶挺诸同志及黄齐生老先生等，不幸殉难了！这一声晴天霹雳的噩耗，把我震惊得茫然失措，惨□与悲恸，就一刻比一刻沉重地压在我的心头！

由于我和若飞同志，战前就在太原狱中相识，以及战后在延安他直接领导我工作了五年之久，朝夕相处，我深深体验到他全心全意为人民服务的忠诚精神，我又深切地了解到他那自创立党起亲身领导与经历了大革命、十年内战、抗日战争三个时期的丰富的斗争经验，我更深刻地体验到他那久经锻炼的伟大的无产阶级的革命的品质与阶级友爱的精神，我又长期得到他直接的培养与教诲，因而听到他不幸遇难的噩耗，我的悲痛特别炽烈，心头创痕特别深刻。我自己失去了最敬爱的导师，全党失去了一个久经战斗的坚强的领导者，中国人民失去了一个伟大的民主战士。我默默地想念他，越想越悲痛，就越深刻地感到若飞等同志的殉难，对于我党、对于中国人民，特别是处在这样紧急的历史关头，是一个何等巨大的无比的损失！

我抑不住沉重的悲痛，往事就一幕又一幕涌上我的心头。

一九三六年在反动的恐怖的监狱中，他把我们一批所谓"政治犯"组织起来，以他坚定的立场，以他丰富的斗争知识，以他深广的与实际结合的革命理论来教育我们，提高我们的阶级觉悟，鼓舞我们的斗争意志。当年秋冬,日本法西斯进入绥远,他又领导我们要求当局释放"政治犯",开赴绥远前线抗日。反动的当局拒绝了我们爱国的要求,若飞同志仍然领导我们不屈不挠地坚持斗争,进行了绝食运动,组织全狱"犯人"的节食运动去援助绥远前线的抗战。

在训导院里,在若飞同志的领导下,我们又进一步地将那时被俘的红军战士与小同志们以各种形式组织起来。若飞同志领导我们耐心地教育他们、提高他们,而且若飞同志经常与他们在一块漫谈红军与苏区的一切情况,因此他常与我们闪出兴奋的希望的光辉。

从这里可以看出,若飞同志是布尔什维克的忠诚坚定的榜样,他是不论在任何环境、任何时候,总是坚持工作、教育同志、团结群众。

一九三七年我们被释出狱,我到××煤矿中进行工作,在书信往还中,他对我工作有很大帮助。记得一次我到太原与他相晤后,谈及矿工正在组织要求发资与复工的斗争,并准备武装时,他特别着重地说,要把工人武装起来,以准备迎接即将到来的抗日游击战争。到一九四〇年我回延安报告工作,他那时正在华北华中委员会工作,我以极大的欢欣看见他。不久他又邀我与王从吾、刘秀峰、何英才诸同志,帮他研究根据地农民土地问题,在他的实际指导研究中,使我更进一步地认识到他对政策的钻研精神、政治上的卓越远见,以及对情况的周密了解之认真态度,是我们每一个同志都应学习的。

就在当时,我在他办公室的墙上看到他亲笔写的毛主席的关于中国革命策略的警句,这,他作为思想与行动的指针。他曾亲自对我说:"我自从回到延安后,我深深觉得毛主席的思想,是中国的马列主义。有了毛主席的思想作指导,中国革命的进行与胜利是可以保障的。"若飞同志以他在长期的中国革命中所经历的无数次的胜利与失败、前进与曲折、丰富的斗争经验与理论修养,体验到毛主席思想的正确与伟大,掌握了毛主席的思想,在实际中动用起来,因而他对党对人民革命事业的贡献就更加巨大且日益辉煌。据我所知中央许多有历史意义的重大文献，若飞同志都曾参与研讨或起草。一九四四年若飞同志与林伯渠同志同赴重庆进行国共谈判，推动了大后方民主运动的开展。一九四五年秋随毛主席赴渝进行国共谈判，一九四六年代表中共出席政协会议，若飞同志都为党为中国人民建立了重大功勋，而将来历史的发展，还将证明若飞同志贡献的伟大。想到这里，想到若飞同志的不幸殉难，我更为党与中国人民以不可补偿的巨大损失而哀痛。

我在中央党务室工作的五年过程中，我看到若飞同志为党为人民负责的工作精神。他那认真、严肃、诚挚、虚谨的工作态度，特别是他那么善于运用思想思索问题的作风，对我与全体党务室同志都有很大启示与教育。他总是积极地了解情况，不论大小会议，都是亲自动手，自己记录；重要问题，他更亲自掌握材料，反复研究，甚至亲自剪贴报纸，整理各地情况。凡研究任何一政策或任何一问题时，他总是首先听取各根据地负责同志关于该项问题的汇报，同时又专门找我们几个同志进行详细的调查研究。随着问题的深入与发展，他不断地提出问题，加以研讨与解决，三反四覆地推敲与修改，务求能以正确反映情况、正确解决问题、正确指导前进为目的。

若飞同志的作风生活，支出非常的朴实与艰苦。他是不分昼夜地工作，白天他总不午睡，晚上总是到下一点钟才休息，第二天一清早他就起床。星期日本是休息的时候，他却常把门在外面锁上，谢绝会见同志，把精力专用于工作上。若飞同志工作不仅如此繁重，且个人生活也极为艰苦。他从来不注意个人生活问题，当他病时，又多在催促下，才请医生来看。去年他返回延安后，正逢他五十寿辰，中央同意为他设筵庆祝，他一闻及，即早就到外面躲避，各方打听探询，到天黑也未把他找回来。若飞同志，党的创始人之一的若飞同志，已经把他的一切贡献给党，除了党与人民的利益，除了全心全意为人民服务，对于他个人是毫无所求的。

若飞同志对于干部是亲切领导者，又是循循善诱的导师。在工作上他要求我们很严格，一个任务，限定什么时候完成，就必须限期完成。虽然开始有些同志鉴于任务重而要求高，感到困难，但他却能在实际指导的教育中，帮助我们、提高我们。因此，我们就日益感到工作的胜任与愉快。当他离开党务室去重庆谈判的时候，党务室同志们都可以独立地完成工作任务。在干部生活方面，他又倍加爱护，如我有病时，他却叫大家好好地照顾我，常常半夜时候，他见我还在工作，便招呼我："毛铎你还不睡呀，睡吧！明天再搞。"但我看到他还在坚持工作，我心里也就不愿先睡。

若飞同志是这样的教育我们，爱护我们，领导我们为党工作。因而当他离党务室去重庆时，我们都有着恋恋不舍的情绪。当去年夏季若飞同志返延后，大家又都庆幸他还能领导我们，可是为了党与人民，他又随毛主席到重庆，进行二次谈判。谁知那次送行，竟成了永别！

若飞同志和我相处，前后达八年之久，他那伟大的革命精神，布尔什维克的高贵品质，为党为人民为全国民主和平团结所奋斗的功绩，深刻地永远树立在我的心中，也深刻地永远树立在全中国人民的心中。若飞同志殉难了，我们党与人民遭受了这样无比的巨大损失，我怎能不万分悲痛。我只有秉承着若飞同志对我的教诲与苦心，学习他那全心全意为人民服务的伟大精神，在建设新中国的革命事业上，贡献我的一切，来弥补若飞同志殉难的损失于万一吧！

敬爱的若飞同志，你与我永别了！你与千百万同志永别了！你与中国人民永别了！但你的为党为人民的精神与功绩，是不朽的。你永远活在我的心里！你永远活在党务室同志的心里！你永远活在全党同志的心里！你永远活在中国人民的心里！

（《晋察冀日报》1946年4月21日，《每周增刊》第12期）

悼博古同志

吴一铿

博古同志！我不相信那播音器内播出的你遇难的消息。三年半中每天听见你那高亢的笑声，你的谈话，甚至你抽烟的姿势都还历历在目，叫我怎能相信那飞来灾祸的事件呢？

博古同志！我没有忘记三年半中，在你领导下的许许多多事件……

《解放日报》初创办时，窑洞房舍都尚在修建中。但是，报纸根据着当时的要求，是急着需要出版。于是，你就领着我们这一群人，在那原来是磨坊临时改为办公室的破窑内办起报纸来了。我们又都没有办日报的经验。每晨，太阳还在山背后尚未露头时，你就坐在办公室内工作了。社论、通讯、电讯、消息、标题，虽然每一件都经过了编辑的手，但是，每一件、每一个字，你都要亲自再校阅一次。付印时，你也常亲自去指导工人拼排，每次的清样你总要重复地看一两次。你认真、负责的精神，对报社工作人员是起了很大影响的，也就是在你的领导下，《解放日报》才成为世界最优秀的报纸之一。

博古同志！在工作上你是《解放日报》每个工作者的旗帜，在生活上你又是这二百多人大家庭的家长。

有个时候，工作人员的伙食不好，你和管理员、总务处长商讨伙食的改善，你亲自到食堂去看同志们吃饭，到厨房和炊事员们研究烹调法，要他们保证每个同志足够的营养。

生产：第一年大生产运动时，《解放日报》落了后。第二年新年一过，首先你自己就订出了你要在工余翻译的生产计划，并把你出门代步唯一的马也加入合作社的运输队内生产去了。每一个作为生产的窑洞，你每天都去看，关心着同志们的疲劳，研究着同志们生产的技术，在你的领导下，报社生产运动就蓬勃地开展了起来。那一年，报社的生产竟达二十八种之多，获得了延安机关生产的第二名。

工作学习和生产你又怕使同志们太紧张了，你指示俱乐部工作同志，要活跃同志们的生活，你甚至帮助他们组织灯谜晚会，将你仅有的一点稿费也用来买奖品。

博古同志！你经常鼓励我们，要我们作一个好的新闻工作者，是的，在你几年的培养下，"《解放日报》工作者"散布在全国各个地区，为着民主和平的事业而斗争着。

博古同志！我更记得……

是一九四一年春天吧，我曾向你要求回到国民党统治区域的家，每次你都不嫌烦琐地听完我那不成理由的理由，你耐心地给我解释着，我所想不到的一切问题。"你仔细想想吧！想不通我们面谈。"不管我的态度是多么无理，你总是那样亲切地劝慰我。终于，在你的帮助下，我打通了许多糊涂的思想，我体验到你是在多么关怀着青年们的前途和生命。博古同志！如果当时没有你耐心的劝导，这时，我早已作为法西斯的刀下鬼了。

陕甘宁边区的老百姓生活过美了，疾病和婴儿的死亡却威胁着他们，政府号召所有的医务人员归队，你鼓励我仍然回到医务岗位上去，"踏踏实实地为群众做一点群众所需要的事，比你作一个新闻记者更受群众欢迎一些""你现在去治好几个老百姓的病，比你现在在报社工作是更需要"。我听了你的话，参加了医疗队，到乡下去了，我没有忘记你告诉我的一心一意为人民服务；同时，我在工作中了解到，什么工作得到群众的拥护，什么工作是最需要、工作者也是最愉快。几个月后，我从乡下归来，带回了老乡们送给的大红旗和带不完的鸡蛋挂面、陕甘宁边区颁发的模范工作者奖状。我把这些交给你看时，你快活得像一个慈父见着自己儿子中了状元似的哈哈大笑了，鼓励我，要我继续为群众服务下去。

去年，我离延时，我来向你告辞，你再三叮嘱我："要做最小的事情，从小事中做出大事情来。"我光荣地接受了你的指示，我等待着，有一天，你会来检查我的工作。博古同志，我不能相信我这希望是不会实现的。

博古同志！这些事还清清楚楚地留在记忆内，播音器内却播出了你与我们长别的消息，这消息怎能让全国人民，让跟随着你四五年的每一个《解放日报》的工作者置信呢？如果是事实的话，博古同志！这又该是中国人民、中国共产党多么大的损失啊？而我又怎能再获得像你这样循循善诱的导师呢？博古同志！如果你在天有灵，这里我将要向你宣誓，永远踏着你光荣的遗志，作为终生奋斗的目标。

(《晋察冀日报》1946年4月21日，《每周增刊》第12期)

悼黄齐生老先生

董纯才

贵州著名老教育家——黄齐生老先生是为中国人民的和平民主事业而死。我们对于黄老先生的死,感到极大的悲痛。

黄老先生一生都在和黑暗势力搏斗,都在为中国人民找光明的出路。他看到哪儿有光明,他就奔到哪儿。

一九二七年,陶行知先生在南京创办晓庄乡村师范,开展农民教育运动。黄先生认为晓庄师范的出现是中国农村教育的一线曙光。一九二九年,他就从那遥远落后的贵州,跑到晓庄,和陶先生一同埋头干农村教育运动。一直到反动的国民党政府武装封闭了晓庄师范,他才同晓庄师生离开晓庄,到上海和黄炎培先生推行乡村建设教育。

"七七"抗战后,延安变成解放中国的灯塔,千万爱国青年像朝山进香似的涌到了这个抗日民主的圣地。黄老先生也像青年人一样怀抱满腔热忱来到延安,一度参加陕甘宁边区的教育工作。他对于陕甘宁边区民主建设的成就,表示非常高兴和钦佩。去年先生再到延安,见到陕甘宁边区民主建设由于发展生产,面貌为之焕然一新,军民都走向丰衣足食的境地,更是欢喜欲狂,推崇备至。在去年延安各界庆祝抗战胜利大会上,先生就传达了大后方人民的心声,说:"全国同胞的心情,都向往着解放区和八路军、新四军。"先生还时常对人讲柳亚子先生的"世界光明在莫斯科,中国光明在延安"两句名言。这就是说先生非常赞成柳亚子先生的这两句名言,也认为延安才是自由民主新中国的旗帜。

黄先生是人民的真挚朋友,他像全国人民一样,非常爱护这广大人民的先锋队——中国共产党。反动派百般造谣诬蔑共产党,把共产

党人描写成怪物。先生在大后方，却敢仗义执言，向受了反动宣传欺骗因而不了解共产党的人们，解释中国共产党的政策和陕甘宁边区的民主建设，对向他询问共产党情况的人他常是这样回答："共产党人都是人，不是什么怪物，并且都是好人，毛泽东、朱德都是头等大好人。"去年在延安的一个庆祝大会上，先生曾向边区人民说："只有中国共产党才是全国人民最可靠的好朋友。"

这次先生为了全国人民的和平民主事业，为了坚持政协、停战、整军三大协定去重庆，不幸竟于返延归途中，因飞机失事，和中国人民解放事业的伟大战士——王若飞、秦邦宪、叶挺、邓发诸同志一同殉难了。先生和王、秦、叶、邓诸同志的死，是光荣的。他们为全国人民争取民主自由，奔走呼吁，最后献出了自己的生命，他们的精神将永远活在人民的心里。我们以莫大的悲痛来追悼黑茶山殉难的诸位先烈。我们要继承他们的遗志，更要加倍努力，来完成他们所未完成的事业，更要坚定不移的来为坚持三大协定百分之百的实现而继续奋斗，不达目的誓不罢休！

（《晋察冀日报》1946年4月21日，《每周增刊》第12期）

误　会
——记第一次见邓发同志

贺安

记得那还是一九四一年冬天的事，我从中央指导处调去中央党校学习，在我，当时确是一件意外的喜事。我在决定以后的那个礼拜内，就办好了入学手续，当我得到那封给党校校长邓发同志的介绍信时，内心发出了一阵稀有的愉快。我还记得，在一个寒冬的早晨，天上下着稠密的雪，延安的山头上到处铺上一层白色。我就在那天搬到学校去，还没有等待天明就爬起来，匆匆地整理自己的行装，严冬的早晨是静寂的，我带着异样的心情，背着我的背包，提着我唯一的那个蓝布袋，踏在被雪淹没的路上，沿着延水，朝着我的目的地走去。

在距离学校只有五十步远的地方，我看见一个穿一身破灰布棉军衣的同志，没有扣齐他的扣子，头上戴着一顶航空员式的皮帽，棉裤的两膝补着两个大补丁。他弯着腰用铁锹在铲校门口旁边那一堆聚集的像碉堡高的雪，也许是在劳动的缘故吧，面孔涨得发红。我快要挨近地走过他身边的时候，他忽然丢下手里的锹，伸直了腰，用广东腔调，很和蔼地拦住对我说：".天这样冷，你为什么这么早就来了，从哪个机关来的？"性急的我为着想早到校去，所以，我表露出一种非常不耐烦而又急躁的态度，冷冷地回答他："我不怕冷。"就从他的旁边冲过去了，好像怕他再打扰我似的，我的心里还暗暗地说："真啰嗦，干嘛，爱管闲事。"当我已经踏进学校的门槛，我回头还看见他仍在弯腰继续铲他还未铲完的雪，我进了学校的收发室，那房门还是紧闭着的，收发同志慢慢吞吞地坐在床上穿衣。我向传达说明我的来意，并探问地说："邓发同志住在哪里？我是新来校学习的。"那位收发同志毫不思虑地说，邓校长要九点才起来，似乎是嫌我来得太早了。我看见他墙上的那个大钟，才不过是七点钟，我就先解下肩上背的背包，索性从布袋里取出一本书看，也许是我踏进了学校的门，心里觉得舒松，所以也乐意安详地等着。

  陕北的冬天是刮着刺骨的风，虽然我已经走进房子里，身上却仍在暗地发抖，不晓得是什么原因。我忽然想起刚才在校门口铲雪的那位中年人，我羡慕他耐苦的精神。正在这时候，这位中年人拿着锹朝学校的大门走来，于是我们又一次地用眼睛相对，我发现他的眉毛隙里和眼眶角上有一层薄薄的冰雪。他似乎很熟悉我似的，拿起我看的那本书，一页页地翻下去，像需要寻找什么，有时睁开他那对特有的圆大眼睛来审视我、打量我，我被他弄得局促不安起来。我私自问自己：他是不是过去的旧同学？但是我眼前的这一副面孔，在我脑海里却就是那样的陌生，我搜索以往的回忆，但无论如何是记不起来，于是我错觉地肯定了他可能是学校的管理员之类的杂务人员。我正沉浸在思索中，他忽然把从我手里拿过去的书还给我，并且说："你为什么不去办公室等哩，这里多大的风。"接着他自己也走进了这间收发室的房子，把他的锹放在这里。收发同志看见他进来，有些惊奇，等了一下，他才望着我说："校长，今天早晨来了一位新同学，他要见你。"于是他跟着收发同志的视线望我，他没有说话，好像默默地说："我早就晓得了。"我听见收发同志称他为校长，这时候，我才晓得原来在校门外铲雪的，就是我要找的邓发同志。我正在踌躇□算把身上揣的那封简单的介绍信递给他，可是他却先开口说话："跟我回房子里去。"这时，我不知道说什么，默默地跟他走回那对角山坡上他住的石窑洞里去，为着刚才我用急躁不耐烦的态度回答他的谈话感到不安，我的脸上感到一些热。

  我坐在他的旁边，把介绍信交给他后，他笑着说："你是年轻的小伙子，好好地学习它一年，再下决心到农村去埋头搞他七年、八年工作。"我被他的热情、诚挚的感情所感动，我再也忍不住了，我说："邓发同志，我向你道歉吧，刚才我误会了，你在门口铲雪的时候，我以为是管理伙食的事务人员。"他咯咯地笑出声音来，诙谐地说："你没有说错，我本来就是厨子出身。"我不知道再给他说些什么，恰好，就在这时候，有二十多个同学涌入他的房子，他们是来请邓发同志参加时事座谈会的。我看见同学们是那样愉快地围绕在他的周围，是那样融洽一片，我一想到自己刚才对他的无礼貌粗野的言语，内心起了一种羞怯的忏悔，直到我走出他的房子，心里还是不安得很。

(《晋察冀日报》1946年4月21日，《每周增刊》第12期)

死者永远活在我们的心里

何干之

我第一回和王若飞同志同桌共食,是在一九三九年的七月初。我早已耳闻他豪饮,而且酒后健谈。这一回,是他邀我去他家里的,还有他的妻子李培之同志。那天我是早上去的,他们预先准备了东西,由我亲手下厨。我的酒量不大,那天喝得并不多。我见他一杯一杯地喝下去,他劝了我两次,我也勉强喝了一杯,但结果他并未豪饮,而我却已醉倒了。

我躺在炕上,动弹不得,更无心领略他健谈的风趣了。不久,我就来了华北的敌后。那是他作为饯行邀我去的。这回的晤面,他说了一句话,我至今一直记着,而且越到后来,越觉得他这话有深的意思。他是大概有意对着我而说的。他说敌后所见闻所体验的,才是最切实的学问,你们搞研究的人,首先应当重视这些活的东西,活的知识的源泉。

也在这一个月里,我还见了邓发同志。他是我久已闻名的人。在大革命时及其后,在广东,苏兆征同志之外,还有一位著名的海员领袖,就是邓发同志,我是久已闻名的。在内战时,广东国民党当局追缉着他,有好几年,他隐身于广州和香港,继续着地下的工作,我也偶有所闻的。

但我从未见过他一面。这一回,是他从新疆来延安,有一位我的同乡,请他带了一封信,信早已转来,还特地邀我去见一面的。那时他住在中央局的一个窑洞里,里面摆着两张木床、两张书桌,此外并无他物。还有邓小平同志,大约他们是同住一窑的。见了面,寒暄了几句,他给了我几片外国糖,据说是从苏联来的。二三年来,第一次吃外国糖，而且是一位我所敬仰的又是初见的先辈给我的，感觉另有一种味道。他问了一些广东和上海的事，我问了一些新疆那位同志的事。我们是用广州话交谈的，他是广东云浮人，但长大于香港，广州话是很流利、很清脆，只是偶然才发现了在语尾带着一点乡音的痕迹。

我早已听说邓发同志是最关心同志和朋友的，我那同乡的女人，常到他处去。每次他总是问长问短，越是生活上的琐事，他越加留心，越加有兴趣。我们这一回见了他，他先问了我，又问了我的女人，又逗着那时还抱在怀里至今已是八岁的女儿。说话之间，引着你发笑，丝毫没有拘束的表情，又自然，又真挚。我见了这样，又兴奋，又惭愧。兴奋的是体验着一位实际的社会运动家的性格，惭愧的是我自己是一个最不善于言谈最不善于交际的人，见了陌生的朋友，每每一句话也说不出来。然而从此也给了我一个有力的暗示，要怎样和更多的人相接触，或者用更质实的话，要怎样和群众发生联系。邓发同志在这问题上，给了我一个启示。

我来了华北之后，他还去探望过我的女人，直接、间接地留心着她的生活。那时延安已经被国民党所封锁，大生产运动又未组织起来，一个女人，带着一个孩子，又不能工作，是很苦的。他还把他那时并不很多的藏书，送给了她好些。这些书我一九四三年回延安的时候还留着，摆在书架上，只是这一回的远行，才给了延大的图书馆。

那年初秋，我再见若飞同志是在杨家岭的大礼堂里。这是在一个讲解三民主义的会上，我们去听讲，见了他的。

"干之，你回来了，我早已听说了，但未见你的面。韦文你见过他吧？为什么你身上那么脏，一块一块的？这几年上，经验增进了不少吧？"

这一问使我的脸红起来了。我的外衣的确是脏了几块。我是骑着马赶来听讲的。但那是雨后的一天,还是泥泞满地,马失了蹄,跪下来,我也从马上摔下来,在一片小池沼似的路上,染了一身污泥。他所说的韦文,是我的一位同乡,那时在他所领导的中央党务研究室里,我们的交情,他是很熟悉的。至于经验,却依然一样,并无长进,我不觉赧然,一句话也说不出来。

但是我会后没有去他处。约莫一年之后,即在一九四五年的春天,他舅父黄齐生先生那时刚来了延安,我在一次宪政座谈会上听了他老人家的讲话,才又记起这一件事,然后去拜访他的。

我到了杨家岭,才知道若飞同志去了重庆,才知道他和林伯渠同志奉了党的命到重庆谈判国共问题去了。只见着他的妻子培之同志。那时他们的小孩子也五六岁了,一九三九年见了他,还是一个嗷嗷待哺的婴儿,如今却已认识不少方块字了。她看了我们的女孩天真烂漫,也乐得眉飞色舞。他们住着两个窑洞,里窑是住房,外窑是办公室,但陈设都很质朴,一张书桌,几张油了漆的靠椅,还有一个木橱,这就是整个办公室的外观了。

那天还见了他近亲的兄弟,才知道黄老先生打听过我住哪里,他老要见我一面。这一提,我又记起一九三七年底的往事,那已是七年前的往事了。

黄老先生第一次来延,那时若飞同志在边区党委,并兼任陕北公学的教授。黄老先生什么时候来,我不知道,也未曾当面问过他。只是有一天的中午,培之同志领着一位老者来了,就是齐生先生。据他说是住在陕公,还是我的近邻。来了一位邻人,而我丝毫不知道,这使我真的惭愧无地。我是容易脸红的,当时自己虽未照镜子,不知道形状怎么样,但脸上却已发了热,我自己是感觉着的。

培之同志先做了介绍。原来是他老先生读了我的《启蒙运动史》,又听了我的演讲,特地来见面的。她这一说,使我更难为情,照我的老习惯,难为情的时候,总是把双手套在袖管里,不发一言。沉默了一会,还是黄老先生打破了无言的空气。

"阁下的书说着我几十年来心里要说的话。"

黄先生是见过了洋务运动,见过了百日维新,以至后来还参加过辛亥革命。他所说心里的话,大约是指里面关于李鸿章、康有为们的批评罢,但这是我的很粗鲁的意见,而老先生对着一个初见面的青年朋友,竟然这么谦虚,大约是他要勉励我、督促我,含有期望于将来的厚意罢。但这样夸奖的话,使我心里更难受,记得这一次半小时的会晤,我只说了几句话。

不久,解放区代表大会筹备会召开了。午餐的时候,在从参议会到交际处的路上,见了邓发同志,他走过来,紧紧地握着我的手。

"老弟,怎么不到我家里去?我的老婆常在家,她也谈到你,连你的女人和小孩一起,什么时候去一趟吧,真的去一趟吧,何必客气。"

话是这么率直,这么真挚,使我心里颤动了几下。

黄老先生健谈,凡是和他接触过的人都知道。上下古今,无所不谈,而且是善于辞令,很有风趣,在人群中有了他,是不怕寂寞的。

在席间,他老先生讲了些什么,现在已有些茫然。大概关于自己的事,是不容易忘掉的吧,我还记着这一件事。

"干之先生近年研究着什么?"

"没有。"

"写过什么著作没有?"

"也没有。"

老先生的态度是非常诚恳的,只是我自己内心里感着说不出的难过。的确我这几年没有研究过任何专门的问题,也没有写过什么东西。老先生对于年轻的人寄予了极高的期待,他希望我们这一代胜于他们那一代,希望年轻人胜于老年人,他这种历史的进化论,我是看得出来，而且感激的。

我回家，当晚写了两封信，一封是给邓发同志的，一封是给黄老先生的，是约了期预备去拜访的意思。可是，第二天早上，看了一回，又不想寄出了。为什么又不想寄出呢？仿佛已记不清那时的心情了，但有一事却还记着，就是交际处和延大只隔一道土墙，黄老先生也是在家的时候多，我去可以随时去，又何必先写一封信呢？这大概就是我犹豫的原因。但结果呢，黄老先生的信是寄出了，而邓发同志的信却夹在书里未发。几天之后，黄老先生也有一封字迹写得端正而雄劲的回简。不久，邓发同志也出国参加职工大会去了。那两封信，一是黄老先生的回简，一是我未发的信，都在这次离延安之前两天，被火化了。

听了不幸的讯息，我急忙地回家来把所藏的一束信札查过几回。有些朋友的信，我是保存着的，但黄老先生的信，却不经意地被毁了。

我们的几位先辈同志和朋友，都先我们而死，为着国事的谈判，先我们而死了。一位是优秀的政治家，一位是优秀的政论家，一位是优秀的军事家，一位是优秀的职工运动家，一位是优秀的教育家。王秦叶邓四位同志，他们正当盛年，现在正是他们在中国政治舞台上驰骋着的时候，他们将在新中国的建设中起着领导和骨干作用。如今他们为了国事的走上轨道，为了人民的事业和幸福，不辞劳苦地奔忙于西北至西南的天空之中而意外地遇难殉职了。我们先驱者的死，是中国共产党的不可补偿的损失，同时又是中国人民的不可补偿的损失。

我们死者的功业，他们的嘉言懿行，他们未竟的遗志，永远活在我们的心里。

（《晋察冀日报》1946 年 4 月 21 日）

向王若飞诸先生学习

马寅初

政协会议闭幕快三个月了,不只是共同纲领尚未实施,连宪草修正也未最后决定;不只是联合政府尚未成立,连国大代表亦未完全产生;不只是整军方案尚未执行,连东北内战亦无停止办法。在这一切胶着而且恶化的当中,渴望和平民主早日实现的人们,当然是为它日夜忧思而焦虑着。

正在我们忧思焦虑中,忽然听到中共代表王若飞、秦邦宪两先生回延报告政协工作,新四军军长叶挺先生赴延参加整军会议,同时工人领袖邓发先生,教育前辈黄齐生先生,亦同机飞延。我们认为这一次有许多民主运动的健将都飞延安,或可把应该解决的问题提前解决,免再演成继续拖延的僵局。可是,事有出人意料者,王、秦、叶、邓、黄诸先生竟于途中遇险,全机十七人无一生还,这不仅是中国人民的损失,可以说是中国人民的厄运!

我和此次遇难诸先生大多相识,而对于若飞先生则相知更深。他是从极艰苦的环境中奋斗出来,磨炼成功,确有很多的美德和优点,未与他久处的人是不会了解他的一切的。他有灵敏的脑力、魁伟的体力、坚决的魄力,实非一般人所可完全俱备的。所以他看事很清楚,论事很正确,平时不多言,说一句就是一句,确有"夫人不言,言必有中"的本领。他办事有计划而且有办法,不是只说不做,而有"说得出,做得成"的才能。每到极困难的阶段,或是极艰危的局面,总是"稳如泰山,八风不动",这表现出他的毅力是何等坚强!若飞先生有了上面的长处,他不仅是中共的人才,而是全国的人才。

若飞先生和秦、叶、邓、黄诸先生现已一去不复返了,当然激起我们无限的哀悼和愤恨。可是青年们以及一般民主人士,要真正纪念他们,首先要向他们学习,一面养成健全的脑力、能力、魄力,负责国家未来的建设,一面争取真正的和平、团结、民主、统一,完成死者未了的任务。如能如此,今天追悼王、秦、叶、邓、黄诸先生才有重大的意义。

(《晋察冀日报》1946 年 4 月 22 日,《悼念"四八"遇难烈士特刊》)

为和平团结而牺牲

邵力子

王若飞、秦邦宪两先生,为和平团结的事业而来重庆,又为和平团结的事业而回延安。两先生不辞劳瘁,不避艰险,只是为和平团结而努力。我们最初知道两先生要回延安去一次,极希望他们在最短期间内即再来重庆,使得和平团结的事业能迅速顺利进行。其后听到两先生乘坐的飞机失踪,又希望他们或者在某地区强迫降落,不久仍回到和平团结的阵地,哪里想到那噩耗传来,证实了全机十七人同罹浩劫。两先生既不能再回延安,更不能再来重庆,在和平团结正向前行的途中,竟失却两位坚忍沉毅的奋斗者,实在是最可痛悼的事。

国父孙先生临终时留下的一句话"和平奋斗救中国",是我们立志救中国者的总目标。两先生对于国父孙先生的崇敬和信仰,我们初无二致,目前救中国的方法,只有和平团结。非团结无以争取和平,亦非和平不能获得团结。两先生为和平团结而奋斗,临终的时候一定还忘不了和平团结。我们悼念两先生,也只有更为和平团结而奋斗。

叶希夷先生和夫人、黄齐生先生、邓发先生,和其他一同遇难的诸位先生,没有一个人不是抱着"和平奋斗救中国"的信仰的。乃至几位美国朋友,也是为着我国的和平团结而牺牲,谨对他们同致哀悼的敬意。

(《晋察冀日报》1946 年 4 月 22 日,《悼念"四八"遇难烈士特刊》)

痛　悼

吴玉章

若飞、博古、希夷、邓发诸同志及黄齐生先生等。

若飞同志：正当国事危疑震撼之秋，你负协商调和使命而不幸骤然牺牲。哀痛之余，我想起了五四运动时代，我以办勤工俭学会关系，与你相识于淞沪海滨。你赴法以工求学坚忍卓绝的精神，使我异常尊敬。当中国大革命失败后，我们同在莫斯科，时相过从，共同究讨马克思主义与中国革命问题，以期完成中国革命。一九三九年回到延安，一同研究党的组织、思想革命、整顿三风诸问题。我觉得，直到这时，我们在毛泽东同志领导整顿三风学习之下，才打破了主观主义、教条主义，而有更正确的宇宙观和人生观，改造了自己的思想，看清了世界前途、革命前途发展的方向，因而我们奋斗才有适当的策略和正确的方针。两年以来，你在大后方工作有伟大的成绩，使和平民主团结统一的事业有了一线的光明。这都是因为你有锐敏的心思、正确的理论、机警的才能，方能适应这狡诈百出的战场，而获得优势；而可惜的是政府四项诺言并未实现，四项协议也未实行，东北内战还一直未停。你今番赴延安系将此极端复杂情形，报告中央，商得一最良的办法，以求和平、民主、团结、统一的早日完成，不幸遭此奇祸，能不令人痛心！

博古同志：你说暂时分离，孰料竟成永别。当你苦心为宪草谋一合理解决时，殚精竭虑，寝食俱忘。破坏民主者常企图在每一缝隙中，放下一个保护独裁的原子弹，千方百计使人应接不暇，更使函电无法说明，所以你有赴延报告中央之行，因而你之死不啻为反动者之戕害，为宪法而牺牲。想起了二十年同志友爱之情，使我热泪满巾，你长于俄文英语，翻译了许多马列主义的文献，尤以近年出版的《辩证唯物论与历史唯物论》为最有价值的编译本。你创办《解放日报》，为党的宣传树了不可磨灭之勋功，你是我党的少年英俊，今不幸而离去我们。

希夷同志：我想起了一九二七年，我们在武汉政府时代，你率子弟兵，粉碎了反革命的进袭，而使革命政府巍然得存；我想起了八一南昌起义，我同你率队南征；我想起了一九二八年我们同时休养于黑海之滨；我想起了一九三八年我们话别于重庆，我们经过了不少的成败利钝，而今都成了历史的过程。你以新四军事变入狱，尤表现了威武不能屈的精神。上月你出狱归来，使我们多么欢欣。你最近常和我谈拉丁化新文字的改进，并说将来一定要实行，这表示你对中国文字革命有最大的信心。你不仅军事优越，而且文学高明。你为整军计划而乘机急进，竟以不测之风云而失我干城。每一回忆，使我掩面痛哭而不能禁。

邓发同志：你是省港罢工的英勇战士，是工人阶级的领导人。你是海员工人出身，和我们在莫斯科研究马恩列斯的革命理论，常能在工人学校做几个钟头的讲演，使我佩服你学习进步的精神。你方出席巴黎世界职工大会归来，正要向我国工人阶级报告世界职工运动的大方针，竟一同罹难，丧失我无产阶级的领袖，能不令人伤心！

齐生先生：你是四十余年的老教育家，培养了不少英俊，你的外甥王若飞同志，就是一个标本。你的艰苦卓绝、公正不阿、不屈不挠的精神，使人人崇敬。我常听你演说的结语，总是高呼："世界的光明在莫斯科，中国的光明在延安。"这充分表示了你对于新世界、新民主必将获得胜利的信心。你以六十七岁高龄为拥护自由民主，代表延安各界来渝慰问较场口受伤诸先生，而仆仆风尘，为此和平使命竟碎骨粉身，是谁之过也？只应归罪于造乱之人。

还有同时被难的少壮妇孺，不必一一呼名，唯有希夷少女扬眉，却更令人伤心，她很天真活泼而又特别聪明，每当盛大集会，总以爸爸未出狱而忧心如焚，不幸父女家人只团聚一月而竟同归于尽，问天公何为如此不仁？

自从噩耗证实，每触目而惊心，常希望是梦幻，一覆案是实情，说不尽的哀痛。只有不屈不挠再接再厉，把他们革命未竟的事业早日完成！

三十五年四月十六日于重庆

（《晋察冀日报》1946 年 4 月 22 日，《悼念"四八"遇难烈士特刊》）

敬悼若飞、博古、希夷诸先生

沈钧儒

相传混沌时代，共工氏头触不周山，天柱为之倾，地维为之折，被认为远古历史上一大事件。我于突然接悉八日飞机在山西兴县境内撞山失事的噩耗，一时也有此想象，惊觉到这是一个天崩地塌的消息。当此一面和平团结正在展开，一面仍复阴霾闭塞，一切全赖群才群策努力回旋之际，有此巨变，又焉得不认为今日历史上一大事件。

此次乘机诸公，除邓发先生生平未尝往还，只能就所闻知寄以敬仰；他如黄老先生，三日前尚赴其寓所宴饮，接手未远，温犹在握；扬眉女士则如小而晶莹之一星，见者无不称誉；至若博古、希夷二先生，当抗战起初"八一三"后一月，即在南京会面；若飞先生相见较晚，但此二年之间，相知之深，倾慕之切，有逾夙契。博古先生学识精博，我既佩之，择时相请益，最近曾约更作深谈，今不可得矣。若飞先生分析事理之细，记忆头脑之清，对人恳挚，一片真诚，吾无间然，尤其是在每一会议或每一会谈中，那一种韧性的辩争，众口纷拿，屹然不动，虽有责难弗避，真不愧为民主战士的前导。我与若飞诸先生虽有党籍之殊，弥切死生之感，今日中国任何方面，当前困难重重，到处需要发展、需要建设、需要改革，即到处需要协商合作，人才万万不够，那堪更遭此祸从天降，超出意外的损失，为公为私，不胜一恸，爰制挽歌以写吾哀。

风雨无情兮，白日为昏。黑峰刺天兮，群魔昼奔。呜呼先生兮，何处招魂。吾谓不死兮，左右如存。导以桂栧兮，荐以溪荪。佑此中国兮，卫我人群。

（《晋察冀日报》1946年4月22日，《悼念"四八"遇难烈士特刊》）

邓发同志

廖承志

中国工人运动的一颗巨大星斗陨落了,这不但是中国工人运动的损失,同时也是世界工人运动的损失。邓发同志的一生,是代表着中国工人运动发展的历史。中国无产阶级的年龄,还是幼嫩的,它的数量的增强,只始在第一次世界大战当中。中国民族资本一度发展,但是中国的海员工人,自从满清招商局时代以来,更特别是香港的割裂、广东的农民走向资本主义化的都市以来,就有了很久的历史。这时的海员工人——和许多华侨一样——他们特别容易吸收反对帝国主义的要求、中国独立的必要。为达成这两点,尤其需要内政上面切实的改革,民主思想的初步的发展。

邓发同志就是这样的海员工人中的一个领袖,他成为无产阶级先锋队最光辉的斗士,丝毫不是偶然的。众所周知,邓发同志是一九二二年中国海员大罢工的活跃分子,后来,他是一九二五年省港大罢工的中坚干部。他的名字在中国海员当中,是和苏兆征同志、张若阶等同志等同且不朽的。如果说,中国海员工人及其培育出来的干部是中国革命运动在长江以南的有力的动力之一的话,那么,应该说,邓发同志就是这支队伍中最光亮的楷模之一。

事实上,中国第一次海员工人大罢工以来对中国革命作了无数贡献,而现在还保留下来的干部,是太少了。多少流血、多少牺牲、多少摧残、多少惨痛,虽然这牺牲都是携来了无可比拟的代价,比如说,直到现在,不论其间经过了多少恐怖、多少搜捕、多少恐吓、多少欺骗,但在近十万中国海员行列中,依然灌育着马列主义思想的洪流,创造了几千几百新兴的马列主义战士与干部,这都是中国海员先烈遗下的遗产。但是回顾来看,先驱的领袖还残留在人间的,是太少了,邓发同志就是这硕果仅存的领袖之一。现在他也去了,这损失对于中国工人阶级是无可补偿的。

邓发同志不仅是这样"元老"级的工人运动领袖,而且他是自己参与了战斗,指挥兼战斗,后来又躬自主持过中国工人运动总参谋部的一人。邓发同志自己,汇合了中国职工运动三个时期的最下层的实际工作与指挥艺术的经验教训于他一人身上。在中国职工运动的启蒙时期——由第一次海员大罢工到省港大罢工,他是由下而上地,参加与观察了中国工人运动发展的道路。他参加了中国工人运动启蒙时期突然转向大发展的,那一个神速的几乎使人窒息的跳跃,同时又参加了中国工人运动蒙受了打击以后将退却的战斗,在这方面邓发同志是汇合了各种各色的经验的。

跟着,中国工人运动来到黑暗的苦难时期,一大批职工会被解散,大批职工会转入地下,大批职工会仅存躯壳而奄奄一息。邓发同志在这样的困难底下,一面时刻为工人的经济要求与切身利益战斗,同时,在难以言喻的艰难情况之中,一面致全力于中国工人阶级的阶级教育工作,指出中国工人阶级团结的正确道路。同时,在血和锁链底下,更向中国工人提出一个总的指示,中国工人阶级获得解放的唯一途径。这都是在难以形容的困难之下进行的。邓发同志曾经饿过饭,曾经在光天化日下与反动派鹰犬决斗过。他曾经在数重侦探的跟踪之下,像侦探小说的英雄似的,逃脱好几次;曾经在帝国主义警察厅,正对面的房子中间,大摇大摆地开过会。邓发同志跟着上面一个时期的经验教训之下,同时吸收与学会了非法职工运动的地下工人运动的一切经验。这方面应该指出,邓发同志是非常杰出的一个。

这当中,应该插一句,自邓发同志到了江西以后,他同时又吸收了中国人民的革命斗争经验,在这方面,同时显示出了他的天才。

继着,中国工人阶级走上了新的阶段,新阶段应该是才开始,这是中国工人在争取民主、巩固民主,为着和平、团结、统一、建设而斗争的阶段。这阶段的特点,就是中国工人阶级为其政治上地位,为其经济上最低限度之保障,从事合法的、统一战线的斗争的时期。这时期的最大特点，便是数十万农村工人与城市工人在解放区中业已获得了解放，巩固了他们在政治上的地位，并成了全国工人运动最重要的一个支柱。邓发同志在这个时期成了这一□□□光辉领袖之一。他指导这一运动，成了这一运动的司令塔中的重要一员。

众所周知，邓发同志出席世界劳工大会的活跃与收获，他为推动这运动领袖合作的经验，对今后的工人运动，是非常宝贵的。我们应该珍视这些经验，并把这些经验更好地发扬起来。

邓发同志最值得痛惜的地方，便是他的逝世，恰在他向上发展的途中。他非常年轻，才四十二岁。但在革命中，已具有二十多年的中国共产党的党龄，更具有行将三十年的职工运动的历史。他初参加革命的时候，才认得几个字，但现在，已是中国共产党党校的校长了。他在中国共产党中央中，有过近十年中央领导、中央委员、政治局委员的经验。他不但是职工运动家，更是个天才的组织者、行政人员、军事家与中国工人阶级培养出来的马列主义理论家。而且，还有一样，许多人不知道的，他又是一个画家、世界艺术名著的收藏者。在家庭中他是个慈父贤夫；对朋友同志，他是个长友、长辈。

他去了，中国工人运动诚然弱了一个主将。但是，我相信，十个邓发、一千个邓发、一万个邓发将在中国工人阶级的行列中产生出来。

这是邓发同志常爱讲的话：你不把谷子撒在地上，怎望它生出芽来？

四月十六日

（《晋察冀日报》1946 年 4 月 22 日，《悼念"四八"遇难烈士特刊》）

祭叶希夷兄及同难者王、秦、邓先生文

陈铭枢

维中华民国三十五年四月十六日，陈铭枢仅以心香一片致祭于亡友叶希夷兄暨王若飞、秦邦宪、邓发诸先生之灵前，曰：呜呼，吾昔哭邓故师长仲元公而泪尽，再哭廖仲恺先生而泪尽，今哭兄而为三矣。呜呼痛哉，彼二公之死于非命也，人谋也；兄与同难诸兄之死于非命也，天算也；天道难言，此尤可伤也。兄死之不足，连以贤惠著之爱妻，聪颖特之娇女，及尚在怀抱之婴儿，亦同毕命耶？呜呼痛哉，廖邓二公乃革命之伟大先烈，复为我与兄之亲爱导师，公义之重，私谊之笃，世所共知，然而为时暂也。

与兄自幼同学，同师治军，同革命战役，同政治生活。降及抗战以来，在艰难困沮颠运枉屈中，相濡相沫，前后三十年于兹矣。公私之情非世所能悉也，人之相知，固有其特独者，我重兄资刚气奇，朴讷无华，此尤非世所得而喻也。此吾之所引为独悲也。呜呼痛哉，廖邓二公之被戕也，使方兴之革命大业，更迭遇严重之危害，增□不可究诘之祸乱，举世所同愤惋也。今抗战方庆成功，而□起之内政纠纷，险象重重，国家兴亡，系于民主一线曙光开放之际，而革命健将、民主柱石如兄与王、秦、邓诸公顿遭不虞之祸，斯真无可补偿之损失，其为悲愤，又何如也？呜呼痛哉。呜呼，死者责任了矣，而未死者增重责任也。死而有知，死者幽恨谁诉，未死者自他有双重之悲也；死而无知，死者之魂魄永□矣，未死者之梦寝难安也。自有史乘以来，未闻死者来诉，则死者无知固矣，其魂永□矣，而未死者更增无涯之戚也。呜呼痛哉，吾当自恨渺渺之躯，徒视息人世，未能舍身为国家人群效一日之力也，而正堪为国家人群效其力者，天遽夺去，反使渺渺之我，优游人世，此吾之不徒为兄与王、秦、邓诸公悲，而为国家人群悲也。呜呼痛哉，尚飨。

挽王秦叶邓诸公遇难诗

刹海风红气欲摧，

冤禽衔石有由来；

忧深险阻垂危局，

天妒英多卓落才。

乍昧乍明翻恨曙，

转沟转壑孰为哀；

吁嗟死者灵犹在，

愿化慈云复九垓。

（《晋察冀日报》1946年4月22日，《悼念"四八"遇难烈士特刊》）

悼念人民的卫士们

陆定一

八日下午，得到消息说：去延安的飞机没有到延安。好像大铁锤打在背上，呼吸给塞住了，脉搏给停住了。"不会的，不会的。"我想，早晨六点钟我还送他们上了汽车。

凶恶的预感压在胸膛，但是谁也不肯绝望。真的，我们从来也没绝望过。从完全绝望的环境中，我们共产党员会找出路来的，过去许多次战争是如此的，过去万里长征中是如此的，过去山西、河北、陕北的连年的大旱灾中是如此的。然而，这次就不同了。最后消息到来了，连美国飞机师一共十七人，竟无一生还！人民多年培养和锻炼出来的先锋战士，在这最需要他们的日子里，竟一去不回了！

我们面前，放着昨天由延安带来的信。它告诉我，正在举行的边区参议会，为这个突然的不幸的消息，全会场的人都痛哭了。它告诉我，人民的领袖毛泽东同志，得到这个不幸的消息后，三天没有睡，一提起就流下泪来。它告诉我很多这样的消息。毫不奇怪，在重庆也是一样的。七十几岁的老人沈钧儒先生，邓初民先生，他们到办事处来，他们痛哭了，办事处的很多同志，也痛哭了。一样的在北平，在上海，在中国的每一个角落，都会是一样的。

千千万万的人，大家痛哭我们的同志，痛哭王若飞、秦邦宪、叶挺、邓发诸同志和黄齐生先生，显然不是因为与他们有什么亲戚故旧，不是仅仅痛悼他们个人的惨死，大家痛哭我们的同志，是为中国人民而哭。中国人民的命运太悲惨了！抗战八年已经够苦，抗战胜利了又来一个更可怕的"胜利灾"，贪官污吏"五子登科"，而全国的饥民数目等于欧洲的三倍，好容易政治协商会议成功，似乎从此可以得到和平民主，可是一转眼间，又只见法西斯反动派气焰嚣张，张牙舞爪。在这时候，每一个保护人民利益的卫士，对于人民是如何可贵！然而，人民却突然丧失了自己一批最宝贵的战士和保护人，能够不越想越悲伤吗？能够不放声大哭吗？人民大众的痛苦，这是最大的悲哀！

王若飞同志，他是中国共产党出席政协的代表之一，他在政协中为人民利益的努力，是大家早已知道的。政协闭幕后，我们高高兴兴地把秦邦宪同志从延安接出来，把邓发同志由巴黎的国际职工大会接回来，把叶挺将军从牢狱里接出来，把叶挺夫人从广州接来，最后又把黄齐生老先生由延安接来。政协以后，我们把他们高高兴兴地接来，可是正在这个时候，情形大变了。记得秦邦宪同志来到重庆的时候，我对他说："政协开完了，现在看你的戏了，看你们起草宪草了。"说这句话的时候，满以为政协既有协议，宪草一定比较容易了。可是，事实是大谬不然，宪草比政协竟要难得多，它演的才是重头戏。法西斯反动派在大打出手之后，破坏政协协议，特别是破坏宪草原则协议的大进攻来了。法西斯反动派要一个独裁的宪法，大权集于总统一人，总统只向国民大会负责，国民大会一年只开会一个月，法西斯要这样一个不负责任的政府，而坚决反对代议制、责任内阁制和地方自治制的民主制度。王若飞、秦邦宪两同志就在那里为人民抵挡着这个凶恶的进攻。他们敏锐的眼光，识破反动派种种恶毒的刁诈的阴谋；他们的勇气，打退反动派凶猛的、顽强的袭击。他们在政协宪草审议会上，在政协综合小组上，为人民的利益，坚强地防御着每一个阵地，团结着民主的阵营。他们争的是宪法上的字句，实际上代表着将来中国老百姓家里的粮食和布匹的数字，法西斯反动派要把这些数字定为"零"，而民主人士则要替老百姓争粮食和布匹，争得愈多愈好，使老百姓能够丰衣足食。他们日夜辛劳地工作了一个月，这一个月，如果没有反动派破坏协议，宪草是可以完成的。但是，由于反动派的破坏，这一个月的工作，仅能在国民党所要求修改的三点中得到两点的初步协议。他们就为把这两点的初步协议向中共中央请示，才到延安去的。然而，王、秦二同志与叶挺、邓发同志，黄齐生老先生等，竟因此行付出了生命的代价。

王若飞同志，他是成熟的政治家，人民的领导者。秦邦宪同志，他对于马克思列宁主义古典著作和辩证唯物论哲学有很深的研究，他的深思和敏捷为人所不及。叶挺同志是赫赫有名的无与伦比的军事家。邓发同志是国内外有名望的工人运动领袖。黄齐生是最好的人民教育家之一。从此以后，人民永远丧失了他们，再不会有他们。

他们是在为中国的和平、民主、团结、统一的奋斗中牺牲的，他们把自己的生命贡献给这个事业了。没有反动派破坏政协协议，没有国民党提出的所谓宪草原则的三点修改，他们一定已经在政协的成□上，增加了许多新的□功，这次的损失或者可以避免，或者可以减少。他们的死，破坏政协协议的反动派是有责任的。

他们死了，不要紧，还有我们未死者在。为了继承他们的遗志，要求大家努力，来做到停战、整军、政协、东北等协议百分之百的实现，只要这些协议真正实现，他们是不死的。

他们死了吗？不会的！不会的！因为人民是不死的。千千万万的人为他们的死而痛苦，千千万万的人将为完成他们的遗志而奋斗。

一九四六年四月五日夜四时

（《晋察冀日报》1946 年 4 月 22 日，《悼念"四八"遇难烈士特刊》）

忆 若 飞

李培之口述　邹汇敏记

我和若飞同志是一九二五年夏天在河南认识,秋天结婚的。在共同生活中,我觉得他的特点就是没有个人,毫不计较个人的得失。在若飞同志的心眼里,只有工作与党。

记得他是一九三一年十月间在包头被捕的,在监狱里,一共被囚禁了五年零七个月。被捕的时候,在若飞同志的身上,有一张用硬纸写出的名单,上面有许多同志的名字,他立即把它放进嘴里,想吞进肚去,可是他的脖子被人扼住了,若飞同志只好用他的牙齿、口沫来嚼烂它。由于他这一行动,为革命保住了许多干部。

有一天,若飞同志被押出了监狱,包头的群众都传说着那天要杀"大共产党员",无数的群众涌到了刑场,有八支枪对准着若飞同志的胸膛,这个时候,即使在被杀的死亡的边缘上,在枪刺的下面,他向群众讲了话。共产党员这种不怕死的气概,曾博得了傅作义将军的赞赏。傅将军曾对人这样表示过:"军人上战场,脸也得白一白,他在刑场竟面色不变,态度自若。"这样,傅将军把若飞同志请到了他的客厅里,作了一次长谈。这一谈话中,若飞同志力述联苏联共抗日的主张,并且草拟了一份数万言的抗日救国意见书。在监狱里,若飞同志还注释了一本《易经》。傅作义将军曾认为这是一个了不起的人物,是国家的人才。一九三四年春,若飞同志虽然被判了十五年徒刑,他的心胸依然是阔达的。每次,他舅舅黄齐生去探监时,若飞同志虽然两只脚带了两副脚镣(在整整五年的时间内,他始终戴着脚镣,因此出狱后走起路来,两条腿成了弧形),但若飞同志的面部却始终是带着笑容,总之,充满了自信地说:"由他去判十年二十年,但中国的情形是要变化的,三年五年就会出来。"

在监狱里,他领导大家进行斗争,他挨过打,也曾患过危险的伤寒症,但他自己有了一点点东西,就周济同监的难友,他不仅物质上帮助同难的,而且在政治上教育了许多同志。有一个杨××同志,后来对人曾经说过:"我所以能懂得一点马列主义,都是由于在狱时受若飞同志的影响。"他的这一行动曾使得统治者十分害怕,因此,他经常是一个人关在一间小屋子里,这种与人隔绝了的囚禁,是大大地影响了他的神经。他恢复自由后,总是半天不说话,问他一句,他只是"嗯"地回答一声,他是听到了别人的话,但是已经不能立刻懂得这句话的意思。这种非人的摧残,使得他的脑神经迟钝了,至今还没有完全恢复过来。

然而,监禁,隔离,对于一个坚强的共产党员是没用的。若飞同志不屈的精神,曾经影响了许多看守,他们帮他买书、买纸、买笔。这样,使得他能在监狱里用蝇头小字,写了两篇批判两本书的长稿。正因为这样,关他的那个监狱,在若飞同志被囚的五年零七个月中,曾经撤换了十几个看守。

一九三六年,红军东渡,进入山西后,阎锡山把若飞同志搬到了太原,想以他的生命为条件,来与红军谈判。那时若飞同志是被关在太原的狱中,三六年底又转入训导院,后阎锡山曾经派过两次人去,说明放他出来,两次他都拒绝了。直到他看到了刘少奇同志的亲笔信之后,若飞同志才走出了统治者的监门。

在刑场上,他没有害怕过,在监狱里,他没有屈服过。总之,若飞同志在敌人的面前是坚贞的;但在人民的面前,在党的面前,他又是那样的虚心,那么忠实。什么地方缺人,什么工作岗位上需要人,他就补上去。每次工作的调动,他绝不考虑工作的大小得失,总是虚心地表示自己的不行。对待工作总是兢兢业业的,从未自满过。在工作中碰到了钉子，从未灰心过，总是检讨教训后，继续地积极苦干。李富春同志曾说到过若飞同志的两个特点：一是任劳任怨，一是钻研精神。他做一件事，就专心一致地要做好一件事。每天，他睡五个小时就足够了。到重庆后，常常是深夜二三点才睡，有时要熬到天亮。很多同志都知道他有头痛病的，这是一九四二年（或四三年）过年时，因赶工作，熬了三个整夜引起的。到重庆后，还时常要发，但他为了要做完一件工作，常常依靠"头箍"来支持，但到第二天八九点钟时他又起床了。除了这样紧张的工作，他还不停地读书，从不使自己有一点空闲。

在他一生中，没有别的嗜好，有时喜爱游山玩水。当他在延安工作时，骑了马，行走在山与水之间时，他会高兴得什么都忘了的。

在家庭生活中，若飞同志是一个不为人注意的好丈夫，我们两个人在一起生活的时候，他比我还更多地照顾孩子。在延安他是常常背着毛毛上山的，即使到了重庆，也还时常抱着孩子上楼梯。

从这些经历中，我们可以看出若飞同志是经得起考验的共产党员，是一个可亲和蔼的人。他的牺牲，中国人民是失去了最好的勤务员，党是失去了一个最好的干部，就家庭来说，也是损失了最好的父亲和丈夫。

（《晋察冀日报》1946年4月22日）

永久的记忆

陈慧清

【新华社延安十八日电】飞机未失事前，听到你即将归来，我是多么地兴奋。尤其我们离开已久，这种兴奋更是不可以想象的。你最喜爱的儿子北生，他也盼望着爸爸的归来，盼着获得离别已久的爸爸的爱抚，然而这些都已成了幻影。在飞机失事没有证实以前，有许许多多的消息传来，我还希望着你不至于死，并祝福你能度过这个灾难，或者在这不幸之中而负了重伤归来都是好的。不管你如何残废，我将尽全力来照护你，但是这个期望也成为绝望了。

自得到你牺牲的消息后，我于绝望的悲痛中，痛苦悲泣，抑不住心头的悲哀。可不管怎样，你的死已是不可挽回的了。我想不到精神旺盛身体强健的你，会辗转于血泊中，我更想不到你会断绝了最后的一口气，放下了未竟的事业，和我们永别了。这不能不使我痛切地感到对你生之可贵，我更痛恨我不能替你担负这个灾难，而使你能为党做更长期的工作，这是我最痛心的事。

我们结合已十六年之久，感情是深厚的，双方是都体会到爱与被爱的幸福。我们不但是朋友、夫妇，而且是最亲切的同志。正因为如此，你不愿因私人生活而妨碍你的工作，或者作一个驯顺的丈夫，你常常督促指责着我的学习和工作，希望我成为一个有力的战士，然而你的这种耐心，使我有时感觉到你对我有些苛刻。但是现在想起来，你的这些督促与指责是我所需要的，你的声音永远萦留在我的脑子里不会忘掉。

我深深体验到你全部的生活，是长期的，革命事业中每日环绕脑际的是如何去做有益于党和人民的事业。你冷静地、沉着地工作，我常感觉到在革命事业上,你有不可摇撼的决心与信念。给我更深印象的是你在香港被捕出狱以后的三天,身体还带着伤就继续为党工作,领导着成千人在街头举行红五月的集会;及至我们退出瑞金时,你在数天中昼夜不睡,为着完成党给你的工作任务。你的这种精神,是我永远不能忘记的。

我深感你的真挚,你在忙碌的工作中,仍细心地关照我。记得我生北生时,你正在开工人代表大会,但你仍抽出一点点时间跑来看我。我出院后,你每夜工作到十二点,还来替北生换尿片子和喂牛奶,使我在月子里得到更多的休息。在北生三个多月的时候,我病了一个多月,这时全赖你的照顾;北生啼哭,影响到你的工作及休息,但你也不厌恶他。我在这种痛苦中,回忆过去的一切一切,怎能不更增加我的哀思呢?回想你为党为民族解放事业,艰苦斗争了二十多年,我们二十多年中,有过多次的离别,可是谁料想到这次生离竟成死别了呢?

你曾爱的北生,请放心,我会抚育他。在党和同志们的帮助下,我一定将他抚育长大成人,继续你的遗志,使他时刻记着爸爸是为党为人民的利益而被难的烈士。

由于你的牺牲,更加深了我对革命的热情与坚决斗争的决心,誓为完成你的遗志而奋斗到底。祝你安息。

(《晋察冀日报》1946年4月22日)

扬眉的恨！

管平

扬眉，一个十一二岁的女孩子，我认识她还是在去年九月间，那时她同她的两个哥哥刚到重庆。那个约十五岁的哥哥不大说话，整天埋头读书；十三岁的那一个哥哥则一天到晚率领一批小孩子分阵对立，练兵打仗，俨然像个小指挥官。就是扬眉却不同，倒像是个小宣传家，很能讲话，大家都称赞她的口才。虽然她只有十一二岁，但是大部分的文学名著她都读过了，而且可以有声有色地讲出来，使你觉得非听完了舍不得走开。

她给我印象最深的还是她那敏感的警惕性。记得有一次，她哥哥没有告诉她就同别人进城了，她焦虑万分，深夜不眠，一直等到有电话来告诉她哥哥确是进城了，她才放心地去睡了。这是她过分担心吗？不是。她知道反动派恨她的爸爸，禁闭关着她的爸爸，反动派也不肯放过他们的。有一次我问她："你长大了做什么？"她说："我已长大了，我要替爸爸报仇。"我知道有千万个"恨"在她心里燃烧着。

听说爸爸要释放了，她赶忙又从延安跑到重庆来，那是多么深厚而真挚的崇高的父女的感情啊！爸爸出狱时，穿的一件破衣服上还戴着被监禁时扬眉做的一朵梅花，她是爸爸心爱的宝贝，也是大家喜欢的小朋友，可是谁想得到，那么一个活泼可爱的小天使，那在与敌人斗争的环境中长大的孩子却是无声地随着爸爸一道死了。她恨吗？不恨，她骄傲，她是一个共产党员、一个为千万人所崇敬的叶挺将军的女儿。要恨的，我想应该是她没有替爸爸报仇就死了。

（《晋察冀日报》1946年4月22日）

悼 晓 庄

卞梁

当我提起了笔，要想写封很长很长的信的时候，忽然，我省悟到了，你已离开了人间。于是，我的心，再也压抑不下去了，我的眼睛也被雨雾迷糊了。我总想着，你不会死，你不该死，你还年轻，你曾告诉过我你的伟大的志愿，你说你要为劳苦的人民唱歌、工作、献出你的生命。

但是，我也回想起了，在你未去延安以前，你是那样情感脆弱，整日在爱情的苦闷里。在一个秋雨绵绵的夜晚，我们两个相依在古庙的破小的楼上，你给我述说着你的爱情的苦痛，你的远大的理想，你想摆脱一切而变成一个新的人，生活在人民里面。过了一年，你曾把你的日记拿给我看，那上面完全把你的性格的脆弱、爱的苦闷表现了。我劝慰着你。你告诉我你已决定到延安去，去向人民学习，去学习革命的理论和实践。

日子过得真快啊，几年不见，你又活泼泼地到了我的眼前。啊，你变了，好像比我大了许多，你告诉我你收集了许多民歌，从你的一举一动上，从你劝我的话上我都知道你是变了。

你有着强烈的正义感，你也有着青年人的勇敢，你记起了你的那首不曾发表过的《重庆颂》。在那里，你恶毒地刺着坏的东西，憎恨着坏的东西，但是，你也曾歌唱过那位为国家捐了一匹驼马的爸爸。

唉！"好人真是不长寿"的吗？我已经接二连三地得到朋友的死讯。顾中原，被特务丢在江里淹死了；于再，被国民党法西斯分子打死了。他们都是有志的青年人，他们都有着一个为人民为国家尽力的没开花的梦,他们都死得那么早,都死得那么悲惨。

但是,我却从这些事实中,得到了一个教训:

珍惜自己的生命,活一秒钟,就要把生命放在一秒钟的用场上。争取民主,自己为别人多做一点事。

(《晋察冀日报》1946年4月22日)

少 华
——年轻优秀的参谋

柴军武

八日晨,送少华同志随王、秦、叶、邓诸同志返延,谁料几个钟头之后,这几位中国人民成熟的领导者与宝贵的战士,在山西兴县黑茶山遽然遇难了。这最不幸的消息,违反人的想望,终于被证实了。我一句话也说不出来,呆立窗前,遥望天际,向着天边,默念着死难的烈士。

我想到少华同志,一位青年英俊的战友,脸上带着笑容,两手紧张的在工作,这印影浮在脑际,呈现在跟前。少华未死!他永远站在我们的面前!

不能忘记,因人少事多,往往夜半刚睡下时又被叫起继续工作,他从没表示过疲倦,笑着接受任务。不能忘记,当同志有些不如意时,他总是说:"为革命多做些工作吧!别的不要想。"不能忘记,他那好学好问的精神,从不自以为是假装知道,虽然没有进过什么学校,但他的文化程度,办事能力,对现任工作均能愉快胜任。不能忘记,他对劳苦大众的深厚的同情,见到乞儿,见到灾难的人群,常流出自然的阶级同情。不能忘记,的确少华同志是我们参谋人员中的模范工作者。但相处不久,正期互磋互励的时候,他竟被难了。

法西斯反动派正在嚣张,阴谋破坏全国和平团结,全国人民正在期待着我们为和平民主献身的时候,我们的王、秦、叶、邓诸位领导者,我们的战友少华同志,竟同时遇难死去了!这是不可能补偿的惊人损失,这是空前的伤痛!我们必须加重责任,继续完成他们未竟的事业!

(《晋察冀日报》1946年4月22日)

我和登俊相处的日子

古长华

登俊,你的死噩传来,我压抑着悲痛的情感,提起笔,写些什么呢?

我想起了一九三五年队伍过草地的时候,我们在供给部运输队一同工作,那时候虽然你还只是一个十六岁的孩子,但是你在工作上表现的负责认真的精神,作了同志们最好的榜样。你管理一匹驮马,在风雪交加的夜晚,你常常在极疲乏的状态中,还自动起来照顾两三次;白日里,你看到马的负荷太重,你自己又卸下一些,背在背上,自己吃苦,竭尽一切的努力来保护这在当时是唯一的供给革命军队粮食的运输工具。

短短的两个月,我们就因为工作关系而分开了。一九四一年的春天,在延安军委警卫排,我们第二次共事时,你已是一个二十一岁的雄赳赳的青年了。你的工作、学习和生活,在党的培养教育下随着年龄的增长而突飞猛进了。

曾经是一字不识,居然毫不吃力地读起《解放日报》来了;曾经是举动迟钝的乡下孩子,居然玩得一手好篮球而成为警卫队青年篮球队的代表和特等的翻杠手。在待人接物上你是那么彬彬有礼,而在工作上又是那么毫不马虎。当你站岗的时候,对于来往的必须查问的客人,你是那么细心周密地询问,而态度的和蔼又是那么可亲!大家公认你是一位人民的出色的警卫员。可惜你这个党的优秀干部,人民的忠实的勤务员,竟殉难而死了。

(《晋察冀日报》1946年4月22日)

怀念叶夫人

径普椿

回忆廿八年的春天,为了香港时局的一度紧张,我们迁往澳门居住,便造成了和叶夫人相识的机会。那时,叶夫人全家都住在澳门。她是和蔼可亲、温婉,而又刚强的一个好母亲。她家在澳门提督街的一座小楼房里,家具以及一切布置都很简单。

香港事变发生以后至失守,彼此分道逃难以后,后来又在桂林相遇。那时叶军长已失了自由,她为了要营救叶军长,为了要养活她的八个小孩,为了要维持她一家的生活,她是不顾一切地在艰苦中挣扎着。她以养猪养羊养鸡的收入,来维持她一家的温饱。

三十三年的秋天,桂林又在紧急的疏散中。她为了全家的安全,又不得不离开了桂林。相隔了两年,我们又在重庆相遇了。得了叶军长出牢的消息,她立即由广州来渝。那是三月十四日的清晨,扬眉欢天喜地地跑来告诉我说:"今午十二点钟妈妈可以到了,你去接吗?"我回答她:"去。"匆匆忙忙地吃了午饭,和扬眉、叶军长一起到机场。飞机降落了,那张和蔼可亲的笑脸,又呈现在我的眼前。

过后几天,我看到叶军长和承志站在石阶面前,拿着一张报纸在读。我看到他非常高兴,指手画脚的。我只听到一句,是叶军长说的:"怎这奇?他们上海报的消息,比我们还来得快呢?"晚上,叶夫人笑嘻嘻地跑到我们房间里来,我问她:"他今天怎这高兴?"叶夫人笑着说:"可不是,我一辈子不曾看见他像今天似的欢喜过。"我问她:"究竟为什么?"叶夫人正正经经地说:"他一出来,就打电报给延安,要求恢复他的共产党党籍。如果可以,他准备在报上公开宣布,现在延安正式批准的复电到了——你看他啊!整天笑眯眯的……"

清明那一天,叶军长夫妇、扬眉、邓发,以及许多人一起上坟去了。那天早上,我和承志还去买了一大束花,回来的时候,他们看见那束花,便跑过来抢了去,和叶夫人手挽着手笑着说:"我们又结婚了哩。"当时手拿着照相机的邓发同志,便当真给他们拍了一张照片。这该是他们最后的一张照片了。

四月七日的晚上,扬眉又是欢天喜地地来告诉我说:"我们明天去延安了,爸爸妈妈都去。"

第二天的清晨,门外嘈杂的声音把我惊醒了,原来他们快要出发。我赶快起床,他们一切都已准备齐了,我握着叶夫人的手,她说:"我们先去了,你们什么时候来,欢迎你们来啊!"我说:"我很快就会来的。"

一切都犹如在眼前,是一场噩梦吗?不是的,一切都已证实了。还有什么可挽回的余地呢?他们的血肉虽然是模糊了,但是他们的精神,他们的英灵,我相信是永远存在的。

(《晋察冀日报》1946 年 4 月 22 日)

哀悼五位民主战友

章伯钧

近百年间，中国处在民族解放与殖民地化决斗、民主与反民主决斗、进步与落后决斗时期，不知牺牲了多少优秀的战士，也锻炼了不少坚强的民主领袖。王若飞、秦邦宪、叶挺、邓发、黄齐生五先生，就是二十年如一日，为民族求解放、为政治求民主、为社会求进步而身经百战的战士，是时代熔炉里苦练成功的钢铁，成为中国人民进步的旗手。

王若飞、秦邦宪两先生在近十年来，特别是在最近期间，为实现全国和平民主团结统一与巩固世界和平奋斗的工作中，都是我们最坚强不屈的战友，因为他们的努力，克服了许多困难，奠定了和平民主团结统一的路基。

叶挺将军为中国典型的革命军人，为革命立了功业，也为革命受了磨难，然而叶将军为国家为人民鞠躬尽瘁的精忠，并不因这些折磨而减色，反而更坚强更光辉了。

邓发、黄齐生两先生，忠实服务于人民，均有极大的贡献，为中国人民求解放求进步最不可缺少的人物。

今天，正当王、秦两先生要继续为中国人民开辟和平民主统一团结建国大道而努力，正当我们需要两位战友的坚强气魄来为执行政协决议扫除障碍的时候，正当叶将军重新肩起整军建国重任的时候，正当邓先生要和中国工人与世界工人共同为巩固和平而奋斗的时候，正当黄老先生发挥他老而益壮的精神为社会教育求普遍发展的时候，不幸的消息忽然降临于中国人民之前。这是我们的损失，我们怎能不沉痛哀悼呢！中国人民怎能不沉痛哀悼呢！五位先生死了，五位先生为中国人民鞠躬尽瘁而死了。然而，五位先生给中国人民留下了一条和平民主的道路，正是全国人民唯一的生路。我们——与五位先生曾经共同奋斗的战友们，更当尽后死者的责任，担起五位先生未完成的工作。这样，王、秦、叶、邓、黄五位先生将永远不死。

(《晋察冀日报》1946年4月22日)

万吉同志我再也不能见你了

朱友学

我沉痛地悼念在赴延途中遇难的万吉同志。我与他相处不过短短一年零八个月的时间。在我们的接触中，他给我的印象是特别深刻的。他做事很负责任，不仅能完成自己所有的工作任务，而且能帮助别人做事。副官的工作是很琐碎的，但他从没一点厌烦，天天跟着若飞同志出去，又时常随若飞同志到深夜，若飞同志的生活完全由他照料，这方面对若飞同志的帮助很大。别人问他对工作的意见时，他总是回答说：这是为中国人民工作，为党工作，是应该的责任。万吉同志认识到：首长是为人民服务，我直接帮助首长，就是为人民服务。因此，大小事情是一样的，他对负责的同志很尊敬，对同事又很和气，要是同事们需他帮助的时候，他总是像对上级一样的负责办到，从不摆一点架子。因此，他和同志们处得非常融洽。

他没进过学校，参加八路军后努力学习。到重庆来后，进步很快，对时事问题特别重视，读报非常仔细，有问题就问，与他在一起时，他时常提起时事问题和你讨论，这对我们帮助不少。因为他有这种好学不倦的精神，他虽然没进过学校，但在八路军这个实际大学里，他真正学到了很多东西，并且提高了自己。

可惜，这样优秀的同志竟死得这样惨呵！

（《晋察冀日报》1946年4月22日）

悼 博 古

张月霞

一

【新华社延安十七日电】八日上午，我听到你和若飞同志等回来的消息，怀着高兴的心情，带着侠儿到飞机场去迎接你们。路上那样泥泞，云层那样低暗，细小的雨点不时地打在我们身上。去的人都兴奋地等候了一个多钟头，但是不见飞机到来，我们都是这样想，一定是由于天气关系，飞机折回西安或重庆去了，明后天总会再回延安的。因此，我怀着今天的怅惘，同时又抱着明天的希望归来。

第二天的消息是没有飞机回西安和重庆，使我们立即忧虑和不安起来，深恐你们遭遇不幸，然而由于自己的主观情感和希望，因此总与同志们作好的推测，你们只是被迫降落，受伤也不要紧，留得青山在，即使残疾人也可以做工作。但是，三天过去了，见不到事实来证明，这个推测终解决不了内心的忧虑。十一号晚上，终于得到了你们全部遇难的惨痛的消息，使我手脚冰冷，热泪奔流。我悲伤你死在中国人民和平民主事业尚未完成的时候，我悲痛你死在正有作为的时候。你天资英俊，性情刚果，你有奔放的革命热情和独特的才能，你还懂得英俄两国文字，能说能写。你正当壮年，在毛主席领导下还能做更多于人民有益的工作，分担毛主席及我们中央同志一部分的繁劳。我更悲痛的是你死得这样突然，使我不能见到你最后一面，更无法得到你给我和孩子们的一句遗言。

二

听到你们遇难的消息，不仅你们的亲属在悲痛着，全党的同志都在悲痛着，全解放区的人民都在悲痛着，全中国的民主人士也在悲痛着。你们的死是光荣的，因为你们是为人民服务的，为人民争取民主和平而死的，所以人民是拥护你们、爱戴你们、悼念你们的。因为你们并不是为私人的事情而飞渝飞延，而是为着保护政协会的全部决议而飞渝飞延的，你们的遇险是中国人民的重大损失。

博：我和孩子们一定继承你的遗志，来分担你死难的损失。你为人民服务的意志是倔强的，你经过内战时期极厉害的白色恐怖统治下的秘密工作的锻炼。你的住宅曾几次被搜查，你自己只是幸免被捕。后来，你到中央苏区正是法西斯头子进行大围剿苏区的时候，最后和其他长征同志一样冲破包围来到陕北。在这样的战斗中，你都是勇敢地担负着重要工作，你从手无寸铁的地下党斗争转到我们少数革命武装反抗强大反革命军队的战斗，你始终站在自己的岗位上，从来没有被强敌所征服。相反的，在艰难危险的革命路途上，更加坚强起来，特别是近年来你在毛主席领导之下，更其日益长成为健壮的战士了。

博：老奸巨猾的反动的统治阶级对于吸吮人民的膏血和镇压人民反抗运动是具有长期经验的。而你呢，还在天真活泼热情纯洁的少年时候，就不满社会现状，就参加了反抗反动统治者的革命斗争。因此，你不是在革命斗争中顺利长大起来的，而是走了许多弯曲而艰险的路途，跌过跤，碰过头，受到过深的创伤；然后你又从苦痛的教训中，在毛主席的指导和鼓励之下重整自己的思想武器，为争取抗日战争的胜利而努力工作，为完成当前和平民主的任务而坚决斗争，一直到最后一口气。

你是受得起革命斗争考验的伟大战士，优秀的共产党员。我认为你的一生奋斗就是为人民的利益，你的一生经验教训就是长期被反动者奴役下的人民的经验教训。你发展成为今天那样伟大的战士，这是和全中国人民觉悟程度的提高分不开的，是与我们全党的壮大和成熟分不开的。

三

远在一九四一年春，你深深痛恨反动的新闻检查制度，迫得《新华日报》不能登载一篇尖锐的反抗性的文章，反映人民的呼声，不能获得国内外的真实的新闻消息等。因此，我听你在个别谈话中，常常谈到要在延安创办一个日报和强有力的通讯社，以便毫无保留地将我党的主张广播到全国全世界去，揭露独裁者的阴谋勾当，帮助全国人民，使他们的眼睛更加明亮起来、他们的力量更加团结和壮大起来。后来中央正式决定你和杨松等同志筹办《解放日报》和新华通讯社。当时在日寇和国民党内反动派的封锁之下，边区的物质条件是极其困难的，同时在延安创办一个大报和通讯社经验不多，新闻工作干部也很缺乏，但是你和你的战友都不屈服于困难，坚决为完成中央所给的重大任务而工作。你亲自解决筹划房子吃饭问题，选择印刷工人等等极烦琐的工作，审阅新华社收进来、发出的电讯和《解放日报》的消息和论文，你不仅在编辑室指导编辑工作，而且也站在排字房里指点排版技术（因当时只有一个《新华日报》来的熟练工人），校对大样，你不辞辛劳地细心指导报纸产生过程中的每一个环节。我还记得你当时因报社无房子，只得住在杨家岭，每天一清早到报社办公，虽有几里路程也是风雨无阻。有几次大雨后延河涨水，事务工作同志将你的马骑走了，你也不管路途泥泞，步行到报社去按时工作，你这种认真的工作精神是值得大家学习的。在你的精心指导、全报社和全通讯社同志的努力工作下，终于完成了党所给的任务，建立了党报和通讯社的工作制度，奠定了我党新闻事业向前发展的基础。

特别是《解放日报》一九四二年春改版以后，在各方面都有很大的进步。首先表现在思想方法上、群众观点上和领导作风上，这一点就从《解放日报》、新华通讯社的消息内容和言论的主张上，都可以使人感觉出来（当然不只是你个人的成绩）。几年来你对毛主席的思想方法细心揣摩，你常把毛主席解决问题的方法和修改文章的要点和同志们谈论。你曾对我说："毛主席的每一个指示都有独特见解，而在说明他的见解时，是如何深刻和清楚呵。"我记得我俩曾说过这样的话，我也曾经这样希望你，因为你经过实际工作的锻炼，你又有相当的理论知识基础，如果能够再在毛主席直接领导下做十年几载的工作，我相信你的进步会更快，你为中国人民服务的成就也一定更大。想不到你就这样快地永别了久未见面的年迈的母亲和远处的弟妹，永别了我和未长成人的孩子们，永别了你所喜爱的新闻事业的岗位，永别了中国人民解放事业的中心"延安"，永别了毛主席为首的党中央，永别了廿一年来教育你的党。

为了使《解放日报》和新华社成为真正人民的喉舌，为了从工作中培养党的新闻事业的干部，你是费了相当大的精力的。你永不疲倦地摸索着宣传战线上斗争的艺术，你不断地把心得告诉别人，并热忱地鼓舞别人也和你一样去摸索。我听见过陈克寒同志曾对别人说：博古同志在宣传工作领导上是坚强的。你不辞辛苦地每天工作，常常□七点钟起来，忙到十点钟才能洗脸吃早饭，并在洗脸吃饭的时候还在谈话和看消息。假如遇到有新的政治事情发生，那就更紧张了，你就匆忙地向中央负责同志请示，然后与编委会的同志共同研究，把各种材料根据党的方针、党的主张写成电讯或论文，这样的工作常常使你通宵不睡，但第二天早上的工作你仍然是不放松的。你不仅□了上述的工作，你还亲从电话中告诉有关机关□新的重要政治消息。你的耳朵不大好，因此常以你自己的听觉为标准，生怕别人听不清楚，结果呢，常常把你的洪亮的嗓子也讲得哑不成声。就从这件事也可以看出你对革命工作的无限热忱。

以我每星期回来所亲见情形来说，你一天□很少休息的。除了看稿件写文章开会讨论个别谈话以外，还要看各种中英文的报章杂志，从研究英文的内容到编排技术，再有时间的话，你还做翻译工作。你的译品都是从工作中挤出来时间来做的，除了午间的或晚饭后散步几分钟外，就很少见你休息了。你的娱乐是什么呢？也是你工作时所需要的，如听广播，不是听音乐，而是听国内外的口头广播的消息。有时候你听到的消息比新华社收到的消息还快，你听这些广播也是为了"知彼知己"，和反动派进行斗争并攫取各方的经验。从外面的广播反映中，检查我们新华社自己的工作，从而改进这一工作。当听到新华社广播得很清楚的时候，你马上会嬉笑起来，拿着耳机给我听，给余光生同志他们听。你还以看小说来休息，每天临睡前总要看一小时的小说。你常对我说：看小说可以增加社会知识，放宽眼界，对文字修养也有帮助。总之，你的娱乐和消遣也是与工作分不开的，特别是这四五年来，你是革命队伍中的倔强的耕牛，不声不响地埋头工作着。

四

你的顽强性不仅表现在工作方面，同时也表现在你的学习方面，当你要学会俄文的时候，□是很专心致志的。初学时发音不正确的地方，别人笑你，你是不管的。你终于精通了俄文，不仅能够翻译马列主义的一般著作，而且还能校列宁同志的古典作品《辩证唯物论与经验批判论》。你不仅从实际工作中学习，而且□工作之余博览群书，不间断地进行翻译俄文书籍，这样你不仅提高了俄文修养，并且加深了哲学知识和其他方面的知识。这对于你的工作是有极大的帮助的。我曾经以我的幼稚认识劝告你不要翻译或校译，□看一些中国书吧。但是你呢，当你已经知道翻译工作是革命极其需要的一项的时候，那么不管多忙总要挤出一些时间来做，一直到你离开延安的最后几天，还是念念不忘这项工作。我一向不大明白这点，到了七大时听毛主席说翻译工作是一项重要的工作时，才领悟到你坚持翻译工作是完全对的。

五

乐观是你的特点之一，有时甚至带着孩子气，当精神疲劳时为着休息，你那样的高大个子□假装与小孩子打架。五六个孩子包围着打你一个，而对手呢，都是几个三岁到六岁大的孩子，可是你"很有办法"，赤手空拳终于将孩子们打"败"了，你就更高兴起来，爽朗的笑声，常吸引友人也来围观这一幕儿童生活。侠儿因为对你无可奈何，只好骂你几句"母鸭子"（笑声大之意）。

你富于情感，但是又很理智，例如你对于年迈的老母，本来你对她是很怀念的，你常对我介绍你的母亲如何扶养你成人，她早在你十岁以前就守寡，到一九三二年以后你就从未见过老母一面，你在外面工作时因常常移动，怕老年人禁不起搬动，来延后又怕延安气候有损老年人的健康，始终不敢去接。当然也怕接来了的时候会多少影响你的工作时间。你和老母团圆的愿望竟然不能实现，还是你自己所料不及的。她老人家听到你的噩耗又将如何悲痛呢！

你还有一个特点，就是沉醉于工作和事业当中，越忙越有劲，对于自己的生活琐事漫不在意，就在患感冒病时，你依然顽强工作，不愿请假休养。有一次拖了三月余之久还未痊愈。以致后来引起医生们怀疑你有肺病。这几年来号称健康的你，与往年相比是差远了，到你临走前，何大夫和朱大夫已诊断出你"疲劳过度，心脏有点大"。你在长期与反动势力的斗争中，损害了健康，但现在呢，连不大健康的身体也消逝了!

博古：我在极悲痛的时间中，仓促写成此文哀悼你。由于情绪紊乱，你值得纪念的事，尤其我应该学习的许多长处一时是写不完的，只□留待以后的回忆，待儿子们长大了的时候逐渐□给他们听，以便他们学你的榜样。你有七个孩子将来可以参加新中国的建设工作来完成你的遗愿，你虽长逝，你毕生奋斗的人民解放事业是永远的，是必然胜利的。请你含笑安息吧。

（《晋察冀日报》1946 年 4 月 22 日）

千万人民的心念

——延安追悼"四八"遇难烈士大会速写

"百姓的情意重如天"

"百姓的领袖百姓爱,百姓的情意重如天"——吴满有乡秧歌队。

宝塔山那边踱过来二千多群众的行列,"万民同悼"的白旗引导着全柳林区的百姓,配着悲壮的唢呐声行进会场。仅只吴满有乡就来了四百多人,他们放下了犁、放下了锄,怀着沉痛的心,走过了庄严而肃穆的追悼会场。杨宇山,一个农村里的后生,眼泪模糊地对我说:"前两个月,咱乡闹着秧歌给博古送行哩!迩刻可来开追悼会。"他拿起右手里的香说,"一把香、一沓纸就算是随的一点心意吧。"

残疾军人祭灵

跟着吴满有乡队伍来祭灵的张发义,支着两根粗拐杖,领着九儿四儿一拐一拐地走到门口。大会职员正想问他,但他是哑巴,他仅用手指在地上写:"我是南区四乡张发义。"他从大孩子身上卸下包,取出一束香,又从小孩子手里接过纸来,最后从小布袋里掏出五个作祭礼用的白幡,一件一件地交给大会职员。在地上写了"献的"两个字。他是土地革命时,在高岗同志的骑兵队里当战士,分到过二十三垧土地;三八年负伤,变成残废。革命的首长、人民的领袖,在他心里蕴藏着深厚的敬爱。当"四八"遇难传到他的耳朵,他悲痛难抑,今天他要尽尽他的心,他写道:"我要上香去。"这时祭灵的秩序已完毕,花圈正在纷纷移动,灵柩要起抬了。哑巴紧紧扶着记者的手臂，他猛地跳起身子，两肩支着粗拐杖，跑上灵台，□在地上又嚎啕痛哭。

难民们都来了！

从桥儿沟到大会场中间六七十里长的道路上，拥挤着吊祭诸先烈的老百姓，他们就像圣地朝拜者似的用布袋携带干粮，从六七十里路内外赶来，□口区难民乡、槐树园、阳台台青年蒋民、汪玉堂走在行列的最前面。汪玉堂领着全家女人、娃娃和兄弟以及他的亲戚——年老的姐姐一同来吊祭。

汪玉堂横山人，在老家当伙计受苦，弟弟也在九岁上就给人家做工，一大家子人连桃黍、粗糠也吃不饱，来到边区不到二三年，发展到了两头牛、两头驴、一匹马，还有几十只羊，光景闹美了。今天全乡难民都来吊祭。

在祭坛南角上有一些天主教徒，严肃地盘坐在那里，默念着诸先烈为人民的精神。在这些教徒中间，有教徒宋志灵的全家男女老幼。宋志灵说："我们教友追悼诸位先烈，除昨天送了一棵最大的花树，大家都在为他们祈祷。"

"用多生产纪念死者"

边区火柴厂的工友们，在早上四点钟出发，太阳出时，这一队佩戴白纸花的工人就赶到飞机场了。因为路远，很多童工要求来吊祭，工厂劝止了他们，可是他们留在家里的，不但照样工作，还要加紧多生产些。杨治义对记者说：我来公葬时，工友们向我表示"你们去参加会，代表我们向死难的首长多敬一礼，我们要加油装够九箱火柴，拿多生产表示纪念"。工人尹希圣看见灵台横额上"变悲痛为力量"的号召，他说："他们死了，留下的任务要我们来补缺，能力比他们

差,只要把自己的工作做好,一百个一千个一万个人都努力分担责任,就会补足损失的。"

就从这里学起

延中学生王建华和她的同学王怀玺、王登明正在会场里拿着一个小本子忙着抄写挽联。她说:当他们班上初听到"四八"遇难的消息时,正在进行学生会选举,大家马上停下来静默了三分钟,当天每个人写了一篇悲痛日记。此时她脑海里浮现出一个老人,穿长袍,戴眼镜,有着银白色长髯的老人曾经到她们学校里用贵州口音讲演过,那就是黄齐生先生。他讲了大后方学校里特务横行的黑暗情形后,勉励大家:"在这自由的天地里,你们要好好学习呀!"现在王登明看见台上的遗像,想着黄老先生的遗言,不禁发呆了。许久她才提高声音说:"我们这些后代已经从死难烈士身上找到应走的道路了,就从这里学起。"

"我们要求守灵"

吴满有带着完小四个学生李瑞仙、王为法、杨树藩和他的小儿子狗狗走到灵台前,十五岁的李瑞仙递给招待员一张用铅笔写的条子:"我们要求守灵。"招待员把红黑布孝纱缠在四个小孩的手臂上,四个小孩子默默地走上灵台去站在灵柩四角。

"祭"

家祭于挽歌中开始了!

当过哀的家属们被伴护着从右侧步上祭台时,有的已泣不成声了,三万肃立着陪祭的人们,望见家属们颤抖地举献花圈,听见家属们的低泣,而更伤痛了。尽管满桌祭器香爵和花圈纸鹤荫笼着灵台,人们的视线全移不开那十三具灵柩，更使人感到深沉的哀痛。然而看到"变悲痛为力量"的口号，人们和家属都获得忍泪的支持力。

公祭的礼仪更肃穆，千万颗悲痛的心虔敬地向死者献花圈、焚香、献爵，当看到主祭朱总司令和刘少奇同志低头拭泪，许多人偷偷擦着眼泪，当恭读祭文到"你们交给我的火炬，一定会燃烧得更光明，中国人民一定会战胜反动分子的一切阴谋进攻，一定会得到你们所致力的和平民主与团结"，全场的情绪由悲哀而振奋起来，每个人内心里燃烧着愤怒。

而此时，家属们低着头仿佛在说："安息吧！亲人，伟大的战士！你们的血不是白流的，全中国的人民将替你们索取血的代价！"【新华社延安二十日电】

（《晋察冀日报》1946年4月23日）

悼念我们的社长和战友
——博古同志

余光生　艾思奇　陈克寒

【新华社延安二十日电】博古同志领导我们《解放日报》和新华通讯总社全体工作人员，以及遍布全解放区的新闻事业，在党和人民的新闻战线上作战已经快五年了。他为了参加政协宪草审议委员会，离开延安还不到两个月，竟和王若飞、叶挺、邓发等同志遇难于黑茶山，使中国人民失去了几位伟大的领袖，遭受重大的损失。而对于我们从事党和人民的新闻事业的人来说，丧失了一位最有权威的指挥官和最亲密的战友！

我们悼念博古同志，不能不想起他对新民主主义新闻事业的卓越贡献。根据党中央所给予的方针，他和杨松同志（四二年积劳逝世）创办了《解放日报》和新华通讯社。五年以来，由于博古同志的精心擘画和指导有方，解放区的新闻事业有了系统的和统一的战斗机构，这个机构是由许多通讯社和报纸组成的。这个机构中，《解放日报》和新华通讯总社是它的神经中枢，各解放区的报纸和通讯社（现有总分社九个，分社四十余个）、地方报纸、部队报纸是其躯干，而墙报、黑板报是其基石支柱。这一机构，除了职业从业员，还有数万业余通讯员。这一机构天天把人民的意见和活动集中起来，又广播出去。它天天向整个解放区、全中国和全世界广播我党的主张，指出中国人民斗争的方向。它不仅是解放区人民的喉舌和武器。在历史上，中国人民有这样一个全心全意为他们利益服务的规模宏大与群众密切联系的战斗的新闻事业，还是第一次。博古同志对于这一伟大事业的创造性的贡献，的确是不可磨灭的。

我们悼念博古同志，不能不想起他的许许多多值得我们景仰和学习的长处，他常对我们说："我将终身从事于革命的新闻事业，在我们党的领导下，已建立了很好的人民政权和人民军队，我们必须有很好的人民的新闻事业。"为了这终身事业，他每天劳作，深夜不寐，虽在疾病之时，亦倔强地拒绝休息。他还说："我们吃革命的新闻饭就是这样的。"博古同志经常悉心揣摩毛主席的工作方法，对毛主席的每一指示和对报社文章的每一修改，他必反复和我们探讨，有所领会，往往高兴地说："这是毛主席的独特见解，大家要好好掌握。"几年以来，博古同志日益熟练地把毛主席的思想全体运用在实际工作中。例如报纸与群众结合，全党办报的思想，职业记者、基干通讯员和广大通讯员结合的思想，新闻必须完全真实，用事实和说理进行宣传，使我们的宣传有"驳不倒"的论据的思想，进行宣传斗争要有理、有利、有节的思想，等等。特别是最近两三年以来，我们经过很多的重大事变，在党中央和毛主席的领导之下，在博古同志坚强的机敏的直接指导之下，我们在宣传方针上从来没有迷失过方向，我们并开始积累一些经验。博古同志对于业务是极其认真和负责的，他对于报社和通讯社的每一项工作，都能不时提出精辟的意见。他对重要工作常常亲自动手，树立榜样。在去年解放区大进军时，他曾亲制卡片，部队番号位置，一目了然。他曾三翻四覆地说："有了正确的政治方针，业务就有决定意义，请问业务如果不精，正确的政治方针又何从表现呢？"他很注意写作技巧，经常指示记者们："要忠实的报导，精确的报导，生动的报导，迅速的报导。"他最痛恶陈旧滥调，他看了之后往往叹口气："语不惊人辞不休。"博古同志有博览群书的习惯，所以他的知识特别渊博，他对于翻译工作尤其坚持不懈，他一有余暇即伏案翻译。他说："教条主义反□了，更要多读书，过去读书方法不对头，不是□会害人。"他时常恳挚地劝我们："挤出时间来看书，对你们工作是有好处的。"博古同志还有一个特点，就是朝气蓬勃，永不满足于现状，对于工作的成绩和优点的赞扬，固然充满着热忱，可是他对缺点和错误的批评是直率和尖锐，甚至又是挖苦的。他总是永不休止地转动他的灵敏活泼的头脑，研究宣传斗争的形势方针和策略，□划把人民的新闻事业办得更好的方案和办法。在临行的时候，还拟了在国民党统治区的城市内□立报纸和通讯社的计划，他一面整理行装，一面再三叮嘱说："时局更开展了，要多想办法夺取新阵地。"

现在博古同志已和我们永别了，但是他光辉的事迹将永垂不朽，他忠心耿耿、为人民鞠躬尽瘁死而后已的精神，他认真、负责、坚决与机敏、勇敢与进取、精通业务、好学不倦的作风以及指挥若定、谈笑风生的丰姿，将永远留在我们的记忆里。他是我们从事新闻工作的同志的最杰出的导师和模范。我们要永远向他看齐、向他学习，他所遗留下来的事业和经验，我们要以十倍百倍的努力加以发扬光大，他日夜憧憬的雄伟理想，我们逐步使它实现。

(《晋察冀日报》1946年4月23日)

逃出傅作义的虎口

——记我复员战士陈文焕的谈话

【新华社察哈尔分社讯】傅作义部在绥远各地正在加紧破坏我军复员工作，非法捕留我复员军人强迫参加该军。最近从归绥逃回的我军复员战士陈文焕特对记者谈他被捕经过，下面是他的谈话：

"我是新兵第一连三班班长，年二十六岁，与老乡梁丑柱自冀察军区一块复员回家到甘肃武威县，沿平绥路往西走，在卓资山下车，于三月二十二日到达三道营子□（从三道营子到旗下营子六十里，都是傅军第十七师二团驻防），遇见熟悉的复员战士老马。当大家都挤着进站坐车时，一个哨兵把老马拦住，不让通行。马即取出复员证给他看，一个好像排长一级的小军官即把复员证夺过去给撕毁了，并狞目瞪眼地骂道：'过去汪精卫是日本侵略中国的前卫，如今你们就是斯大林侵略中国的前卫，像你这号的，就不能放过去。'说完，几个人把老马给捉走了。在三道营子上车，只要是年轻的男人上车，有票无票都随便，因为这里和老虎嘴吃人块肉一样，光进不出。我哪里知道，只管连忙上车一直坐到归绥车站（在归绥有傅军三十二师十七团一团住车站）。在二十八日下午三点钟下车后，即到大街上买纸烟，就碰见傅军九十团一连特务长杨子清，他笑了一下说：你们来了，走吧！到军部去吧！你们在车站没看见牌子吗？凡是从这里经过的人都得到军部去。他走了不久，乡亲王庆跑来说：'你还买烟呢？特务杨子清回去找人来捆你了。'当时我急得一头汗，最后还是想定要趁天黑从车站跑出去，回到八路军地方。趁黑夜出站往东去，一天未吃饭，□下着雪赶明跑了一百一十里地，跑到离□道营子南边十里地的山上土城村，找到老乡家正做饭吃，傅军十七师二团的清剿队有十五六人进来了。前边一个当排长的就到屋里把我从炕上抓下来，□个枪口对着把我口袋内上级发的六万元票子搜去，并强指我是八路的便衣，把我押送到二道营子二团五连连部。以后，又把我送到归绥他们的司令长官部去，押□小禁闭室内，一天叫吃□顿棒子糊糊。开初大小便也不让出去，我到厕所大便，旁边一个四十多岁的老兵在看着我，还用枪打我的头，我气愤地再也不能忍受了，就一下子把他的枪夺过来，一脚把他踢倒，就从铁丝网中窜出来。一群狗东西们呐喊着追我，但我却已渡过大河往东南跑了。夜里上一山下一山，四月一日上午跑到一个村子，看见是老乡站岗，才知道到了解放区。在村公所吃了饭，经过两天才又回到卓资山，我取出复员证，到咱们民主的市政府说明来往经过，市政府给了一百斤小米，在那里歇了一天，就马上动身，于四月八日回到冀察军区政治部，昨天又到复员委员会来，我总算又从死中逃出来。"

陈文焕说到这里，才松下一口气来。他接着又说："傅作义□绥远□的人们真受不了。我这次逃回住到卓资山的大同店等车时，就碰见了一个归绥附近的年轻人，叫张德，他是在前十天被傅军抓了兵偷跑到卓资山来的。他说傅作义从后套那里抓了很多兵。十六岁以上的男人，不管□有弟兄无有都得拔了。在前二十天的时候，有八九百老百姓围住傅作义□长官部大门口，有好几个老太太都气死了。人们都喊着：'傅作义你把我们的孩子抓走了，连我们这老人们也都打死吧！'。老百姓在归绥的街头上贴上了标语'傅作义，不是人，一条路也不让行''蒙疆票，傅作义发，发了又不让老百姓花'。"

（《晋察冀日报》1946年4月23日）

参议会花絮

张凛

一、"我怎能不拥护它呢?"

主席宣布休息十分钟,何大妈就被一大群刚从重庆、北平来的男女学生围住了。有的问长问短,有的拿着纪念册请她签字。这可把大妈忙坏啦,她高兴得闭不上嘴。

"嗐!我这苦老婆子哪会写字?"大妈拿着笔为难。

"不怕!不怕!我替您写!"一个女同学挤上来,把着大妈的手,在那许多纪念册上签了"何大妈"三个字。

"您多大岁数啦?家里有几口人?"一个学生问她。

"五十四啦!家里只剩下我一个老婆子。"

"您!这样大的年纪,一个人靠什么吃饭啊?"学生们惊奇起来,也许因为他们想起了闹"失业慌"的重庆、北平,多少年轻小伙子因找不到饭吃而沦为街乞的情形。接着一个学生很坦率地问道:

"政府一月津贴您多少钱?您别是老早就认识八路军吧?要不怎样知道这样多的道理呢?"

何大妈脸上立刻现出很严肃的表情回答说:

"咱政府可是照顾穷人,也问过我日子过得去不,可是我眼不花、腿不跛,还能养自己!我三天做一个大褂,八九百块,一个人吃点小米、白面,足够,用不着什么津贴。八路军进张家口我才认识的。我懂的道理可不多,实话我可会说,人家共产党救苦救难,给老百姓办事,讲究男女平权,我怎能不拥护它呢?……您不信就去问问别的老百姓,谁都懂得这道理。"

一个穷老太太当选参议员,天下哪有这样的事情,这怎能不令人惊奇。

二、"那边办得太糟，这边办得太好！"

今天，许炳炎高兴的确是像他自己所说："大姑娘坐轿子，头一回！"散会后，眼睛还是眯眯地笑着，问他会上的感想，他说："听两位外边来的学生讲话时，我心眼里乐得简直要开花啦，差一点失声叫好！为什么这样多的学生来这呢？还不是那边办得太糟，这边办得太好！"

三、一个譬喻

电话局工人参议员赵占元说："市长好比火车头；咱参议员好比是开火车的添煤烧火的；老百姓呢，就是火车上的乘客。咱要大家一心，好好地干，把火车开得稳稳当当的，开到他们要去的好地方！"

四、"真是照顾得无微不至！"

一区女参议员冯延玲，怀抱着一个三岁的小孩子来开会，女接待员们忙赶上来，要帮她抱孩子。

"让我抱着他吧！"

"你安心开会好了，我们不让他哭……"

冯连连向她们道谢。过后很感动地对我说："政府真是照顾得无微不至呀，住处哪，休息室哪，车□费哪，都预备好，完事，吃饭时还来回用汽车，□□拿□我们回民说吧，吃饭单包在清真馆还不算，连喝茶使的茶杯、茶壶都单预备。招待回民的还有专人……真是让我心不落忍！"

四月二十六日

（《晋察冀日报》1946 年 4 月 28 日）